युद्ध पर्व

(बाँग्ला कहानियाँ)

गंगा डिस्ट्रीब्यूटर्स

21-ए, दरियागंज, नई दिल्ली-02

युद्ध पर्व

जया मित्रा

हिन्दी रूपान्तर

अमर गोस्वामी

वाणी प्रकाशन का 'लोगो'
विख्यात चित्रकार मक़बूल फ़िदा हुसेन की
कूची से

ISBN : 978-81-7055-695-4

वाणी प्रकाशन
21-ए, दरियागंज, नयी दिल्ली-110002
द्वारा प्रकाशित

फोन : 0091#11#23273167, 23275710
फैक्स : 0091#11#23275710
ई-मेल : vaniprakashan@gmail.com
vani_prakashan@yahoo.com
वेबसाइट : www.vaniprakashan.com

प्रथम संस्करण : 1999
आवृत्ति : 2009

मूल्य : 200.00
आवरण : वाणी चित्रांकन
जय भारत प्रिंटिंग प्रेस, शाहदरा, दिल्ली-32
द्वारा मुद्रित

YUDDH PARAV
by : Jaya Mitra
Translated by : Amar Goswami

राजश्री, मीनाक्षी, रिया को

क्रम

नदी का नाम प्रवाहिनी

आज कनकलता रिटायर हो गयीं। डी. आई. आफिस ने कहा था कि वह चाहें तो एक्सटेंशन ले सकती हैं। 'चाहने' की बात आदमी कितनी आसानी से कह देता है। जैसे कि इस शब्द का कोई निश्चित अर्थ नहीं है। उनके चाहने न चाहने की बात जाननेवाला कौन है ? इसे वे कहें भी किसे ?

उन्हें क्या इस वक्त अपने पुराने सहयोगियों की याद आ रही थी ? बल्कि इस वक्त उनके सामने अपने छात्र-छात्राओं के काले, चिकने, गोल-मटोल चेहरे नाच रहे थे, साथ ही उनके माता-पिताओं के निराश दुःखी चेहरे भी। उन लोगों ने भरसक जोर देकर कहा था, 'बहन जी, हमलोग तुम्हें जाने नहीं देंगे। अपने गाँव में जमीन देंगे, स्कूल बनवा देंगे, तुम्हारे रहने के लिए घर बनवा देंगे। तुम यहीं रह जाओ। तुम्हारे चले जाने पर हमारे बच्चों की लिखाई-पढ़ाई भी खत्म हो जाएगी।'

इसके बावजूद वह कहाँ रह पाईं ! उनकी शारीरिक क्षमता और इच्छाशक्ति के बीच अब तालमेल नहीं रह गया था। उनके विद्यार्थियों में से एक के पिता ने सात किलोमीटर लंबा रास्ता तै करके कनकलता को उनके घर तक पहुँचा दिया। कनकलता चाहकर भी उस व्यक्ति को राह खर्च नहीं दे सकती थीं। देना संभव नहीं था। अगर वे ऐसा करतीं तो इंसान से इंसान का संपर्क खत्म करके उसे सिर्फ एक मामूली रिक्शेवाले के रूप में ही देखना पड़ता।

घर के सामने रिक्शा रुकते ही उनकी बहू रंजा बाहर आ गयी। कनकलता के हाथों से सामान ले लेने के बाद वे रिक्शा से उतरीं। उतरते-चढ़ते, खासकर चढ़ते समय उन्हें यह ध्यान नहीं रहता था कि उनके किस घुटने में दर्द है। बेख्याली

में वह उसी पाँव को आगे बढ़ा देती थीं। पूरे बदन का बोझ घुटने पर पड़ते ही वह इस बुरी तरह चिलक उठता था कि कनकलता के गिरने की नौबत आ जाती। आज रंजा ने उन्हें सँभाल लिया। बिसुन खुद भी रिक्शा छोड़कर आगे बढ़ आया था। दर्द को सह लेने के बाद उन्होंने उसे भी कमरे में आने के लिए कहा। बिसुन एक मूढ़ा खींचकर बैठ गया। कनकलता को अच्छा लगा। इस स्थिति में आने के लिए काफी वक्त लगा था। वे लोग कभी भी किसी भी जरूरत पर घर आने पर कमरे में नहीं घुसते थे। अगर घुसते भी तो पिछवाड़े के दरवाजे से आँगन में आते। जमीन पर बैठने से मना करने पर, मूढ़ा या छोटी चौकी आगे बढ़ा देने पर, वे बैठने की बजाय संकोच से खड़े ही रह जाते थे।

हालाँकि यह काम वह कभी दयावश या समाज सुधार की नीयत से नहीं करती थीं। वह उन्हें घर में आनेवाले अन्य लोगों या अतिथियों से अलग नहीं कर पाती थीं। कभी कर ही नहीं पाईं। रंजा चाय-नाश्ता ले आयी। कनकलता ने उससे बिसुन का परिचय करवाया। बिसुन ने पूछा, 'मेरे पोते राजा कहाँ हैं ?'

'भीतर है। अभी तक अम्माँ के इंतजार में बरामदे में खड़ा था।'

'हूँ, अब तो माँजी ने हमलोगों को छोड़ दिया। अब उनका दिन पोते के साथ ही बीतेगा।' बिसुन का गला भर आया।

कनकलता ने कहा, 'माताएँ क्या कभी अपने बच्चों से अलग हो सकती हैं बिसुन ? उम्र हो गयी है, इसलिए रोज वहाँ जाना संभव नहीं है बेटा।'

बिसुन की समझ में बात आ गयी। उसने धीरे से सिर हिलाकर कहा, 'हाँ, बात तो ठीक है। माँजी, हमीं लोग आकर आपको देख जाया करेंगे।'

कुछ देर बैठने के बाद बिसुन चला गया। जाने से पहले उसने प्रणाम किया। कनकलता को अच्छा न लगते हुए भी उन्होंने एतराज नहीं किया। इस प्रणाम को उन्होंने हाथ जोड़कर मन ही मन अपने देवता के नाम कर दिया। एतराज करने पर वे बुझ जाते थे। साफ कपड़े पहननेवालों, पक्के घरों में रहनेवालों और ऊँची जात के लोगों से दूरी बनाए रखने का मानसिक संस्कार इस निषेध से पल में पुनर्जाग्रत हो सकता था।

उन्हें याद है जब वह इस शहर में पहली बार आयी थीं, उनके घर की महरिन ने जूठे बर्तन माँजकर रसोईघर के सामने बरामदे में उन्हें औंधा रखकर कहा था, 'इन्हें धोकर उठा लेना।'

कनकलता ने चकित होकर पूछा, 'तुमने इन्हें साफ पानी से धोया नहीं है ?'

'धोया तो है। बाबुओं के घरवाले हमारे माँजे बर्तनों को रसोई में नहीं रखते।'

'वे करें, मैं यह सब नहीं मानती। तुम खुद साफ-सुथरी रहा करो, सफाई से काम करो, बस इतना ही काफी है।'

ये बातें भी अब अतीत बन चुकी हैं।

बाहर के कपड़े बदलकर कनकलता अंदर के कमरे में आकर बैठीं। एक लोटा पानी पिया। इतनी देर बाद अब बुबुन भी उनके पास आकर बैठा। बैठते ही उसकी नजर करीब की मेज पर रखे सामानों पर गयी। उसने उन्हें हाथ में लेकर पूछा, 'यह सब क्या है अम्माँ ?'

रंजा भी वहाँ आकर खड़ी हो गयी।

'तुम खोलकर देख लो क्या है ?'

बुबुन और रंजा ने मिलकर रंगीन कागज से बँधी किताब का भारी पैकेट खोला। काशीरामदास का लिखा 'महाभारत' था। इसके अलावा एक छाता और खद्दर की चादर थी।

एक-एक करके उन्हें बुबुन ने कनकलता को थमाया। उनका गला भर आया। अपने सहयोगियों और खुली छत तथा टूटी खिड़कियों वाले विद्यालय के विद्यार्थियों की उन्हें याद आयी। सोलह वर्षों में यही एक काम उन्होंने उनसे बिना पूछे, उन्हें बिना बताए किया था।

'खोका ?'

'अभी आते होंगे। स्कूटर में कुछ परेशानी है, उसे मिस्त्री को दिखाकर लौटेंगे।'

रंजा ने कमरे के कोने में रखी नीची मेज पर एक तश्तरी में थोड़े से हरसिंगार के फूल और दूब सजा रखे थे। फूल मुर्झा गए थे। अभी बरसात खत्म नहीं हुई है, उनके हरसिंगार के पेड़ पर काफी पहले से ही फूल खिलने लगते थे। हर साल बरसात में, पिछले साल के धरती में पड़े बीजों के चारे से पूरा बगीचा भर जाता था। उन्होंने काफी लोगों को इन्हें बाँटा भी था। इस मुहल्ले में अब ज्यादातर लोगों के घरों में हरसिंगार के पेड़ थे। उनके रूखे लालमटिहा गाँव के विद्यालय के बच्चों की पाठ्यपुस्तक में था–'कलियाँ फूटीं हरसिंगार की डाली पर', उन बेचारों ने कभी हरसिंगार का पेड़ और फूल अपनी आँखों से नहीं देखा था। वे

अब तक करीब सौ चारे अपने बगीचे से ले गयी थीं, जिसे उन्होंने पूरे गाँव में लगा दिया था। कुछ सूख गए थे, मगर ज्यादातर लग गए थे। इस साल भी वे लोग यह चिरपरिचित कविता रटेंगे—'कलियाँ फूटीं हरसिंगार की डाली पर, अनगिनत खिले टगर पुष्प।'

उतनी भारी-भरकम किताब देखकर बुबुन को बहुत आश्चर्य हुआ।

'अम्माँ, यह कौन-सी किताब है ?'

'यह एक बहुत पुरानी महत्त्वपूर्ण किताब है।'

'यह तो पुरानी नहीं, अम्माँ नयी है।'

'हाँ बेटा, नयी है।'

'इसमें क्या है अम्माँ ? कहानियाँ हैं या सिर्फ पढ़ाई की किताब है ?'

'कहानी भी है। एक बहुत लंबी कहानी।'

'फाइटिंग है ?'

रंजा ने झिड़का, 'हाँ, तुझे तो हर जगह यही नजर आता है।' बुबुन ने माँ की बात पर ध्यान नहीं दिया, बल्कि हिज्जे करके बड़े-बड़े अक्षरों में छपे नाम को पढ़ लिया, 'ओ अम्माँ, यह महाभारत है ? मैं तो इसे जानता हूँ, टीवी में देखा है, खूब ढिसुम-ढिसुम फाइटिंग है...यह तो किताब है अम्माँ।'

कनकलता को उस वक्त समझ में नहीं आया कि किस तरह बुबुन की बात का सटीक जवाब दें। उन्हें धुँधली-सी याद आयी कि बुबुन की उम्र में उन्होंने यह किताब देखी थी ? या उससे और कम उम्र में ? सही उम्र याद नहीं आ रही है, लेकिन थोड़ी समझ आते ही उन्होंने इस भारी-भरकम पुरानी किताब को देखा था जिसके मुखपृष्ठ पर गीता के कृष्णार्जुन का चित्र बना था। लेकिन एक छोटी चौकी पर प्रतिदिन पढ़ी जानेवाली उस जीर्ण पुस्तक के बगल में दो-चार ताजे फूल रखे रहते थे। अगर-टगर न मिलते तो हरसिंगार या एक गंधराज और तुलसी के पत्ते होते। माँ जब अपने गोपाल को पुष्प चढ़ाती थीं, ठीक तभी उस पुस्तक पर भी एक फूल चढ़ाकर उसे प्रणाम करती थीं। अपने सभी काम निबटा करके दोपहर के वक्त खुले बालों के छोर पर गाँठ बाँधकर चौकी के सामने तनकर बैठकर गुनगुनाते हुए उस पुस्तक का पारायण करतीं। रोज एक घंटे तक उसका पाठ करतीं। रोज ही उसी तरह तनकर बैठतीं। वही माँ, उम्र के आखिरी पड़ाव पर सीधी होकर चल नहीं पाती थीं। दुबला-पतला शरीर कमर से बिल्कुल झुक गया था। बैठ भी नहीं पाती थीं।

रात का भोजन पकाने का समय हो गया था। वह अब खाना नहीं पकाती

थीं। मदद कर देतीं, सब्जियाँ काट देतीं। उन्हें रसोई पकाने की इच्छा होती थी। खोका को अपने हाथों से पकाकर खिलाने की। खोका को शुरू से ही माँ के हाथों का पकाया खाना पसंद था। कभी-कभी उन्हें लगता कि वे रंजा से कहें कि रसोई पकाना कोई ज्यादा मेहनत का काम नहीं है, बल्कि सब्जियाँ काटकर, धोकर, चीजें सामने रख देने पर उन्हें रसोई बनाने में दिक्कत नहीं आएगी। लेकिन वह कह नहीं पाती थीं। सोचती थीं अब तो गृहस्थी इन्हीं लोगों की है, जैसा चाहें करें। वैसे रंजा का स्वभाव बहुत नेक है। उन्होंने खुद ही धीरे-धीरे घर-गृहस्थी के कामों से अपने को समेट लिया था। मगर इस तरह समेटना क्या इतना आसान था ? कतई नहीं। वर्षों तक किसी चिड़िया की तरह तिनका-तिनका इकट्ठा करके उन्होंने इस नीड़ को बनाया था। इस घर की बहू होकर आने के बाद उन्हें कोई सजी-सजायी गृहस्थी नहीं मिली थी। शादी के पहले भी शशिशेखर की कभी घर-परिवार में रुचि नहीं रही। जंगल-पहाड़ों में नौकरी करते रहे और तंबुओं में सोते रहे। मिलिटरी इंजीनियर थे, स्वभाव भी फौजी था। उन स्थानों पर कनकलता कभी गयी नहीं। डिब्रूगढ़ अथवा तेजपुर जैसे शहरी क्षेत्र में उनके पति शायद एकाधिक बार ले गए थे। नयी-नयी सुंदर जगहें, पति का संग-साथ, वे कुछ दिन बहुत अच्छे बीते थे। शायद तब और अच्छा लगता जब फौज से छुट्टी मिलने के बाद घर लौटकर शशिशेखर घर के ही होकर रह जाते। लेकिन ऐसा होता नहीं था। इन सब शहरी क्षेत्रों में रहने के दौरान हालाँकि शशिशेखर के लिए दफ्तर की कोई समयबद्ध पाबंदी नहीं रहती थी। मगर पूरी छुट्टी भी नहीं होती थी। बँगले या गेस्ट हाउस में रहते हुए भी दफ्तर के माहौल का एहसास होता रहता था। शाम को बिना नागा क्लब जाते थे। कनकलता को सबसे ज्यादा चिढ़ इसी से होती थी और इसी में उन्हें खतरा भी नजर आता था। मौज-मस्ती उन्हें भी पसंद थी, बहुत अच्छा गला भी था उनका, लेकिन उनके नृत्य-संगीत के इस आनंद उत्सव का रूप इससे अलग था। क्लब का माहौल, वहाँ की बातचीत, मदिरापान, वहाँ की कोई चीज उन्हें जरा भी नहीं अच्छी लगती थी। यह बात सही है कि शशिशेखर उन पर कभी भड़के नहीं थे मगर उन्हें बुरा जरूर लगता था। लेकिन यह भी कुछ ही दिनों की बात होती। वहाँ से वे फिर अपनी घर-गृहस्थी में लौट आतीं, जहाँ साल भर में कभी महीने भर या बीस दिन के लिए शशिशेखर अतिथि होकर आते। ये दिन उत्सव के होते। वह देर रात आँगन में चाँदनी में बैठकर एक के बाद एक रवींद्र संगीत गातीं। नन्हा सुगत पिता की गोद में बैठा रहता। उनका प्रिय गीत था 'ताई तोमार आनंद आमार पर' (इसीलिए तुम्हारी

खुशी मेरे लिए परायी है।) अपनी माँ के साथ सुगत भी गाता, 'तोमाय नइले तिभुवनेर सर' (हे तीनों लोक के स्वामी तुम्हारे न रहने पर...) इसके अलावा न जाने कितने किस्से सुनने को मिलते। विभिन्न आश्चर्यजनक जगहों के। विचित्र घटनाओं के।

हर साल एक महीने का हिसाब किया जाए तो पूरे एक साल का ही हिसाब बैठता है। शशिशेखर की मृत्यु के समय बुलबुली आठ साल की थी। और उनकी मौत भी कैसी रही। उतनी दूर जंगल में उस तरह से कोई जाता है ? कनकलता ने आखिरी बार उन्हें अपनी आँखों से भी नहीं देखा। गढ़वाल हिमालय के भीतर कहीं भूस्खलन वाली जगह में युद्धस्तर पर बनाए मार्ग के निरीक्षण के लिए वे गए थे। जिस जगह वे खड़े थे अचानक वह जगह भी भूस्खलन की चपेट में आ गयी। उसी के साथ छः-सात कामगार तथा सामानों सहित कुछ दूर खड़े, लोगों के सामने देखते-देखते हजारों फुट नीचे खाई में गिरकर मलबे में दब गए। उन्हें सबसे पहले तार फिर चिट्ठी से जानकारी मिली। खबर पाकर उनके सभी बड़े भाई पहुँच गए। वह अपने बच्चों को छोड़कर अपने बड़े भाई के साथ हरिद्वार गयी थीं, वहाँ से सेना की जीप से रुद्रप्रयाग, वहाँ से और भीतर। विशाल हिमालय को देखते हुए उनके मन में यही एक बात बार-बार उठती रही—तुम इतने महान् हो, क्या मुझे इस तरह बर्बाद करना तुम्हारे लिए उचित हुआ ? जिसे तुमने दबोच लिया, तुम्हारे सामने आखिर उसकी हैसियत क्या थी ? लेकिन मेरा तो वही एकमात्र सहारा था। क्षण-क्षण में वह विशाल पर्वतमाला जैसे उन्हें जता रही थी कि मनुष्य का दुःख और उसका हाहाकार उसके लिए नगण्य है। अपने आकार काल और उपस्थिति में अपने समस्त सुख-दुःख के साथ इस विशाल प्रकृति के आगे मनुष्य की हैसियत क्या है ! मगर उतनी सी हैसियत में न जाने कितने सपने, कितनी आकांक्षाएँ, कितनी हताशाएँ, दंभ व रक्तपात की भावना मौजूद रहती है।

वहाँ से लौट आने के कुछ दिनों के बाद सम्मानपूर्वक लिखी एक चिट्ठी सहित एक रसीद उन्हें मिली। जो व्यक्ति जाते समय सिर्फ अपने पहने हुए कपड़ों के अलावा कुछ नहीं ले गया था, उसकी दैनिक व्यवहार की चीजें, उसका सामान, पहनने के कपड़े, कागज-पत्र आदि उस भारी-भरकम काले ट्रंक में भरकर रेलवे से बुक कराकर उनके पास भिजवा दिया गया था।

इसके अलावा एक नौकरी का प्रस्ताव भी आया था। उन्हें फोर्ट विलियम स्कूल में सारी सुविधाओं सहित अध्यापिका की नौकरी दी जा रही थी। मगर छत्तीस वर्षीया कनकलता ने तय कर लिया कि वह अपने बच्चों को इस परिवेश

और जीवन शैली से दूर ही रखेंगी। वह बाँग्लादेश की सीमा पर स्थित इस शहर में बस गयीं। इस धूलधूसरित रूखे शहर ने उनके बच्चों को बड़े प्रेम से अपना लिया। उनसे अपनी संवेदना जतायी और भरोसा दिया। बेहद संघर्ष के दिनों में भी उन्हें अकेला महसूस नहीं होने दिया। बस तभी से उन्होंने नौकरी शुरू की। उस वक्त उनका बेटा ग्यारह साल का था और बेटी आठ साल की। तब वे शहर के एक स्कूल में पढ़ाती थीं।

छत पर कैम्पखाट में लेटे-लेटे कब उनकी आँख लग गयी, पता ही नहीं चला कनकलता को। बेटे की पुकार पर वह चौंककर जागीं। तभी उन्हें अपने सो जाने का पता चला। बेटा कुछ चिंतित-सा उनकी ओर देख रहा था। उसका सहारा लेकर वह धीरे-धीरे उठ खड़ी हुईं।

'कब आया ?'

'अभी थोड़ी देर पहले। रंजा ने बताया कि तुम छत पर लेटी हुई हो। ऐसे अकेले में क्यों लेटी हुई हो ? तबीयत तो ठीक है ?'

'बिल्कुल ठीक है। ऐसे ही लेटी हुई थी।'

नीचे आकर बैठते ही बुबुन अपनी पढ़ाई छोड़कर उठ आया। 'पिताश्री, अम्माँ भी आज स्कूल से इतनी मोटी किताब ले आयी हैं। अब अम्माँ को भी रोज पढ़ना पड़ेगा।'

'हाँ, बेटा, जरूर पढ़ूँगी। तुम रोज अपने स्कूल की पढ़ाई कर चुकने के बाद मुझे भी पढ़ा दिया करना—ठीक है न ?'

बुबुन गंभीर होकर कुछ सोचने लगा। एक-एक करके अपने पिता, माता और अम्माँ की ओर देखकर सोचने लगा—कि कहीं उससे मजाक तो नहीं किया जा रहा था ?

रंजा बुबुन के पास बैठी कुछ सिल रही थी। कनकलता बरामदे में पड़ी अपनी कुर्सी पर आकर बैठ गयीं। उन्हें एक ही नशा था—एक छोटी गुड़ाखू भरी डिबिया से मंजन लेकर उससे बार-बार दाँत माँजने का। पहले सिर्फ रात में ही माँजती थीं, अब वह दिन में कई बार माँजती थीं। किसी चिंता में डूबते ही उन्हें मंजन करने की तलब लग जाती। अक्सर वह अपनी इस आदत पर मन ही मन हँसती

थीं। सोचतीं, कहाँ तो आदत न पड़ जाए इस डर से ऐसीडिटी की टैबलेट तक दो दिन लेने के बाद तीसरे दिन नहीं लेती थी, और अब जाने कैसे इसके चक्कर में...

एक बार उनके दाँतों में बहुत दर्द हुआ था। उन्हीं दिनों स्कूल के किसी ने उन्हें यह आदत लगवा दी थी। कहा था, दाँत दर्द मिटाने की यह अचूक दवा है। अपने दोनों बच्चों को घर में छोड़कर दाँत निकलवाने का उन्हें साहस नहीं होता था। वह डरतीं कि अगर खून ज्यादा बहने लगे, या किसी इन्फेक्शन से वह मर जाएँ तो उनके दोनों बच्चों का क्या होगा ? उन्हें कौन देखेगा ? उस छत्तीस साल की उम्र से अपना सारा परिचय भूलकर कनकलता सिर्फ माँ बनकर रह गयीं। किसी और के न रहने पर उन्हें ही माता-पिता-शिक्षक, सभी की भूमिकाएँ निभानी पड़ीं। शाम को उनके पास बैठकर उन्हें पढ़ाने की बात सोचकर वह दिनभर हर प्रकार के परिश्रम को बर्दाश्त कर जातीं। स्कूल से लौटकर वह किसी से बातचीत में जरा भी वक्त नहीं बर्बाद करती थीं। शाम ढलने से पहले वह रात का खाना तैयार कर लेती थीं। बच्चे अपनी पढ़ाई खुद ही करते, कभी-कभार ही उन्हें कुछ पूछने की जरूरत पड़ती। लेकिन उनकी पढ़ाई के दौरान कनकलता उनके पास चुपचाप बैठकर कभी कोई किताब पढ़तीं या कोई सिलाई या बुनाई का काम करतीं। अपने अंतर्मुखी स्वभाव के कारण वह अपने बच्चों तक को कभी अपने सीने से भींचकर उन्हें प्यार नहीं कर पायी थीं, उस तरह उनके पास बैठकर उन्हें लगता कि वह उन्हें छूकर अपना भरपूर प्यार दे रही हैं। उन्हें लगता कि उनके बच्चे जब बड़े होकर अपनी गृहस्थी बसाएँगे तब उनके मन में कभी-कभी ऐसी शामों की स्मृतियाँ जरूर आएँगी। पता नहीं, उस वक्त उनके मन में इतनी दूर का ख्याल आता भी था या नहीं ? उन दिनों तो प्रतिदिन ही अपनी लड़ाई अकेले लड़नी पड़ती थी। कितने लोगों ने उन्हें यह सलाह भी दी थी कि घर में पिता के न रहने पर बच्चों को हॉस्टल में रखना ज्यादा अच्छा होगा। उन्होंने कभी ऐसी सलाह पर ध्यान नहीं दिया। पिता के न रहने के कारण ही तो उन्हें अपने पास और ज्यादा रखने की जरूरत थी। डॉक्टर जेठ भी खोका को अपने पास मुंबई में रखना चाहते थे। सुगत कमरे में कनकलता का बिस्तर बिछा रहा था। काम खत्म करके करीब आकर बैठ गया। उसने अपने सिर को कुर्सी के हत्थे पर रखने के बहाने उनकी गोद में रख दिया। उसकी गर्दन, पीठ और बाँहें गोरी थीं, हाथ के नीचे का हिस्सा धूप में झुलसकर ताँबई हो गया था। बहुत दुबला-पतला था वह। बनियान के अंदर से उभरी हुई रीढ़ की हड्डी नजर आ रही थीं। उसकी

कलाइयों को देखकर बीच-बीच में चिंता होती थी। अपने पिता की तरह उसे रंग मिला था, वैसी ही कद-काठी भी पर स्वास्थ्य पिता जैसा नहीं था। वैसा स्वास्थ्य हो भी कैसे सकता था ! दोनों ही कुछ देर वैसे ही मौन बैठे रहे। इसके बाद सुगत स्कूल में आज होनेवाली घटनाओं के बारे में पूछने लगा। तुम्हें तो उनलोगों ने बिल्कुल आचार्य जैसा सम्मान ही दिया है—छाता-शॉल...।

'बेचारे, हृषीकेश और प्रदीप तो रोने ही लगे। हरेनबाबू की आँखें भी भर आयी थीं।'

'और स्कूल के बच्चे ?'

'उनसे ज्यादा तो उनके माता-पिता दुखी थे। बहुत अच्छे लोग हैं सब। बाल-बच्चों को गोद में उठाए वे सब बस के रास्ते तक चले आए थे—बस से भेजने के लिए वे राजी ही नहीं थे। आखिरकार बिसुन रिक्शा में घर तक छोड़ गया।'

'और तुम ? तुम रोयी थीं कि नहीं ?' वातावरण को भारी होता देखकर सुगत ने अपनी माँ को चिढ़ाने के लिए ही यह कहा।

'ओ हो हो...बूढ़ी बिटिया रो रही थीं...ओ...हो...हो।'

उसके इस नाटक पर कनकलता लज्जा में पड़ गयीं। बोलीं, 'धत्, मैं नहीं रोयी थी।'

इस बीच रंजा मुसकराते हुए दरवाजे पर आकर खड़ी हो गयी थी। बोली, 'माँ को क्यों परेशान कर रहे हो ?'

जमीन पर मत्था टेककर कनक ने भगवान को प्रणाम किया। इसके बाद सोने चली गयीं। आँखों पर चश्मा चढ़ाकर उन्होंने तकिए के बगल में रखी किताब उठा ली। एक बार पीने के पानी, मसहरी से सटी बेडस्विच, तकिए के नीचे रखी टार्च आदि को एहतियातन देख लिया। उन्हें पता था कि सब कुछ ठीक है मगर खुद एक बार जाँच लेने की आदत पड़ गयी थी। हाथ की किताब उन्होंने आँखों के सामने कर ली। सुलेखा सान्याल की 'नवांकुर' थी। इस लेखिका का नाम पहले कभी नहीं सुना था, मगर लिखा बहुत अच्छा था। एक गाँव की लड़की की बचपन से लेकर बड़े होने की कहानी थी। गाँव के स्कूल की पढ़ाई खत्म करके शहर के बड़े स्कूल में भर्ती होने के लिए वह अपनी माँ को छोड़कर बुआ के साथ जा रही थी। दूसरे विश्वयुद्ध की पृष्ठभूमि में लिखी कहानी थी। मगर

अभी भी यह तस्वीर क्या पूरी तौर पर बदली है ? उन्हें याद आया कि वह इस शहर के जिस स्कूल में पहली बार नौकरी के लिए गयी थीं वह गैर-बंगाली लड़कियों का स्कूल था। वहाँ कक्षा आठ तक की पढ़ाई होती थी। कनकलता भूगोल और अँग्रेजी पढ़ाती थीं। दोनों ही भयावह विषय थे। मगर जाने कैसे नन्ही-मुन्नी प्यारी बच्चियों की वह चहेती हो गयीं। यहाँ तक कि उनके पिता की भी वह श्रद्धेय बन गयीं। उन बच्चियों के पिता, क्योंकि किसी छात्रा की माँ को उन्होंने स्कूल में आते हुए नहीं देखा, कनकलता को विशेष सम्मान देते थे, जबकि अन्य शिक्षिकाएँ उन्हीं की जात-बिरादरी की थीं और सबसे पारिवारिक परिचय भी था। कनकलता ही बाहरी थीं। कनकलता एक प्रकार की खामोश दूरी बनाए रहती थीं। शायद इसीलिए उन्हें अलग सम्मान प्राप्त होता था। कारण जो भी रहा हो, उन्हें यही समझ में आता था। शायद इसीलिए वह चकित करनेवाली घटना भी संभव हुई थी। उन्हें आज भी याद है। छह लड़कियाँ कक्षा आठ की सालाना परीक्षा में अच्छे अंकों से उत्तीर्ण हुई थीं। उन्होंने दूसरे दिन देखा कि वे सब कक्षा दो की सीढ़ियों पर छलछलायी आँखों से बैठी हुई थीं। आखिर बात क्या है ? हेड मिस्ट्रेस मिसेज श्रीवास्तव भी चकित थीं। लड़कियों ने व्याकुल होकर कहा, 'बहिनजी हमलोग तो पास हो गयीं...हमलोगों को और पढ़ने दीजिए।' उन सभी को बहुत दुःख हुआ था। खासकर उनकी जात-बिरादरी की शिक्षिकाओं के प्रति उनका भय या उनकी असहजता स्पष्ट थी, उनकी भावनाएँ साफ नजर आ रही थीं।

वाकई, इन लड़कियों के घर बैठ जाने के बाद दुनिया के सभी दरवाजे उनके लिए बंद हो जाएँगे। जबकि वे सब मेहनती और पढ़नेवाली छात्राएँ थीं। काफी सोचने-विचारने के बाद उस दिन तो उन लड़कियों को समझा-बुझाकर घर भेजा गया। वे जाते समय अगले दिन फिर आने की बात कह गयीं। लड़कियों के जाने के बाद सेक्रेटरी आए। प्रेसीडेंट भी आए। उनके सामने अर्जी रखी गयी। पहले तो दोनों ने यही कहा, 'क्या होगा आगे पढ़ करके ? घर में रहना है, नौकरी तो करनी नहीं है।'

हालाँकि मिसेज़ श्रीवास्तव के खामोश रहने के बावजूद सुषमा देवी, मिसेज सिंह जैसी कई वरिष्ठ अध्यापिकाओं ने उन लड़कियों की वकालत की थी। कनकलता चुप ही थीं। वृद्ध प्रेसीडेंट ने उनसे पूछा, 'आप कुछ कहना नहीं चाहतीं ? सभी लड़कियाँ तो आपकी बातें खूब मानती हैं।'

कनकलता ने कहा था, 'देखिए, पढ़ाई-लिखाई करने पर नियम से सभी पास भी होंगी। लेकिन पास होना तो गुनाह नहीं है। मेरी राय अगर जानना चाहते

हैं तो, पास करना ही पढ़ाई-लिखाई का सब कुछ नहीं होता। इतनी बड़ी दुनिया में आदमी आया है, कितना सुंदर उसका जीवन है, पढ़ने-लिखने से ही यह सब बात समझ में आती है। अच्छे-बुरे का ज्ञान होता है। हर व्यक्ति के लिए जरूरी है कि वह खुद सोच-विचारकर फैसला कर सके।'

आखिरकार स्कूल कमेटी को राजी होना पड़ा। लड़कियाँ आगे की पढ़ाई करती रहें, वे उन्हें इम्तहान दिलाने के परमिशन की कोशिश करेंगे। लेकिन एक बात उन्होंने साफ कह दी थी कि नयी कक्षा के लिए वे किसी नयी अध्यापिका को नियुक्त नहीं कर सकते।

नीलम, सरस्वती, विनीता, रेखा और बाकी दो लड़कियों का नाम याद नहीं आ रहा, उनके चेहरे कितने खिल गये थे। उनकी आँखों में कृतज्ञता का भाव था। एक अध्यापिका को इससे अधिक और क्या चाहिए ! छहों ने टैस्ट में एलाउ होकर इम्तहान दिया था। विनीता शायद पास नहीं हो पायी थी। नीलम और रेखा को हाई सेकेंड डिवीजन मिला था। इससे कहीं बड़ी मुक्ति उन लोगों को मिली थी। विद्यार्थी बने रहने की, पढ़ने के अधिकार की मुक्ति।

कनकलता खूब सुबह उठ जाती थीं। यह उनकी हमेशा की आदत थी। उनके बचपन में उनकी माँ अँधेरा छँटने के पहले ही उठ जातीं, उस वक्त चिड़ियों की चहचहाहट भी नहीं शुरू हुई होती। इसके बाद जाने कब पिता भी उठ जाते। पिता के गाने की आवाज कानों में जाते ही उनकी नींद टूट जाती। उस वक्त पूरी तौर से सुबह हुई भी नहीं रहती। फिर भी वह उठकर देखतीं कि माँ का स्नान-ध्यान हो चुका होता। वह खुद भी इतने दिनों तक भोर में नहाती आयी थीं। इधर थोड़ा डर लगता था। शरीर अब साथ दे नहीं रहा था। अब तक कितने आँधी-तूफान इसपर से गुजर चुके थे। अभी भी वह ऐसे-वैसे रोग से मुक्त ही थीं—उन्हें ब्लडप्रेशर नहीं था, डायबिटीज नहीं था। इधर कई वर्षों से उनका दिल थोड़ा कमजोर हो चुका था। कनकलता अमूमन अपने स्वास्थ्य का ख्याल रखती थीं। बीमार होकर पड़े रहने से वह बहुत डरती थीं। उनकी भोर उनकी माँ जैसी शांत भोर नहीं हुआ करती थी। बच्चे जब छोटे थे, तब उनके लिए खाना पकाना, स्कूल के लिए नाश्ता, अपना टिफिन बनाकर घर-गृहस्थी के तमाम छोटे-बड़े काम खत्म करके खोका-बुलबुली को खिलाकर, खुद खाकर दस बजते-बजते घर से निकल पड़ना होता था। इसके बाद काफी दिनों तक, खोका घर से बाहर उनसे दूर ही रहा...

अब कनकलता अँधेरा रहते नहीं उठतीं। उजाला होने देती हैं। उन्हें भी

नहीं जगातीं। सोने दो उन्हें। आँगन में हरसिंगार के पेड़ पर एक जुही की लतर चढ़ गयी थी। थोड़ी-सी खाली जमीन में दो-चार गुलदाउदी के पौधे पिछले साल के पड़े बीजों से अपने आप उग आए थे। यहीं जाड़ों में गेंदे के फूल खिलते थे। रंजा ही यह सब करती है। उसे ही बागीचे का शौक है। कई छोटे-छोटे गमलों में उसने कैक्टस के पेड़ लगाए हैं। भोर में फूलों की सुगंध आते ही आज भी लगभग रोज ही बुलबुली की याद आ जाती है। वह भोर में उठना ही नहीं चाहती थी, उसकी नींद ही नहीं टूटती थी। लेकिन जब वह नहा-धोकर आँगन की ओर के बरामदे की सीढ़ी पर बैठकर गाती थीं, तब वह उठकर आ जाती थी। आँखें तब भी नींद से बोझिल होतीं, देह में बिस्तर की गर्माहट होती। करीब आकर उनसे सटकर बैठ जाती। उस वक्त वह स्कूल में पढ़ती थी। यह बात इस घर की नहीं है। वह मकान यहाँ से काफी अधिक खुला था। किराए का मकान था वह। शशिशेखर की मृत्यु के बाद उनके प्राप्य रुपयों से यह मकान खरीदकर उन्होंने जरूरत मुताबिक थोड़ा परिवर्तन कर लिया था। उनके जेठ ने खुद अपने सामने सब कुछ करवाया था।

अभी भी सुबह धुले कपड़े पहनकर, एक अगरबत्ती जलाकर भगवान को प्रणाम करके सुबह के शांत आकाश के नीचे बरामदे में कुछ देर चुपचाप बैठे रहना कनकलता को अच्छा लगता था। हवा में हल्की ठंड थी। इधर कई दिनों तक अच्छी बारिश हुई थी।

रंजा भी उठ गयी थी। उसके स्नानघर में पानी गिरने की आवाज उन्हें सुनायी पड़ रही थी। यहाँ से निकलकर वह रसोईघर में जाकर चाय बनाएगी। बस इसी एक जगह कनकलता उनपर निर्भर हो गयी थीं। उनसे गैस जलाते नहीं बनता था। अगर वह चाहतीं तो क्या वह सीख नहीं सकती थीं ? मगर इधर भीतर से कोशिश करने की इच्छा ही मिटती जा रही थी। उन्हें लगता, अब रहने दो, बहुत दिनों तक तुमने सीखा है, किया है, अपना काम चलाती आयी हो, अब बस करो। क्या इसी को थकान कहते हैं ? बुढ़ापा ? क्या वह बूढ़ी हो गयी हैं ? क्या पता, इन बातों पर सोचने का वक्त ही उन्हें कब मिला ? बस हमेशा यही लगता कि देर न हो जाए—ऐसी ही हड़बड़ी में काम निपटाते-निपटाते समय बीत गया। रंजा चाय ले आयी थी। कुर्सी की बगल में एक स्टूल पर उसने उसे रख दिया। रोज की तरह उसने यही सवाल पूछा, 'माँ, सुबह नाश्ते में क्या बनेगा ?'

'कुछ भी बना लो। रोटियाँ तो बनेंगी ही। कुछ तल लो या सब्जी बना लो। चलो मैं सब्जियाँ काट देती हूँ।'

'अभी नहीं। अभी आराम कीजिए। दाल-भात, रोटी बन जाने पर मैं बता दूँगी। आज तो कोई जल्दी नहीं है।'

सुबह के वक्त भागमभाग रहती है। सुगत दाल-भात खाकर लंच पैक करके साढ़े आठ बजे निकलता है। बुबुन के स्कूल का रिक्शा भी लगभग तभी आता है। वह इस वक्त रोटी खाकर निकलता है। दो बजे छुट्टी होती है, लौटकर तब वह भात खाता है। सुबह नौ से दोपहर दो—कितना विचित्र टाइम है इतने छोटे बच्चों के लिए स्कूल का; उनकी समझ में नहीं आता। ढाई बजे घर लौटकर थोड़ा दम लेकर भात खाते-खाते तीन बज जाते हैं। इसके बाद थकान से उसे नींद आ जाती है। अगले साल वह क्लास थ्री में जाएगा। तब ग्यारह से तीन उसके स्कूल का समय होगा। यह बात भी ठीक है।

अपने कोवाँरडी गाँव के सरकारी स्कूल में जब वह पहली बार गयी थीं तब किसी-किसी दिन घर लौटकर खाने की थाली सामने होते हुए भी खा नहीं पाती थीं। उनकी आँखों के सामने भूखे बच्चों के चेहरे तैरने लगते थे। दो रोटी, सब्जी, केला या संतरा वे अपने टिफिन में हमेशा ले जाया करती थीं। सुबह हड़बड़ी में थोड़ा-बहुत खाकर बस पकड़ने निकल जातीं फिर तीन बजे स्कूल की छुट्टी होने पर चार-सवा चार बजे तक घर लौटतीं—इतने लंबे समय तक खाली पेट रहने पर उन्हें बेचैनी महसूस होने लगती थी। लेकिन लंच ले जाना भी अपने आप बंद हो गया। दिन में तीन वक्त का खाना, बच्चों को विधिवत भोजन परोसना—उन्हें एक किस्म का अपराध भाव महसूस होने लगा। शुरू-शुरू में उन्होंने पाया कि गाँव के बच्चे स्कूल नहीं आते थे। स्कूल के दो मास्टर भी ग्यारह बजे के करीब एक बार आते थे, कुछ देर इधर-उधर टहलकर सामने दीख जानेवाले दो-चार लोगों को 'क्यों रे, अपने बच्चों को पढ़ने क्यों नहीं भेजते ?' ऐसा कहकर वे घर चले जाते थे। स्कूल में बैठने की जगह भी नहीं थी। कुछ बल्लियाँ गाड़कर उनपर टीन की चादर डालकर स्कूल बना दिया गया था, जिसमें एक लड़खड़ाती हुई मेज और एक हत्थेवाली कुर्सी, कुल मिलाकर यही सामान था।

कोवाँरडी मोड़ पर बस नहीं रुकती थी। बाँकुड़ा जानेवाली एक्सप्रेस बस उन्हें जहाँ उतारती थी, वहाँ से कोवाँरडी पहुँचने के लिए करीब बीस मिनट का पैदल रास्ता था। साढ़े दस बजे पहुँचने के बाद वह पहले दो दिनों तक वहाँ अकेली ही हाथ में एक बुनाई लेकर बैठी रही थीं। दूसरे दिन हेडमास्टर हरेनबाबू से भेंट हुई। नाटे कद के प्रौढ़ व्यक्ति थे वह। उस क्षेत्र के लोगों की तुलना में वह ज्यादा गोरे थे, हालाँकि धूप से उनका रंग ताँबई हो गया था। कनकलता के आने की

खबर पाकर ही वह आए थे, यह उनकी बातों से समझ आ गया। शायद सूचना देकर ही आए थे, तभी थोड़ी देर बाद विद्यालय के दूसरे शिक्षक हृषीकेश भी पहुँच गए। उस वक्त ये कुल तीन शिक्षक ही थे। रजिस्टर वगैरह हरेनबाबू अपने साथ घर ले जाते थे। जिस दिन वह आते, साथ ले आते। स्कूल में रजिस्टर रखने की कोई जगह नहीं थी।

दूसरे दिन आकर कुछ औपचारिक बातों के बाद हरेनबाबू ने कनकलता को भी समझाया था, 'देखिए बहन जी, सरकार की जो नीति है उसका पालन तो करना ही पड़ेगा। रजिस्टर में एक सौ छः विद्यार्थियों के नाम दर्ज हैं। ये सब न स्कूल में आएँगे, न पढ़ेंगे ही। इनके चौदह पुरखों में भी किसी ने 'क' भी नहीं पढ़ा होगा। आपको अपना घर-बार छोड़कर शहर से यहाँ आकर अकेली बैठे रहने की जरूरत नहीं है। सप्ताह में एकबार हाजिरी लगाना ही काफी होगा।'

कनकलता बिल्कुल अवाक् रह गयी थीं। इसके बाद बड़ी दृढ़ता से उन्होंने कहा था, 'मास्टर साहब, आपकी यह बात मैं बिल्कुल मान नहीं सकती। गाँव के बच्चों को पढ़ाने के लिए मैं वेतन लूँगी, मगर मैं स्कूल नहीं आऊँगी, उन्हें पढ़ाऊँगी नहीं, यह कैसे हो सकता है ?'

हरेनबाबू उनकी बात तब भी समझ नहीं पाए थे। उन्होंने आश्वासन देते हुए कहा, 'चिंता की बात नहीं, ये लोग किसी से शिकायत नहीं करते। खुद ही अपने बच्चों को नहीं भेजते। उनके बच्चे अगर स्कूल में पढ़ेंगे तो गाय-भैंसों को कौन चराएगा ?'

'मास्टर साहब, गाँव के बच्चे स्कूल आकर लिखना-पढ़ना सीखें, इसीलिए तो यहाँ स्कूल खोला गया है। मेरे बच्चों को जब यह पता चलेगा कि उनकी माँ स्कूल की टीचर हैं, मगर खुद स्कूल नहीं जातीं, तब उनपर क्या प्रभाव पड़ेगा ? ऐसी हालत में मैं उन्हें क्या शिक्षा दूँगी, जरा बताइए ?'

इस वक्त जरा भी वक्त नहीं बर्बाद किया जा सकता था। इस वक्त खोका निकलेगा तो शाम ढलने पर ही लौटेगा। उन्होंने भोजन परोस दिया। खाते समय सुगत ने अचानक पूछ लिया, 'माँ, बुलबुली ने इधर कोई पत्र नहीं लिखा ?'

'हाँ, काफी दिनों से कोई खबर नहीं आयी। मगर उसने यह भी लिखा था कि वह ट्रुप के साथ उड़ीसा, आंध्रप्रदेश जा रही है। दो-चार दिनों में ही कलकत्ता लौटने की बात है।'

'बबली ?'

'बबली, अंजन के पास है। वह तो सुबह दफ्तर निकल जाता है, लौटते-लौटते शाम हो जाती है। न जाने इतनी देर वह छोटी बच्ची कैसे रहती है।'

सुगत ने फिर कुछ नहीं कहा। झटपट अपना खाना खत्म किया। रंजा दोनों का लंच बाक्स मेज पर रखकर बुबुन का जूता-मोजा सँभाल रही थी।

उनके तैयार होकर न निकलने तक घर में हायतोबा मची रहती। हालाँकि सुगत अपना सामान खुद ही सँभालकर रख लेता था मगर बुबुन तो अकेले ही आफत मचाये रखता। ऐन मौके पर उसका ध्यान किसी न किसी खेल में बँट जाता। कभी कुल्ला करते समय बेसिन में कितनी दूर से कुल्ला किया जा सकता था, इसे परखता, कभी एक पैर में मोजा पहने ही वह किसी कीड़े को देखने के लिए भागता। जब तक उसे तैयार करके स्कूल के रिक्शा पर ठेलकर चढ़ा नहीं दिया जाता, ऐसा ही चलता रहता। रिक्शा में बैठते ही वह एकदम शांत और अच्छा लड़का बन जाता था। स्कूल में एक अच्छे बच्चे के रूप में ही उसकी ख्याति थी।

इसके बाद वह खुद तैयार होती थीं। इतने दिनों से यही सिलसिला चला आ रहा था। रंजा को नाश्ता देकर रसोई में कुछ और छिटपुट काम करने के बाद वह साढ़े नौ बजे तक खा लेती थीं। अब उनसे जल्दीबाजी में काम नहीं होता था। दस बजे वह स्कूल के लिए बस पकड़ने निकल जाती थीं।

आज कितना विचित्र लग रहा था। अब से वह स्कूल नहीं जाएँगी। बस के उन सब परिचित चेहरों, गाँव, छात्र-छात्राओं से उनकी भेंट नहीं होगी। स्कूल आज भी खुलेगा। उनकी कक्षा के विद्यार्थी खाली बैठे रहेंगे। खाली क्या बैठेंगे, शोरगुल, उछलकूद करते रहेंगे। इस वर्ष उनकी कक्षा—कक्षा एक और दो में चौरासी बच्चों ने दाखिला लिया था। जो बच्चा ठीक से बोल भी नहीं पाता था, उसके माता-पिता भी उनके पास लाकर कहते, 'इसे भी थोड़ा सिखा दीजिए बहनजी, आपके चले जाने पर अब और कौन इतने जतन से हमारे बच्चों को पढ़ाएगा ?'

वह उन्हें समझातीं—यह स्कूल तुम्हीं लोगों का है, अपनी सुविधा-असुविधा की बात मास्टर साहबों को बताना। उनके मुँह पर कोई जवाब नहीं देता था, मगर वह यह जानती थीं कि इनमें से ज्यादातर लोग हरेनबाबू के देनदार रहे हैं। इन पंद्रह-सोलह सालों में काफी कुछ बदला है, हरेनबाबू जैसे लोगों को भी काफी बदलना पड़ा है, फिर भी ये लोग डरते हैं। एक तो महाजन, उस पर ब्राह्मण। यह डर उनके भीतर जाने कब से बैठा हुआ है। सोलह सालों में क्या इसे जड़

से खत्म किया जा सकता था ?

रंजा ने पति के कपड़े धुलने के लिए निकाल रखे थे। उसके जेबों को उन्होंने एक बार उलट पुलट कर देख लिया। कपड़ों में बेटे की देह गंध बसी हुई थी। अभी भी जब वह घर में टहलता है, उनसे बीच-बीच में बातें करता है, उन्हें सपने जैसा ही लगता है। उन्होंने सोचा भी नहीं था कि वह लोफर कभी यहाँ लौटेगा, उन्हें माँ कहकर पुकारेगा, वह उसे फिर से अपने सामने बैठाकर खिला पाएँगी।

उस वक्त उसने हायर सेकेंडरी की परीक्षा दी थी, अभी पूरी तरह से सत्रह साल का हुआ भी नहीं था। अचानक एक दिन रात को पुलिस आ धमकी। वह आतंक से भी ज्यादा आश्चर्य से जड़ हो गयी थीं। अचानक कच्ची नींद से उठी बुलबुली उनके पीछे आतंकित होकर खड़ी थी। बाद में उन्हें घटनाओं की जैसी जानकारी हुई उसकी तुलना में उस दिन आफिसर ने भद्र व्यवहार किया था।

उन्होंने कहा था, 'हमलोग आपको जानते हैं। लेकिन आपको पता नहीं कि कैसा जमाना आ गया है, चारों तरफ क्या कुछ घट रहा है। कम उम्र के बुद्धिमान लड़कों को कुछ नेता बहलाकर गलत रास्ते पर डाल रहे हैं। आप नहीं जानतीं कि आपका बेटा कहाँ जा रहा है, किन लोगों के साथ उठ-बैठ रहा है, मगर हम इसे जानते हैं। इनकी संगत से अपने बेटे को छुड़ाने के लिए उसे यहाँ से कहीं बाहर भेज दें। अन्यथा फिर बात हाथ से निकल जाएगी।'

फिर भी कनकलता को यकीन था कि पुलिस को जरूर गलतफहमी हुई है। पुलिस ने उसके बिस्तर को उठाकर देखा, ताख और पढ़ने की मेज की अच्छी तरह तलाशी ली। कनकलता ने देखा, वहाँ बड़ी संख्या में छोटी-छोटी किताबें थीं, कार्बन पेपर था, चीन के नेता माओत्से तुंग की एक तस्वीर भी थी। खोका उस वक्त घर में नहीं था। परीक्षा खत्म हो जाने के बाद उनसे कहकर वह राँची में अपने एक दोस्त के पास चला गया था।

लेकिन एक ही घर में इतनी करीब रहते हुए भी उनके अनजाने में उनका बेटा खोका इतना आगे बढ़ चुका था, यह जानकर उन्हें बेहद झटका लगा। सब कुछ सहेजकर उन्हें सलाह देकर पुलिस के चले जाने के बाद भी वह इसी मनःस्थिति में रहीं। इसके बाद धीरे-धीरे खतरे का आभास हुआ। उन्हें लगा था कि उनके कपड़ों में आग लग गयी है और वह बचने के लिए किसी सुरक्षित स्थान की तलाश में दौड़ रही हैं। उनका सीधा-सादा लड़का किस कुचक्र में फँस गया था प्रकारांतर से पुलिस उन्हें इसी खतरे के बारे में सचेत कर गयी ? आधी रात को उनका कमरा सर्च करके उसकी किताबें अपने साथ ले गयी। ये सब कैसी

किताबें थीं ? वह उसके बारे में इतनी निश्चिंत थीं कि उन्हें कभी लगा ही नहीं कि वह उनसे छिपाकर कुछ कर रहा है। रोती हुई बुलबुली की पीठ पर हाथ फेरकर वह उसे ढाढ़स बँधा रही थीं।

'माँ, बड़े भैया ने कोई गलत काम नहीं किया है। वे लोग इस दुनिया के सभी लोगों की भलाई के लिए युद्ध करना चाहते हैं।'

'तुझे पता था ? भैया ने तुझे बताया था ?'

उसने रोते-रोते सिर हिलाया था।

'तेरा भाई कहाँ जाता है ? किनके साथ उठता-बैठता है ?'

'यह नहीं जानती। लेकिन भैया ढेर सारी किताबें पढ़ता है। तुम्हारी गैरहाजिरी में किसी-किसी दिन भैया के दोस्त आते हैं, खूब बातें करते हैं, बहस करते हैं। भैया शाम को गरीबों की बस्ती में जाकर उन्हें भी यही सब बताता है।'

'तूने मुझे पहले क्यों नहीं बताया ?'

'भैया ने मना किया था। कहा था, मौका आने पर वह खुद ही तुम्हें सब कुछ बताएगा। तुम नाराज नहीं होगी।'

सुबह हो गयी थी। मगर कितनी बोझिल थी यह सुबह। अगल-बगल के घरों के लोग रात का मामला जानने आए थे। शहर के एक छोर पर कनकलता का मकान था। मोहल्ले में दो-चार पक्के मकानों के बावजूद देहाती लोग ही ज्यादा थे, उनके कच्चे मकान भी गाँव के मकानों जैसे ही थे। उनके आने के पीछे कौतूहल से ज्यादा उनकी उत्कंठा थी। भीतर की उथलपुथल के बावजूद कनकलता ने अपने को सँभाल लिया था।

वह कभी भी अपना आवेग जाहिर नहीं होने देती थीं। जितना उनसे बन पड़ा, उन्होंने सभी के सवालों का जवाब दिया। उस दिन भी वह स्कूल गयी थीं। कामवाली आयी थी। शायद उसे दूसरों से ही सब कुछ पता चल गया था। उसने सुगत के कमरे में बिखरी चीजों को सहेज कर ठीक से रख दिया।

स्कूल से लौटने के बाद बुलबुली ने बताया था, 'माँ सरमा दी आज दिन भर मेरे ही पास थी। दूसरे घरों का काम खत्म करके यहीं आकर रही थी।' बुलबुली की उन दिनों किसी कारण छुट्टियाँ चल रही थीं।

'सरमा ने दोपहर में कुछ खाया था ?'

'कहा था, खाकर आयी है। मैंने उसे साथ खाने के लिए कितना कहा,

मगर उसने मना कर दिया।' उसने बताया कि वह उस दोमंजिले मकान में दोपहर का भोजन कर आयी है। वह उनके गोशाले का काम करती है।

साँझ के अँधेरे में, घर के बीच पीछे जो लोग रहते हैं, उस घर की किसान बहू आयी थी। वक्त-जरूरत वे लोग आते रहते थे—कभी उपले बेचने, कभी छत पर अपने धान सुखाने तो कभी बच्चों की हारी-बीमारी में। उस दिन आकर टोकरी उतारते हुए वह बड़े आहिस्ते से अपनी जुबान में बोलीं, 'माँजी, अगर किसी दिन खोका के रहते हुए यहाँ पुलिस आए तो तुम दरवाजा खोलने से पहले उसे इस चारदीवारी से टपकाकर मेरे घर में भेज देना। हमलोग उसे छिपा लेंगे। तुम्हारे लड़के ने कहलवा भेजा है। हमारे होते हुए तुम्हें घबड़ाने की कोई जरूरत नहीं।'

दूसरे दिन सुगत के लौटने की बात थी। वह स्कूल से छुट्टी ले आयी थीं। उनका मन भीतर ही भीतर बेहद बेचैन था। दूसरे दिनों की तरह ही अपना कामकाज जरूर निपटा रही थीं लेकिन भीतर ही भीतर थरथर काँप भी रही थीं। जरा-सी आहट पर चौंक उठती थीं। उनके घर में क्या होने जा रहा था ? क्या होगा ? जिस खोका-बुलबुली को छोड़कर उन्होंने कभी साँस तक नहीं ली थी, वही खोका क्या उनसे दूर चला जाएगा ? उसे कहीं और भेज देना पड़ेगा ?

घर में घुसते ही सुगत को लगा कि मामला गड़बड़ है। कुछ पूछने के पहले ही बुलबुली रोने लगी। सुगत ने अपने दोनों हाथों से माँ को लपेट लिया। वह इतना लंबा कब हो गया !

'माँ, क्या तुम मुझसे नाराज हो ?'

नहीं, उसपर नाराज होने की बात तो उनके ध्यान में कभी आयी ही नहीं थी। सिर्फ डर लगा था, उत्कंठित हुई थीं।

खाना खाने के बाद दोपहर को माँ के पास लेटकर वह उन्हें अपने और दल के आदर्श की बात बताता रहा था।

'मगर तुम लोग जो चाहते हो, वह तो अच्छी बात है, उसके लिए पुलिस को धर-पकड़ की क्या जरूरत है ?'

'माँ, तुमने तो खुद ही देखा है कि जिनके हाथों में क्षमता है, उनके अन्याय का विरोध करनेवालों को हमेशा ही पुलिस पकड़ती है। जेल भेजती है। अंग्रेजों के जमाने में भी था, आज भी है।'

कनकलता ने देखा तो बहुत था, लेकिन वही सब कुछ उनके ही घर में, अपने ही खून के जरिए उन्हें देखना पड़ेगा, ऐसा उन्होंने कभी सोचा नहीं था। ब्रिटिश जमाने का हमला, पुलिसवालों का अत्याचार उन्होंने अपने भाभी के मायके

में देखा था। आजाद भारत में शिक्षक आंदोलन, ट्राम भाड़ा बढ़ाने के विरोध में आंदोलन की बात उन्होंने सुनी थी। अपनी आँखों से उस दिन का उन्होंने खाद्य आंदोलन देखा था। लेकिन हर तरफ से आड़ करके रखी उनकी शांत गृहस्थी में इस तरह का कोई आंदोलन आकर धक्का मारेगा, ऐसी संभावना की तो उन्होंने क्षण भर के लिए कल्पना भी नहीं की थी। ऐसे किसी आंदोलन के बारे में उन्होंने सिर्फ सोचा ही था, मगर इसकी कभी कल्पना भी नहीं कर पायी थीं कि आगे चलकर सारे देश में कैसी उथलपुथल मचेगी और कैसी बर्बर हिंस्रता से कमउम्र बच्चों की छाती पर इस देश के मालिक और उनके पहरेदार अपनी संगीनें तान देंगे। उस दिन भी वह इन सबके बारे में कल्पना नहीं कर पायी थीं। यह भी सौभाग्य की बात थी।

सुगत ने समझाया था, 'माँ घर में रहने पर पुलिस दुबारा आएगी, पकड़कर बंद कर देगी। उससे तो कोई फायदा नहीं होगा। अब से मैं कहीं और रहूँगा।'

'कहाँ रहेगा तू ?'

'माँ, कितनी ही जगहें हैं। यह पूरा देश ही हमारी जगह है। मेरे लिए चिंता मत करना। मैं खबर भिजवाता रहूँगा।'

अब वह याद नहीं कर पातीं कि उनके बाद के दिन किस तरह बीते थे। अगले कुछ ही दिनों में खोका ने अपना घर छोड़ दिया। अपने साथ कुछ ले भी नहीं गया। उसके बाद से वहाँ पुलिस का आना-जाना शुरू हो गया था। कितनी ही बार आधी रात को उनका दरवाजा जोर से भड़भड़ाया गया था, इसका कोई हिसाब नहीं था। अब पहली बार जैसी भद्रता भी नहीं रही थी। तलाशी के नाम पर रसोई के सामान आँगन में फेंके गए थे, बागीचे के फूलों के पौधे उखाड़ दिए गए थे, सेल्फ पर रखी किताबें दूर पटक दी गयी थीं। इतनी ढेर सारी किताबें किस चीज की हैं ? ऐसे मंतव्य उन्हें एकाधिक बार सुनने को मिले थे। पुलिस के बूटों के नीचे रवींद्र रचनावली, कालिदास, बर्ट्रेण्ड रसेल सब कुचले गए थे। उन्होंने कितनी ही बार पुलिस वालों से कहा था, 'आप लोगों को तो पता ही है कि मेरा बेटा घर में नहीं रहता।' जवाब में उन्होंने सुना था, 'उसकी कैसी परवरिश की है कि वह घर छोड़कर चला जाता है ?' क्या खूब ! इस बात का जवाब उस वर्दीधारी व्यक्ति को देना पड़ेगा जो आधी रात को आकर पूरे घर को उलटपलट करके अपनी माँ की उम्र की एक शिक्षिका के साथ धमकाने की

भाषा में बात करने की नौकरी करता है ?

बीच-बीच में अचानक एक-दो बार पाँच मिनट के लिए खोका मिलने चला आता था। उसके बदन पर देहातियों की तरह एक छोटी धोती और कमीज होती। चेहरे पर बढ़ी हुई दाढ़ी, आँखें धँसी हुईं। उस वक्त घर में जो भी होता कनकलता अपने हाथों से उसे खिलातीं और बस एक ही बात दोहराती रहतीं, 'यहाँ से जल्दी चला जा, बेटा !'

उस चार-पाँच मिनट का हर क्षण उन्हें मारक लगता। हर क्षण यही महसूस होता कि अभी आकर कोई दरवाजा भड़भड़ाएगा। कभी-कभी उनके सीने में उसका सूखा हुआ चेहरा और मायावी हँसी गहरे उतर जाती। अपने दुबले-पतले हाथों से वह एक बार जरूर अपनी माँ को लपेट लेता। बहन के सिर पर प्यार से हाथ फेरता। 'माँ तुम जरा भी चिंता मत करना। हम सभी को लोग खूब प्यार करते हैं।' यह बात उन्हें इतने दिनों में थोड़ी-बहुत मालूम हो भी गयी थी—साधारण लोगों की बातचीत और व्यवहार से। स्कूल जाने के वक्त बस में उन्हें कभी खड़े होकर जाना नहीं पड़ता था। किसी भी दुकान में कभी इंतजार नहीं करना पड़ता था, रास्ते में एकाधिक बार उनके कानों में दबी आवाज भी आयी थी—'ये सुगत दा की माँ हैं।' शरम-शरम में बुलबुली घर से कहीं बाहर निकलती नहीं थी। निकलने पर सादी पोशाक में पुलिस के लोग उसके पीछे लग जाते। वह घर से निकलकर सीधे स्कूल जाती और फिर सीधे घर लौट आती। धीरे-धीरे उसने फिर से नृत्य के स्कूल में जाना शुरू किया। कनकलता के घबड़ाने पर वह कहती, 'मैं तो अपने भैया की बहन हूँ माँ, घर में घुसकर क्यों बैठी रहूँ ? मैं तो छिपकर कहीं नहीं जा रही हूँ।' या फिर वह हँसकर कहती, 'डरो मत माँ, मेरे साथ दो-दो बॉडीगार्ड रहते हैं, मुझे सही-सलामत अपने घर में घुसते हुए देखने की उनकी नौकरी है।' कभी-कभी स्कूल से भी वह खबर ले आती थी। अब तक खोका के दो-चार साथियों को भी वह पहचान गयी थीं। अपनी माताओं का जी दुःखा कर वे सब चले आए थे। उन लड़कों को देखकर आँखें जुड़ा जातीं। कितने हँसमुख थे वे। उनकी बातें भी कितनी ममताभरी होती थीं। वे सारे लोग एक ही जैसे लगते थे।

गाँव में गरीबों के पेट भरने की वही समस्या थी। भले ही एक वक्त के लिए हो, वे क्या करें, इसकी सलाह भी वे कनकलता से लेते थे। एक दूसरी समस्या बीमारी थी। कनकलता ने पाया कि स्वास्थ्य के किसी भी नियम की उन्हें कोई जानकारी ही नहीं थी। यह गरीबी की बात नहीं थी, दरअसल उन्हें

पता ही नहीं था। उन्हें खाना ढक कर रखने या हाथ धोकर खाने की जरूरत समझाने में कनकलता को काफी दिन लग गए थे। गाँव भर के बाल-बच्चे, बूढ़े, सब तंबाकू से दाँत माँजते थे। ललछौंहे रंग की चिपचिपी जाने क्या चीज थी, जिसकी तेज गंध से मितली आ जाती थी। इसे सभी मुँह से लगाए रहते थे, माँ की गोद में रहनेवाला बच्चा तक। तंबाकू से बहुत जल्दी नशा होता है। जिन लोगों को इसकी लत पड़ चुकी थी उनके लिए इसे छोड़ना मुश्किल समझकर कनकलता उन्हें समझातीं कि वे अपने बच्चों को नीम का दातून करना सिखाएँ, सफाई की आदत डालें। पीने के पानी के घड़े में कोई भी बर्तन उठाकर बिना पोंछे डाल देना ठीक नहीं है, बच्चों की पेशाबवाली कथरी रोज पानी से धोकर धूप में सुखानी चाहिए, भात की हँड़िया का ढक्कन या कलछुल जमीन पर रखना ठीक नहीं है। यही सब घर-गृहस्थी के काम की अनगिनत छोटी-छोटी बातें कनकलता उन्हें सुबह-सवेरे पहुँचकर समझातीं। उनके आसपास के पढ़े-लिखे या शहर के लोगों को कोई बात समझाने में जितना समय लगता था, उनसे कहीं ज्यादा जल्दी वे लोग समझ जाते थे। धीरे-धीरे स्कूल में बच्चों की संख्या बढ़ने लगी। वे अपने दाँत, नाक, आँख साफ रखने लगे और स्लेट-पेंसिल भी साथ लेकर नियमित आने लगे। वहाँ पर अन्य स्कूलों की तरह नियम नहीं चलता था। लिखने-पढ़ने की किसी आग्रही लड़की के अचानक स्कूल से नागा करने पर उसकी खोज-खबर भी लेनी पड़ती थी। अक्सर देखा जाता कि उसकी माँ को बच्चा हुआ है और वह सात-आठ या दस साल की बालिका अपनी क्षमताभर माँ की सहायता में जुटी हुई है। कभी भाई या बहन को गोद में सँभालना पड़ता था, कभी कपड़ा धोना पड़ता था, माँ के घर के दूसरे कामों में व्यस्त रहने पर उसे नवजात बच्चे की रखवाली भी करनी पड़ती थी। अगर उसे अचानक स्कूल के आखिरी दो घंटे में कक्षा में आकर पढ़ने का मौका मिले तो उसे मना नहीं किया जा सकता। इसी तरह दो भाई मिलकर गाय चराते थे। हर गाय के पीछे सालभर में चालीस किलो धान मिलता था। कभी एक भाई स्कूल में पढ़ने आता था, कभी दूसरा भाई। पहलेपहल आषाढ़ में और अगहन में स्कूल में छात्रों की संख्या कम हो जाती थी। उन दिनों हर खेत में धान की रोपाई और फिर कटाई यथाक्रम चलती रहती थी। घर के बड़े लोग भोर से ही इन कामों में लग जाते थे और स्कूल जानेवाले बच्चे अपने छोटे भाई-बहनों को सँभालते, घर की मुर्गियों और बकरी की देखभाल करते, यथासंभव घर की जितनी जिम्मेदारी सँभाल सकते, सँभालते थे। लेकिन जब से उनमें खुद पढ़ने की इच्छा पैदा हुई तब से स्कूल

में सालभर छात्रों की उपस्थिति संतोषजनक रहने लगी थी। कभी-कभी तो ज्यादा भी हो जाती थी। अपने घर की अशांति, किसी तरह का डर, किसी तरह के कष्ट की चर्चा बच्चे कनकलता से करते थे। बाद के छात्र-छात्राएँ उन्हें बड़ी बहनजी न कहकर मौसी माँ कहने लगे थे। इनमें से कुछ के माता-पिताओं को उन्होंने पढ़ाया था। छोटी-मोटी हारी-बीमारी, नजर लगने, मूठ मारने आदि झमेलों में कनकलता को कई बार बीच-बचाव करना पड़ता था।

अंधविश्वास के मामलों में गाँव के साधारण लोगों को ही नहीं, दोनों ग्रेजुएट शिक्षकों को भी यकीन था। उनसे काफी बहस-मुबाहिसा करके, ज्ञान-विज्ञान की किताबें आदि देकर उनका वहम थोड़ा-सा कम किया गया था। कनकलता ने कभी अपनी बात मनवाने की कोशिश नहीं की। अपनी सुख-दुख की समस्याओं पर भी वे आपस में चर्चा करते थे। हरेनबाबू के घर की हालत अच्छी थी। उनके पास काफी जमीन-जायदाद थी, घर में गाय थी। अपने घर में दो कमरे उन्होंने पक्के बनवाये थे। पूरे साल की विभिन्न जगहों से पूजा-पाठ के लिए पुरोहिती करने का उन्हें निमंत्रण मिलता था। गाँव में उनका सूद का भी कारोबार चलता था। लेकिन उनके मन में शांति नहीं थी। उनकी पत्नी हमेशा बीमार रहती थीं। कनकलता ने हरेनबाबू की पत्नी को देखा था। अपने घर के दुर्गापूजा में एक बार उन्होंने बड़े आग्रह से आमंत्रित किया था। कनकलता खोका और बुलबुली के साथ वहाँ गयी थीं। हरेनबाबू बहुत खुश हुए थे। तभी उन्होंने गोरे रंग से भी ज्यादा सफेद उनकी पत्नी को देखा था जो अपनी इतनी बड़ी घर-गृहस्थी सँभालने में परेशान थी। छुट्टी खत्म होने के बाद स्कूल पहुँचने पर कनकलता ने हरेनबाबू से उनकी पत्नी को डॉक्टर से दिखलाने के लिए कहा था। ताबीज, कवच, झाड़-फूँक आदि सबकुछ करने पर भी कोई फायदा नहीं हुआ था, मगर उनकी पत्नी शहर के डॉक्टर से बात करने में हिचकती थीं। आखिर एक दिन कनकलता ने खुद उनलोगों को साथ लेकर शहर में डॉक्टर कोनार को दिखाया था। उनका अनुमान ठीक ही था। उनकी पत्नी गैस्ट्रिक की रोगी थीं। डॉक्टर ने खाने-पीने में कड़ी हिदायत बरतने के लिए कहा था। हरेनबाबू की पत्नी को काफी फायदा भी हुआ था। एक खुशी की बात भी हुई थी—हृषीकेश का बेटा हायर सेकेंडरी में फर्स्ट डिवीजन में पास हुआ था। हृषीकेश बेहद खुश था और उतना ही गर्वित भी। उस स्कूल से कितनी ही समस्याओं और कितनी ही छोटी-छोटी सार्थकताओं की स्मृति जुड़ी थीं। साल-दर-साल मूसलाधार बारिश के दिनों में स्कूल चलाना मुश्किल हो जाता। स्कूल के कमरों में पानी भर जाता था। ऐसी

हालत में एक बार बगल में रहनेवाले श्याम महतो की बूढ़ी माँ उन्हें अपने यहाँ ले गयी थी। सारे बच्चे और उनके मास्टरजी भी सब वहीं पहुँच गए। ऐसे में पढ़ाई क्या होती, खूब बातें हुईं। बच्चों ने अपने क्षेत्र के भादू गीत गाकर सुनाए। साथ में हास्य गीत और विभिन्न प्रकार की कविताएँ भी। गर्मियों में स्कूल सुबह लगता था। ग्यारह बजे जब वह बस स्टैंड में उतरती थीं तब लगता था कि गर्म हवाएँ उनके खून को सुखा देंगी। उन्हें चिंता होती कि इतनी गर्मी में बुलबुली एहतियात बरत रही है कि नहीं। गर्मियों की छुट्टियों में आकर भी पूरे समय घर में नहीं रहती थी क्योंकि वह अपनी नृत्य की कक्षाएँ नहीं छोड़ना चाहती थी। इस बीच रंजा आ चुकी थी। वह खोका की ही साथी थी। कलकत्ता की लड़की थी।

उसकी माँ को भी उन्होंने देखा था। शांत स्वभाव की थीं। बेटे भी बड़े हो गए थे। सबकी शादियाँ हो गयी थीं। रंजा के लिए वह बेहद चिंतित रहती थीं। उसकी गृहस्थी अपनी आँखों से देखकर उन्हें शांति मिली थी। रंजा उन्हें बीच-बीच में आकर देख जाती थी। कभी-कभी वह बरामदे की कुर्सी या बैठक की चौकी पर खोयी हुई बैठी ही रह जातीं। कभी उन्हें लगता गर्म कपड़ों के ट्रंक को खोलकर उन्हें व्यवस्थित कर दें। बाद में यह इच्छा भी खत्म हो गयी। पिछली रात की किताब को हाथ में लेकर लेट गयीं। औरतों का ज्यादा जिद्दी होना ठीक नहीं। इसे कोई नहीं सराहता। कनकलता सोचतीं, ऐसा ही हमेशा क्यों होता आया है कि स्त्रियों के लिए ही सारे निषेध हैं। एक स्त्री को ही गृहस्थी की जरूरत के अनुसार क्यों बदलना चाहिए ? ज्यादातर लड़कियाँ इसी की आदी हो गयी हैं। शादी के बाद पति या ससुराल की इच्छा के अनुरूप उन्हें खुद को बदल लेना चाहिए, ऐसा ही वे सोचती हैं। लेकिन जो ऐसा नहीं करना चाहतीं ? जिनकी पसंद-नापसंद बिल्कुल स्पष्ट होती है ? उन्हें हमेशा ताने सुनने पड़ते हैं, ठोकरें खानी पड़ती हैं। वह खुद भी नहीं समझ पातीं कि किसी लड़की का अपने जीवन के बारे में फैसला करना क्या बुरी बात है ? खासकर जब वह माँ बन चुकी होती है। अपने वक्त उनके मन में कोई दुविधा, कोई भी संशय नहीं पनपा था। यह उनके लिए स्वतःसिद्ध था कि बाल बच्चे हो जाने के बाद एक लड़की सिर्फ माँ बनकर ही रह जाती है। सिर्फ संतान की चिंता के अलावा उसका कोई स्वतंत्र अस्तित्व नहीं रहता। लेकिन अगर कोई इस तरह से न सोचे तब ? बुलबुली के बारे में वह हमेशा चिंतित रहा करती हैं। वह कोई खराब काम कर रही है या उच्छृंखलतावश अपनी बेटी को छोड़कर अपनी मर्जी से समय बिता रही है, ऐसी बात नहीं है। उसे नाच के अलावा कुछ नजर नहीं आता। इस दुनिया में

नृत्य के अलावा उसे कुछ भी महत्त्वपूर्ण नहीं लगता। जब कनकलता को सभी लोग बुलबुली की जल्दी शादी करने के लिए जोर दे रहे थे या इसकी सलाह दे रहे थे तब बुलबुली ने शादी के बाद नृत्य जारी न रख पाने के डर से इनकार कर दिया था। वह कॉलेज के दिनों से ही कलकत्ता में रह रही थी। शादी उसने देर से अपनी पसंद से की थी। उसका नृत्य देखकर अंजन इतना मुग्ध हो गया था कि उसका जहाँ भी नाचने का कार्यक्रम होता, वह वहाँ पहुँच जाता। आखिरकार दोनों ने एक-दूसरे को पसंद करके शादी कर ली। अंजन के घरवाले इसके विरुद्ध थे। बुलबुली जब बत्तीस साल की हुई तब मंजीर पैदा हुई थी। इसके बाद से ही दोनों में एक दबा असंतोष पनप गया था। बुलबुली इसकी चर्चा कभी नहीं करती थी लेकिन उन लोगों को देखकर मन में खटका जरूर लगता था। उनसे दो-चार मिनट की बातचीत में ही मौका पाकर वह पूछ बैठतीं, क्यों बेटे, क्या तुम लोग खून भी करते हो ?

'मौसीजी, कितने ही गरीब रोज मारे जाते हैं, कभी अखबार में उनके बारे में तो नहीं छपता। हम जिनलोगों को मारते हैं, समझिएगा वे सभी न जाने कितने लोगों को मौत के घाट उतार चुके हैं।' फिर एकदिन देर रात को घर में पुलिस घुसकर खुशी से उछल पड़ी थी, 'इतने दिनों बाद सुगत गुप्त अब पकड़ में आया।...'

कनकलता घबड़ाकर उठ बैठीं। उनका गला सूखकर एकदम काठ हो गया था। क्या रंजा को आवाज दें ? खोका को बुलाएँ ? गले से आवाज नहीं निकल रही थी। उन्होंने टार्च जलाने की कोशिश की मगर अँगुलियों में जोर नहीं था। बेडस्विच टटोलते वक्त साइड टेबल पर रखा पानी का लोटा जमीन पर गिर पड़ा। बगल के कमरे में लेटा सुगत घबड़ाकर भागा हुआ आया। उसने पुकारा, माँ ? कनक खामोश होकर अपनी छाती पर रखे सुगत के सिर पर हाथ फेरने लगीं। खोका के दोनों हाथों की उष्णता से बहुत दिनों से जमा हुआ पानी आँखों से आँसुओं के रूप में बहने लगा।

उनका शरीर इतना टूट चुका था, भीतर इतनी क्लांति जम चुकी थी, इसका उन्हें अंदाजा नहीं था। कनकलता को हमेशा नींद आती रहती। नींद न आने पर भी हमेशा लेटे रहने का मन करता। उन सब अँधेरे पथरीले दिनों में भी उन्होंने एक दिन के लिए भी स्कूल से नागा नहीं किया था। गिरफ्तार करने के दस दिन बाद जिस दिन खोका को अदालत लाया गया, बुलबुली ने उन्हें जाने नहीं दिया। भैया के कपड़े और उसके लिए खाना लेकर वह खुद ही गयी। मगर

कनकलता भी बिना गए रह नहीं पायीं। उन्हें तो अपनी आँखों से देखने की जरूरत थी कि उनके तिल-तिलकर अपने हाथों से बड़े किए गए खोका के साथ उन्होंने कैसा व्यवहार किया था।

उन्होंने दूर से देखा था। उससे खुद खड़ा होते नहीं बन रहा था। दो तरफ से लोगों ने उसे पकड़कर खड़ा कराया। उनींदी आँखें सामने भीड़ में कुछ खोज रही थीं कि बुलबुली पर नजर पड़ी। वह उन्हें नहीं देख पाया था। वह भी वहाँ रुकी नहीं। बुलबुली के लौटने के पहले नहा-धोकर रसोई में चली गयीं। दोनों ही एक-दूसरे को धोखा देने के लिए अपने सामने खाने की थाली लेकर बैठी थीं। मगर वह खा नहीं पायीं, उठ गयीं। बुलबुली उनकी गोद में मुँह छिपाकर रोने लगी। उनकी आँखों के आँसू सूख चुके थे।

तभी से सीने में दर्द शुरू हुआ था। बीमारी धीरे-धीरे बढ़ती गयी। खोका की खबर पाकर जेठ-जेठानी आये थे। उनकी हालत देखकर जेठ चिंतित हो गए। उस प्रकाशरहित व्यक्ति ने हर विपत्ति पर उनका साथ दिया था। उनके मन में उस वक्त आया कि जब शशिशेखर की मृत्यु के बाद उस निःसंतान दंपती ने खोका को अपने साथ ले जाना चाहा था, अगर वह उस वक्त सहमत हो गयी होतीं तो फिर शायद ऐसी स्थिति न आती। मगर तब फिर कैसा होता ? क्या खोका इससे कुछ अलग होता ? स्पष्ट रूप से वह कुछ भी समझ नहीं पातीं। अदालत में मुकदमा शुरू होने के वक्त कनकलता उन्हें खबर जरूर दें, यह कहकर वे दोनों चले गए। उनकी सलाह पर बुलबुली ने भी कहा था हाँ, अब माँ को आराम की जरूरत है। वह उन्हें नौकरी छोड़ देने के लिए बार-बार कहने लगी। आखिर कनकलता के पारिवारिक डॉक्टर कोनार ने बुलबुली को समझाया। उनका इस परिवार में काफी समय से आना-जाना था, शशिशेखर जब जीवित थे तभी से। बच्चों को जितना वे जानते थे, काफी कुछ कनकलता को भी। उन्होंने ही बुलबुली को समझाया कि वह कनकलता को स्कूल जाने से नहीं रोके। स्कूल के कारण ही वह इतना सब कुछ बर्दाश्त कर पा रही थीं, उनकी जीवन यात्रा काफी हद तक स्वाभाविक थी। नौकरी छोड़ देने पर तो एकदम पंगु हो जाएँगी। डॉक्टर कोनार हर सप्ताह हालचाल पूछ जाया करते थे। वाकई वह समय जैसे स्कूल ने ही भर रखा था। बुलबुली का फाइनल इयर था। गाँव के बच्चों में तब तक स्कूल आने की आदत पड़ चुकी थी। उनके पहले साल की छात्राएँ काफी दिन हुए क्लास फोर पास कर चुकी थीं। उनमें से कुछ की शादी भी हो चुकी थी। स्कूल में कमरा भी बन गया था। गारे-मिट्टी से बना कमरा। गाँव के लोगों

ने ही अपने हाथों से बनाया था। कई बार डी. आई. आफिस और पंचायत दफ्तर की भागदौड़ के बाद दो जोड़े दरवाजे और दो जोड़ी खिड़कियों के पल्ले प्राप्त हुए थे। हरेनबाबू ने ही सारी भागदौड़ की थी। हेडमास्टर के रूप में उनका सम्मान होता था। वे सबसे कहते यह हमलोगों का स्कूल है। हृषीकेश वाकई अच्छा लड़का था। बगल के गाँव में उसकी भी खेतीबाड़ी थी। पहले दिन उनकी बातें सुनकर दूसरे दिन कनकलता के आने के साथ ही वह स्कूल पहुँच गया था। कहा था, 'दीदी आपने मेरी आँखें खोल दीं। मैंने पहले कभी इस तरह सोचा ही नहीं था। मेरे तीन लड़के हैं। मैं उनसे कहता हूँ पढ़ो-लिखो, बड़े हो, लोभ मत करना। लेकिन कभी यह ख्याल नहीं आया कि मैंने खुद कितना बड़ा अन्याय किया है। मेरे बच्चों का किस तरह भला होगा ?'

उसकी बातों में बड़ा अपनापन था। कक्षा में पढ़ाता भी बहुत अच्छा था। शुरू-शुरू में लड़कों की धुनाई करता था, बाद में मारना छोड़ दिया। दंड देने के लिए एक छड़ी जरूर साथ रखता था लेकिन खूब डाँटने-डपटने के बाद उन्हें छोड़ देता। एक दिन बार-बार पढ़ाए गए पाठ का जवाब न देने पर कनकलता ने एक बालक को थप्पड़ मारा था। वह लड़का गिर गया था। उसे उठाकर बैठा देने के बाद वह खामोश नजर से देखता रह गया था। दूसरे लड़कों ने बताया कि वह भूखा था। उसदिन के बाद उन्होंने कभी किसी पर हाथ उठाने की बात सोची ही नहीं। अभाव के अलावा और भी न जाने उनकी कितनी समस्याएँ थीं। बस से ठीक समय आकर स्कूल शुरू होने के करीब आधा घंटे पहले कनकलता पहुँच जाया करती थीं। पैदल आते वक्त मैदान के बीचोंबीच एक पहाड़ नजर आता। वे अपनी बोली में इसे डूँगरी कहते थे। वह शीतलपुर की डूँगरी थी। जाने क्यों एक दिन उन्हें लगा कि वह भी जैसे उनकी प्रतीक्षा में वहाँ पर गर्दन झुकाए बैठा है। कनकलता आधा घंटा पहले पहुँचकर स्कूल के बरामदे में जाकर बैठ जातीं। उस वक्त उनसे मिलने गाँव की औरतें आतीं। कभी-कभी वृद्धाएँ भी। हजारों समस्याएँ रहती थीं उनकी। उनमें से सबसे बड़ी समस्या नशे की थी। गाँव में शराब की भट्ठी नहीं थी, मगर पड़ोसी गाँव में थी। बस के रास्ते पर ही। दिन भर रिक्शा खींचकर, मजदूरी करके, छप्पर छाने का काम करके परिवार के मर्द जो कुछ कमाते, उसे वे देशी शराब की दुकान पर खर्च कर आते। गाँव में भी दो-चार हँड़िया लाकर बेचते थे। औरतों की पिटाई भी रोज की बात थी। कनकलता को इस बात पर हैरानी होती थी कि अपने मर्दों के हाथों मार खायी औरतों को कोई शिकायत नहीं रहती थी, जैसे कि इसे उन्होंने विवाहित जीवन

का एक हिस्सा मान लिया हो। नशे के प्रति उनकी शिकायत का मुख्य कारण उनका खाली हाथ घर लौटना था। बच्चों को खिलाने-पिलाने की पूरी जिम्मेदारी माताओं पर थी, लेकिन हर रोज चार-पाँच भूखे बच्चों का पेट वे भी कैसे भरतीं, यह सोचने की बात थी।

वह आँखों की हर भंगिमा और मुस्कान की हर रेखा पहचानती थीं। उन्हें पता था कि बुलबुली सुखी नहीं है। उन्होंने अपनी तरह से उसे दो-चार बार समझाने की कोशिश की थी पर बुलबुली मानने को तैयार नहीं थी। वह हमेशा यही कहती कि अंजन ने तो मेरा नृत्य देखकर ही मुझसे शादी की थी। तब फिर अब मुझसे नृत्य छोड़ने के लिए क्यों कह रहा है ? मैंने तो शादी से पहले ही कहा था कि मैं नृत्य नहीं छोड़ूँगी। लेकिन मंजीर अभी बहुत छोटी थी। माता-पिता की आपसी जिद में बेचारी की कोई हिस्सेदारी नहीं थी। आया के पास वह अकेली पड़ी रहती। बुलबुली का कहना था, मैं जब कलकत्ता रहती हूँ तब तो अपनी बेटी का ख्याल रखती ही हूँ। अंजन पर कोई जिम्मेदारी नहीं रहती। साल में दो या तीन बार बाहर जाने पर वह बेटी की देखभाल क्यों नहीं कर सकता ? अगर वह आफिस के काम से बाहर जाता तो क्या मैं मंजीर का ख्याल नहीं रखती ?

इन सब बातों का कनकलता के पास कोई जवाब नहीं था। वह सिर्फ खामोश रहतीं और दुखी होतीं। अपने बच्चों को उन्होंने कितनी तकलीफ और जतन से बड़ा किया था। वे लोग बड़े होकर क्यों इतने सारे कष्ट भुगतते हैं। उनके अंदर जैसे बूँद-बूँद खून रिसता रहता था। तब क्या यही नियम है कि माता-पिता हमेशा अपनी संतानों की मंगल कामना करते रहें कि जीवन में उन्हें कोई तकलीफ न हो, मगर सभी लोग बड़े होने के बाद अपने जीवन में दुःख उठाते रहें ? माता-पिताओं को बस देखने के अलावा और कुछ करने को नहीं रहता ? प्रेम-प्यार, अपना सर्वस्व देकर किया गया प्यार क्या आगे चलकर किसी काम नहीं आता ?

गृहस्थी के न जाने कितने काम होते हैं। हर काम हड़बड़ी में नहीं किया जाता, समय लेकर सँभालकर करना पड़ता है। कुछ काम बहुत दिनों से पड़े हुए थे। कई दिनों से सोच रही थीं कि ताख से किताबों को उतारकर उनकी छँटाई करेंगी। करीने से रखी किताबों के बीच-बीच में जगहें खाली थीं। उन किताबों को कौन ले गया था, वापस लौटाया था भी या नहीं, उन्हें पता नहीं। यह सोचकर उन्हें थोड़ी खीझ हुई।

कनकलता ने जीवनभर किसी शौक को गले नहीं लगाया। अच्छे कपड़े-लत्ते, गहनों के प्रति उन्होंने कभी सोचा ही नहीं। खोका-बुलबुली को भी उन्होंने शायद ही कभी महँगे कपड़े पहनाए हों। उनकी नापसंदगी का सिर्फ यही कारण नहीं था। वह चाहती थीं कि उनके बच्चे समझें कि वे किस देश के बच्चे हैं। यही सोचकर जब वे छोटे थे तब उन्हें कई बार जाड़े के दिनों में अपने स्कूल में ले गयी थीं। दोनों भाई-बहनों को वहाँ जाना अच्छा लगता था। एक तो माँ के साथ उनके स्कूल में जाने को मिलता, जहाँ माँ का दिन बीतता था, इसके अलावा जाड़े की मीठी धूप में सुबह से दोपहर तक खुले मैदान का आनंद मिलता था जहाँ बेहद ठंडी हवा से उनके नाक गुलाबी हो जाते। चारों तरफ चना, मूँग, मटर के फैले हुए खेत तथा हमउम्र बच्चों का संग—दोनों को बड़ा मजा आता था। उनके छोटे हो गए कपड़े कनकलता अपने स्कूल के बच्चों के लिए ले आतीं। वे अक्सर स्कूल और बहुत दूर किसी घर में रहनेवाले बच्चों के बीच एक प्रकार के सेतु का काम करते। उन्होंने एकाधिक बार देखा था कि उनके बच्चों से अगर कोई कपड़ा फट जाता था तो वे दोनों भाई-बहन अपने को बड़ा अपराधी समझते थे। वे कहते, 'माँ, यह कपड़ा जिसे दोगी, इसे फटा हुआ देखकर उसे बहुत दुःख होगा न ?'

वह कभी उस तरह कहीं घूमने भी नहीं गयी थीं। शशिशेखर के जीवनकाल में बच्चे बहुत छोटे थे। जब वे बड़े हुए तब शशिशेखर ही नहीं रहे। उनका शौक और साथी यही किताबें थीं। बेहद मितव्ययिता से घर खर्च चलाकर वे हर महीने कभी एक या कभी-कभार दो किताबें नियमपूर्वक खरीदती थीं। यह भी शायद बलाई के कारण ही संभव हुआ। वह जब इस शहर में पहली बार आयी थीं, तब उनके पुराने मुहल्ले के पड़ोसी बलाई के पिता ही थे। उनकी स्टेशनरी की दुकान थी। कनकलता स्कूल में आते-जाते अक्सर देखतीं कि दुकान में एक छोटा बच्चा अपने पिता के पास एक कुर्सी में बैठा हुआ है। उन्हें देखकर बड़ा विचित्र लगता। आखिरकार एक दिन उन्होंने पूछ ही लिया, 'अपने बेटे को आप स्कूल नहीं भेजते ?'

एक महिला द्वारा पूछे गए ऐसे सवाल से ही शायद वह कुछ संकुचित होकर बोले, 'नहीं—मतलब—कक्षा चार तक पढ़ाई की है, इसके बाद और क्या—मतलब इसे अपने साथ दुकान पर ले आता हूँ, मतलब कि कामधाम देखे-सुने—एक दिन तो इसे ही दुकान सँभालनी होगी।' लेकिन एक छोटा बच्चा इस तरह दिन-रात इस दुकान में बैठकर बूढ़ों की तरह हिसाब लगाता रहेगा, यह बात कनकलता

को जँची नहीं थी।

उन्होंने बलाई के पिता से फिर बात की थी। उन्होंने यह बात इस तरह सोचकर नहीं देखी थी। उन्होंने वाकई अपने बेटे को फिर से स्कूल में डाल दिया। वही नन्हा बलाई बीच-बीच में उनके घर आता। सुगत के साथ खेलता, बीच-बीच में सुगत की ड्राइंग की कापी, तस्वीरों वाली किताब देखता। सुगत तस्वीर देखने के लिए कभी-कभी ताख से लाइफ टाइम्स लाइब्रेरी की भारी-भरकम किताबें उतारता। बलाई घबराते हुए पूछता, 'ये किताबें उतार रहे हो ? तुम्हारी माँ डाँटेंगी नहीं ?'

'किताबें देखने पर माँ नहीं डाँटतीं।'

'अगर खराब हो जाएँ ?'

'खराब क्यों होंगी ? सावधानी से देखनी पड़ती हैं।' ऐसे समय खोका को अपनी गंभीरता और बड़प्पन दर्शाने का मौका मिलता। कहता, 'जब मैं बड़ा होऊँगा, ये सारी अँग्रेजी किताबें खुद पढ़ूँगा। दिन भर पढ़ूँगा।'

स्कूल में पढ़ने का मौका पाने और सुगत के बचपन का दोस्त होने के कारण बलाई के मन में कुछ ऐसी भावना पनप गयी थी कि खोका के न रहने पर जब काफी लोगों ने आना बंद कर दिया था तब भी वह लगभग रोज आता था। ज्यादा कुछ बात भी नहीं होती थी, चुपचाप बैठा ही रहता, मामूली सुविधाओं-असुविधाओं के बारे में पूछता, बस यही उसका सरोकार रहता। पिता की इच्छानुसार दुकान पर भी बैठता था बलाई। दुकान का काउंटर कुछ और बढ़ाकर स्टेशनरी के अलावा वह किताबें वगैरह भी रखने लगा था। कनकलता को वह हर महीने वहीं से एक-दो किताबें लाकर देता। बलाई अपनी दुकान पर मुख्यतः स्कूल-कॉलेज की किताबें ही रखता था, लेकिन कनकलता के लिए कलकत्ता के बड़े प्रकाशकों का कैटलॉग ले आता था। जीवन के अनेक अकेलेपन और असह्य दुःखों में भी उनकी साथी ये किताबें ही थीं। इसीलिए ताख में रखी किताबों के बीच की खाली जगहों को देखकर उन्हें बुरा लगा था।

कॉलिंग बेल की आवाज सुनकर उन्होंने दरवाजा खोला। डाकिया आया था। रंजा की चिट्ठी थी। पते की लिखावट देखकर उन्होंने अंदाजा लगाया कि वह चिट्ठी उसकी बड़ी भाभी ने भेजी थी। 'रीडर्स डाइजेस्ट' ने अपनी नयी डिक्शनरी का रंगबिरंगा विज्ञापन भेजा था। उनके नाम से एक चिट्ठी आयी थी। बुलबुली की थी। उसके लिए कई दिनों से मन बेचैन था। आज ही थोड़ी देर पहले उन्होंने पिछले साल की बची हुई थोड़ी-सी ऊन निकाली थी। जब वह आयी थी तब कह गयी थी, माँ मेरे लिए इस साल एक बिना बाँहों वाली चुस्त स्कीवी बुन

देना। बाहर कहीं भी जाती हूँ तो बड़ी ठंड लगती है। दरअसल ठंड की बात तो एक बहाना था। वह इस तरह अपनी माँ से लाड़ जताती थी। उसने हैदराबाद से चिट्ठी भेजी थी—माँ यहाँ आते समय जल्दी में रहने के कारण तुम्हें विस्तार से चिट्ठी नहीं लिख पायी थी। इस बार का दौरा बहुत अच्छा रहा है। जहाँ भी हमने कार्यक्रम दिया, सभी ने बेहद पसंद किया। कल यहाँ पर एक बहुत बड़ा कार्यक्रम है। उसके बाद वापसी होगी। माँ कल कार्यक्रम के बाद मैं काफी दिनों के लिए स्टेज से विदा ले लूँगी या शायद यही आखिरी होगा। आशीर्वाद देना कि कल मैं ऐसा कार्यक्रम दे सकूँ जिसे लोग वर्षों तक याद रख सकें।

इस बार आने से पहले अंजन से मेरी काफी बातें हुईं। उसने मेरी सारी बातें मानते हुए एक विचित्र बात कही। उसे कलकत्ता के मेरे कार्यक्रमों पर कोई आपत्ति नहीं है मगर वह नहीं चाहता कि मैं बाहर जाऊँ। इस आपत्ति का कारण क्या है, पता है ? बबली की वह देखभाल कर सकता है लेकिन उसके दोस्त तथा उसके रिश्तेदार (दोस्तों की बात तो सिर्फ कहने की थी) इस बात को लेकर उसका मजाक उड़ाते हैं। मेरे न रहने पर वे उसे फोन पर बेबी सिटिंग के लिए अपनी सहानुभूति जताते हैं। किसी विवाह या वधू भोज के मौके पर काफी लोगों के बीच एक बार उसकी बहन ने उससे जरा जोर से पूछा था, 'बड़े भैया, तुम अपनी बिटिया की लँगोटी बदल सकते हो ?' जरा सोचो। उन सभी को पता है कि चार साल की लड़की की लँगोटी बदलने का सवाल ही नहीं उठता। लेकिन अंजन का कहना है कि उसे इन सारी चीजों से बड़ा अपमान महसूस होता है। माँ तुम्हीं बताओ, माँएँ तो अपने बच्चों की देखभाल करने में कभी खुद को अपमानित महसूस नहीं करतीं। अगर ऐसा कभी करे तो वह खुद ही मजाक का पात्र बन जाएगी। हमारी टीम की अदिति को अपने बिल्कुल नन्हे बच्चे की पॉटी छूने में घिन आने की बात सुनकर सभी ने उसे नखरेबाज, असभ्य कहकर ताना दिया था। लेकिन अंजन अगर हर बार की तरह गुस्सा करता, मिजाज दिखाता तो मैं भी हर बार की तरह उसकी परवाह न करके चली जाती, लेकिन उसने इस बार ऐसा नहीं किया। एक छोटे बच्चे की भाँति, एक असहाय व्यक्ति की तरह उसने अपनी सारी दुर्बलता स्वीकार कर ली। उसने कहा कि उसे पता है कि ऐसा करके वह मुझपर अन्याय कर रहा है, लेकिन इन सारी चीजों को लेकर उसमें एक प्रकार की हीन भावना घर करती जा रही है। वह मानसिक तौर पर कमजोर पड़ता जा रहा है, दफ्तर में भी ठीक से काम नहीं कर पाता। रात में नींद नहीं आती। इस तरह अगर कोई सरेंडर कर दे तो बताओ भला क्या कहा

जा सकता है। इसके अलावा उससे तो मैं प्यार करती हूँ। बेहद प्यार करती हूँ। इसीलिए बाहर का यह मेरा आखिरी कार्यक्रम है। इसके अलावा माँ, इस लाइन में भी बेहद कंप्टीशन है। जब भी मैं कोई शर्त रखूँगी, बस तभी से मुझे किनारा कर लेने की बात भी सोच लेनी पड़ेगी। काफी तकलीफ हो रही है माँ, मगर मैं वही कर रही हूँ जो अधिकतर लड़कियाँ करती हैं। यह समझ में आ रहा है कि किस तरह हमलोग खुद ही से हार जाते हैं। अंजन बहुत खुश है। बहुत ज्यादा खुश। जिस दिन मैं वापस लौटूँगी वह बबली के साथ मुझे लेने हवाई अड्डे पर आएगा। पता है माँ, ऐसा पहली बार होगा।

मैं जल्दी ही तुमसे भी आकर मिलूँगी। बुबुन को मेरा स्नेहाशीष। बड़े भैया, रंजा से मेरा प्यार कहना। रंजा से कहना, वह सितार बजाना फिर से शुरू कर दे।

—तुम्हारी बुलबुली

बुलबुली की चिट्ठी पढ़कर वह दिनभर उदास रहीं। वह क्या कहें ? वह खुद भी समझ नहीं पा रही थीं कि क्या ठीक है। तब क्या उनकी सास का जमाना ही ठीक था ? पढ़ाई-लिखाई तो दूर की बात थी, ठीक से समझ भी विकसित नहीं होती थी, आठ वर्ष की होते न होते लड़की की शादी कर दी जाती। उन्हें और चाहे जो हो, कम से कम इस तरह का मानसिक कष्ट तो नहीं सहना पड़ता था।

स्कूल में उन्होंने एकबार नीले रंग पर पाँच वाक्य लिखने के लिए चौथी कक्षा के बच्चों से कहा था। यामिनी ताँती पढ़ाई में अच्छी थी। उसने अपनी कापी में लिखा था—'आसमान का रंग नीला है। साड़ी लाल रंग, नीले रंग की होती है। मैं साड़ी नहीं पहनती। साड़ी पहनने पर शादी होती है। शादी के बाद दुःख होता है।'

रंजा की माँ ने चिट्ठी लिखी थी। अगर रंजा अपने बेटे को लेकर इस बार पूजा में वहाँ आ सके—

उन्हें पता था कि खोका और रंजा ने इस बार पूजा में बाहर घूमने का इरादा कर रखा था। वह कई बार कह चुकी थीं कि उन्हें अकेली रहने में कोई दिक्कत नहीं होती। फिर भी वे बुलबुली के लौटने का इंतजार कर रहे थे कि पूजा के ये कई दिन क्या वह माँ के पास आकर रह सकती है ? खोका दफ्तर

से कुछ देर पहले ही लौटा था। वह बेहद उदास था। उन्होंने कहा, बुलबुली की चिट्ठी आयी है। कनकलता और रंजा चाय पीने बैठी थीं। खोका ने कहा, वह इस वक्त कुछ नहीं खाएगा। दफ्तर में इधर-उधर की चीजें वह काफी खा चुका है। इसके बाद उसने अचानक पूछा, 'बुलबुली की चिट्ठी कहाँ है माँ ?' अमूमन वह चिट्ठी खुद ही देती हैं। खोका अपने से नहीं माँगता। इस क्षण उन्हें चिट्ठी देने में कुछ दुविधा महसूस हुई। फिर उन्होंने सोचा, हर्ज ही क्या है ? जीवन के सुख-दुःख का बँटवारा दोनों भाई-बहनों ने आपस में कर ही लिया है। चिट्ठी पढ़कर खोका बैठक की चौकी पर जाकर लेट गया। दस-पंद्रह मिनट बाद वह अचानक उठकर कनकलता के पास आकर बैठ गया। उसकी आँखें लाल हो रही थीं। कनकलता उसके सिर पर हाथ फेरने गयीं तो उसने सिर हटाते हुए कहा, 'माँ आज मुझे दफ्तर के काम से कलकत्ता जाना होगा। तुम भी मेरे साथ चलो।'

कनकलता ने उसे समझाते हुए कहा, 'उनलोगों ने खुद ही समझौता कर लिया है, उन्हें जरा शांत होने दे। अभी उनके मामले में टाँग अड़ाना ठीक नहीं होगा।'

'उनके मामले में पड़ने मैं नहीं जा रहा हूँ। चलो, आज रात की गाड़ी से निकल पड़ा जाए, कल रात की गाड़ी से लौट आएँगे। रंजा, माँ के दो-चार कपड़े रख दो।'

इतनी हड़बड़ी में इस तरह से जाने की इच्छा नहीं थी। लेकिन खोका ने अचानक जैसे जिद पकड़ ली। कनकलता ने एक कारण से जाने का फैसला कर लिया। खोका को जब कलकत्ता जाना ही था, तो वह साथ में न भी जातीं तब भी शायद वह अकेले ही बुलबुली के यहाँ चला जाता। शायद क्यों, निश्चय ही जाता। वहाँ पहुँचकर गुस्से में अंजन से न जाने वह क्या कह बैठता। हालाँकि खोका ऐसा नहीं है, उसे उन्होंने कभी गुस्सा करते हुए नहीं देखा। लेकिन अपनी बहन को वह बहुत प्यार करता था। अगर वह साथ रहेंगी तो मामला बिगड़ने की कोई संभावना नहीं रहेगी। उनके चलते समय रंजा बोली, 'माँ, लौटते वक्त बबली को अपने साथ लेते आइएगा।'

हाँ, यह सुझाव ठीक था। वे दोनों कुछ दिन अकेले रहें।

यही सब सोचते-सोचते ट्रेन में उनकी आँख लग गयी। वह नीचे के बर्थ में लेटी हुई थीं। उनके ऊपर बीच के बर्थ पर खोका लेटा था। उसने दो-तीन बार उनसे पानी पीने के लिए पूछा था। पानी का बोतल बगल में ही था।

भोर में ट्रेन हावड़ा पहुँची। टैक्सी में बैठकर श्यामबाजार चलने की बात सुनकर वह चौंकी। बुलबुली तो सदर्न एवेन्यू में रहती है।

'पहले सदर्न एवेन्यू नहीं चलेगा ?'

हावड़ा ब्रिज से गंगा को देखकर आदतवश कनकलता ने प्रणाम किया। खोका ने उन्हें कसकर अपनी बाँहों में भर लिया। अचानक उन्हें न जाने कैसा भय हुआ। पूछा, 'क्या बात है ?'

'माँ', खोका का स्वर कैसा विकृत हो गया। उसने कहा, 'कल के अखबार में था—माँ...बुलबुली और अंजन एक्सीडेंट में...'

कल के अखबार में ? कल का अखबार उन्होंने देखा नहीं था। अखबार आने के पहले ही चिट्ठी आ गयी थी।

'खोका-खोका, जरा ठीक से बता...खोका क्या कहेगा ? उन्हें कौन-सी खबर सुनने को मिलेगी ?'

परसों दमदम से लौटते वक्त वी.आई.पी. रोड पर एक ट्रक से उनकी गाड़ी को धक्का लगा था। अंजन चला रहा था, बुलबुली बगल में बैठी हुई थी। बुलबुली के सूटकेस पर लिखा बासंतिका मित्र नाम पढ़कर अखबार में उसके बारे में खबर छपी थी। मगर बबली को कोई चोट नहीं लगी थी। धक्के से वह बेहोश हो गयी थी।

दो दिन लगे। अस्पताल से मृतदेह श्यामबाजार पहुँची थी, अंजन के घर। उन लोगों ने पिछले दिन खोका को दफ्तर में सूचित किया था। शव ढककर रखे गए थे। कहा, खोलकर देखने लायक कुछ भी नहीं है। बुलबुली खोका से मिलने खुद नहीं पहुँची थी। खोका ही खुद बुलबुली से मिलने आया था। जो अब नहीं थी।

क्या इसीलिए रंजना ने बबली को साथ ले आने की बात की थी ?

बबली को देखकर सबसे ज्यादा खुश बुबुन था। जितनी देर वह घर में रहता, बहन के पास रहता। उससे खेलता, हँसता-हँसाता। इसके बावजूद बीच-बीच में दोपहर को नींद टूट जाने पर बबली की नजर कनकलता पर ही टिक जाती। शाम को उनकी कुर्सी का हत्था पकड़कर पूछ बैठती, 'मेरी माँ कहाँ गयी, अम्माँ ?'

कनकलता रात में उसे आसमान के तारों के बारे में बताती थीं। सुबह जागने के बाद उसे पेड़ की नयी पत्तियाँ दिखातीं।

अपनी बगल में बिठाकर कविताएँ याद करातीं—

बोलो बेटी, हुआ सवेरा, गया अँधेरा।

बबली अपनी उम्र के हिसाब से कुछ तुतलाकर कहती—हुआ सबेला, गया अँधेला।

तिमिर विदार

सेल का दरवाजा तो हमेशा बंद रहता था, अब साधारण कैदियों का वार्ड भी बंद हो गया, सामने से आते-जाते चेहरे भी अब नजर नहीं आएँगे। चारदीवारी के बाहर के बरगद के तने तक धूप अभी भी थी। इस वक्त कितना बजा होगा ? चार या पाँच ? यह भी संभव है कि चार का घंटा बज गया हो, अनमनेपन के कारण पता नहीं चला हो।

आज ही सुबह अचानक न जाने किस कारण से इस सेल से निकालकर एकदम उस छोर के सेल में रहने का अनुग्रह भरा प्रस्ताव उसे प्राप्त हुआ था। वह सेल जनरल वार्ड के प्रवेश द्वार के बगल में था। दरवाजे के सींखचों से गाल सटाकर बैठने या खड़े रहने पर बागीचे का थोड़ा-सा हिस्सा नजर आता था अर्थात् बागीचे में काम करने वाली स्त्रियाँ नजर आती थीं। वे बस नजर ही आती थीं। वहाँ से देखने पर सेल के अंदर कुछ नजर नहीं आता था। बातचीत का तो कोई सवाल ही नहीं उठता था। फिर भी जिस व्यक्ति का बाहर निकलना बंद करके उसे महीने-दर-महीने छह बाई आठ के पिंजरे में डाल रखा गया हो, उसके लिए दूसरे लोगों को घूमते-फिरते देख पाना या कुछ खुली जगह देख पाना भी एक प्रकार से कहीं जाने जैसा ही था। इसे क्या जेल प्रशासक नहीं जानते ? लिहाजा पीछे की तरफ की सेल जिसके सामने चार हाथ चौड़ा ढका बरामदा था और सात या आठ फुट दूर लाल ईंटों की अठारह फुट ऊँची जेल की दीवार खड़ी थी, ऐसी जगह से हटाकर इस तरफ ले आने का प्रस्ताव भला अनुग्रह नहीं था तो और क्या था।

इसके बावजूद ध्रुवा ने इस प्रस्ताव को ठुकरा दिया। वह उनका अनुग्रह

नहीं लेना चाहती थी, ऐसी बात नहीं थी, हालाँकि सबको यही लगा था। उनकी अनुग्रहपूर्ण अनुमति तो लेनी ही पड़ती थी। पुस्तकालय से पुस्तक, अखबार, मामूली ही सही चिकित्सा सुविधा, सिर्फ एक कापी की अर्जी; इन सबके पीछे उनका अनुग्रह ही रहता था। आखिरी चीज तो उन्हें नहीं मिली थी मगर सीरियल नंबरवाले बैगनी स्टांप लगे बारह सफेद पन्ने रजिस्टर पर दस्तखत करके उन्हें मिले थे। इसके अलावा इसी जेल में कैद दो-एक साथियों से मिलने की अनुमति भी उनके अनुग्रह से ही मिलती थी।

दरअसल इस सेल को न छोड़ने का मुख्य कारण बरगद का वह पेड़ था। स्त्रियों, अन्य स्त्रियों को वहाँ से देख पाना, यहाँ तक कि आँखें मिलने पर कभी-कभी उनकी मुस्कराहट या दो-एक धीमे स्वर में कही गयी बातें तो उन तक पहुँच ही जाती थीं। आदमी को क्या वाकई हरदम पहरे में रखा जा सकता है ? बरगद का वह पेड़ चारदीवारी के बाहर खुली हवा और खुले आसमान के नीचे होने के कारण कितना विशाल और जीवन से भरपूर था। सिर्फ जेल की चारदीवारी से ही मुक्ति नहीं, मनुष्य की इच्छा और आकांक्षा भी जैसे आसमान की तरह उन्मुक्त होती है। वह बरगद भी उसी तरह विशाल आकाश और प्रकाश की ओर बढ़ता हुआ लगता था। बिना देखे ही ध्रुवा को यह पता था कि उस पेड़ के नीचे बने पक्के चबूतरे पर कैदियों के घरवाले आकर बैठे रहते थे। उनसे छीनकर कैदी बनाए गए किसी स्वजन से मिलने के लिए वे सिपाही-जमादार की मिन्नतें करते रहते थे। जेल पुलिस के भय से घबड़ाने वाले दीन-हीन लोगों को पता ही नहीं था कि अपने भाई या पति को लोहे की जाली या सींखचों से चार हाथ दूर रहकर देख पाने के लिए उन्हें किसके पास जाना पड़ेगा, तथा उन्हें क्या करना होगा। ऐसे ही थके और डरे हुए लोग इस पेड़ के नीचे चबूतरे पर बैठे रहते थे। वह पेड़ भी जरूर उनका रुदन, थकान और भय को महसूस करता था। फिर भी वह विपुल विस्तार से आसमान की ओर बढ़ता रहता था। हल्की हवा में लगता जैसे उसकी पत्तियाँ ताली बजा रही हों। व्यक्ति की छिपी हुई इच्छा उसे इंद्रधनुष पकड़ने के लिए उसके थकने के बावजूद प्रेरित करती रहती है।

अँधेरे से भोर और भोर से दोपहर और शाम को पार कर हर ऋतु और समय को झेलकर बढ़ते हुए बरगद के पेड़ की इस गति में और उसी तरह एक जगह स्थिर रहकर भी समय बीतने के साथ-साथ जैसे ध्रुवा खुद को ही गतिशील महसूस करती थी। धूल-मिट्टी में पले-बढ़े लोगों के कष्ट और श्रम और वहाँ से नजर नहीं आनेवाली गंगा के उस पार के खेत और गाँवों को जहाँ इस आसन्न

ठंड की संध्या में मिट्टी की दीवार से घिरे हल्के अँधेरे से फूँस के छप्पर से निकलती हल्के नीले धुएँ की कुंडली ऊपर न उठकर नीचे फैल जाती है, ध्रुवा इसे भी महसूस करती थी। सूरज जब डूबने से पहले खूब लाल और बड़ा होता है तब खुले मैदानों में वह हल्का नीला धुआँ तैरता रहता था और वह लाल विराट सूरज का गोला धुएँ की उस धुंध में धीरे-धीरे डूब जाता था। गाँव की संध्या में जीवन की घनी उष्णता चूल्हे पर चढ़ी भात की हाँड़ी में खदबदाती हुई लगती थी। बच्चों के शोरगुल, बूढ़ों की खाँसी यहाँ तक कि किसी घर-गृहस्थी से आनेवाली झगड़े की ऊँची आवाज में उस दैनंदिन प्रवहमान जीवन की उष्णता महसूस होती है। इनके बीच ही कहीं-कहीं क्या अन्य प्रकार की धारा भी नहीं बहने लगती ? दिन भर भूसे की गंध में घर के अँधेरे उजाले में अकेले रहनेवाले दो एक युवक क्या थके हुए गाँव वालों को घर वापस लौटते हुए देखकर खुश नहीं होते थे ? किसी गरीब गृहस्थ के माड़ भात या मुट्टे की माड़ की हँड़िया से किसी अतिथि के लिए कटोरा भर हिस्सा निकल आता। गाँव में भोजन के बाद मिट्टी के तेल की कुप्पी बुझाकर कुछ लोग बैठकर आपस में बातें करते हैं—मनुष्य का विराट इतिहास, मानव समाज तथा उसके संग्राम की कहानी एक से होकर दूसरे तक इस तरह सब तक पहुँचती जाती है जिस तरह, पुराने जमाने में ज्ञान एक-दूसरे तक पहुँचता था। इसके बाद धीरे-धीरे रात उतर आती है जो धीरे-धीरे एक जनपद को पार करके दूसरे जनपद की ओर बढ़ती जाती है। राह को अपने कर्तव्य का पता होता है। पैर के नीचे की जमीन भी जैसे चलनेवाले को इशारे से उसकी राह बताती रहती है।

टन्न-टन्न करके जेल के फाटक पर तीन घंटे बजे। इसका मतलब जेल के सभी वार्डों की गिनती ठीक-ठाक थी। पेड़ के माथे पर अभी भी थोड़ी-सी सिंदूरी धूप बची थी। बाहर शहर के लोग अपने घर लौट रहे थे। वार्ड की ओर से अब कोई आवाज नहीं आ रही थी। इसका मतलब छुट्टी का समय हो जाने पर दोपहर की ड्यूटी की वार्डर एकदम उस गेट के सामने पहुँचकर फीमेल वार्ड के अस्पताल के स्टोर में बनी चाय पी रही थीं और मेट पहरेदार के साथ गप्पें लड़ा रही थीं। इस चाय बैठकी को जल्दी शुरू करने के चक्कर में ही शाम साढ़े चार बजे ही फटाफट रात का भोजन निपटाकर कैदियों को उनके वार्ड में बंद कर दिया जाता था। बंद करने का अर्थ कुछ बच्चों या उनकी माताओं का शाम के प्रकाश से वंचित करके उनको उनके दुःख में कैद कर देने के बजाय वार्डरों की दोपहर

की ड्यूटी के आखिरी काम से था। इसे पूरा करने के बाद गेट के संतरियों के पास गिनती का रजिस्टर भेजने के साथ ही कार्यरूप में उनकी ड्यूटी खत्म हो जाती थी। दरअसल चाय पीते हुए वे बदली ड्यूटी के वार्डरों का इंतजार करती थीं। बदली ड्यूटी का मतलब रात की ड्यूटी पर आनेवालियाँ भी चाय के अड्डे पर बैठेंगी, पहलेवाले लोगों की बैठने की जगह पर। वे भी चाय पिएँगी। यह उनके लिए रात की ड्यूटी की तैयारी थी। यह चाय भी खाँटी दूध में खूब चीनी डालकर बनायी जाती थी। इससे ठंड थोड़ी कम लगती थी। इस दूध और चीनी का बड़ा हिस्सा बच्चों के लिए आता था। सजायाफ्ता माताओं में किसी-किसी के साथ बाहर परवरिश की सुविधा न होने के कारण उनके छोटे बच्चे भी रहते थे, दूध और चीनी उन बच्चों के लिए आती थी। पाँच साल से कम उम्र के ऐसे बच्चों के लिए डॉक्टरों के निर्देशानुसार एक कप दूध, दो चम्मच चीनी और डबलरोटी का छोटा टुकड़ा निर्धारित था। दोपहर और शाम के भोजन के समय भी उनकी लड़कियों को थोड़ा ज्यादा भात और सब्जी दी जाती थी। यहाँ केवल लंबी मियाद की सजायाफ्ता औरतें ही रहती थीं, उन्हें जीवित रहने के लिए स्वस्थ रखना जेल विभाग के नियमों में था। उसी दूध-चीनी के ही एक बड़े हिस्से से मेट, संतरी और वार्डरों की चाय पार्टी चलती थी।

और थोड़ा बहुत जो आता था वह बीमार महिला कैदियों के लिए आता था। ध्रुवा को चाय दिए जाने के लिए लिखते हुए वृद्ध डॉक्टर ने हँसते हुए कहा था, 'अपनी बीमारी की चिकित्सा कराने का तो आपने कोई उपाय ही नहीं रखा, इतना-सा कर पाने पर मैं खुद को ही मुँह दिखाने लायक समझूँगा। आपको तो चाय पसंद है, इसे क्यों नहीं पिएँगी ?'

ध्रुवा चकित हुई। उन्हें कैसे पता चल गया ? पुलिस रिपोर्ट में क्या यह सब भी लिखा रहता है ?

हालाँकि डॉक्टर ने यह बात नहीं कही। उन्होंने कहा, 'मुझे पता है, कॉलेज में पढ़नेवाले सब इसके शौकीन होते हैं। आपके साथ के जो उधर लड़के हैं, उन्हें तो देखता हूँ–'

रात की ड्यूटी में आनेवाली वार्डर अस्पताल के बंद दरवाजे के सामने कंबल में बैठकर चाय पीती हुई दिन के वार्डर से सारी रिपोर्ट लेकर अपनी घाघरा-चादर सँभालती हुई अपने-अपने वार्डों के राउंड पर निकलती है। राधारानी जो नाटी और बेहद मोटी थी, सेल के दरवाजे के सामने आकर खड़ी हो गयी।

'अच्छी तो हो बेटी ?' उसके गले से वैष्णवी स्नेह जैसे टपक रहा था।

उसके गोरे छोटे माथे पर वैष्णवी तिलक लगा था, गले में तुलसी की माला थी। अपने चर्बी से भरे हाथ को अपनी तोंद पर रखकर वह इस ठंड में भी हल्के-हल्के हाँफ रही थी। इस थुलथुल हाथ से मोटा रूल पकड़कर जब किसी कैदी को मारते हुए वह जमीन पर गिरा देती थी तब उसके माथे का एक बाल तक नहीं हिलता था। बरामदे में बिछी खटिया पर बैठकर वह देर तक हाँफती ही रहती, इसके बाद चाँदी की डिबिया से पान का बीड़ा निकालकर वह अपने मुँह में भर लेती। भीतर का आक्रोश उस वक्त भी न मिटने पर वह खड़ी होकर सामने बागीचे में बेले की क्यारी में पीक फेंककर गंदी गालियाँ देते हुए फिर से अपनी खाट पर आकर बैठ जाती थी।

ध्रुवा जेल की लाइब्रेरी से मिली पुस्तक 'सहज टेलीग्राम शिक्षा' पढ़ रही थी। उसने किताब से चेहरा न उठाकर गर्दन हिलाकर जवाब दिया। राधारानी के चले जाने के बाद खामोशी छा गयी। बरामदे में बेहद कम पावर का बल्ब जल रहा था। बरगद के पेड़ पर बैठी चिड़ियों का शोर अभी भी सुनायी पड़ रहा था। मगर वह शोर धीरे-धीरे कम हो रहा था। कुछ देर बाद वह भी बंद हो जाएगा। अपनी पंखों में गर्दन छिपाकर वे सो जाएँगी। यहाँ पर कितनी खामोशी छायी हुई थी जबकि अभी-अभी साँझ हुई थी। बाहर लोगों के घरों में अभी भी रात शुरू नहीं हुई थी। बाजारों में अभी भी भीड़-भाड़ थी।

इस चारदीवारी के बाहर फैले शहर से ध्रुवा परिचित नहीं थी। उसने सिर्फ 'गोराबाजार' नाम ही सुना था।

जेल दफ्तर में एक दिन पृथ्वीश, बालू वगैरह से भेंट हो गयी। उनके नारों के कारण वह उन्हें पहचान गयी। उनसे बातों का मौका पाकर उन्होंने उनसे उस स्थान के बारे में जानना चाहा कि वह बाँग्लादेश के नक्शे में कहाँ पर है। यह शहर कैसा है ? और यह गोराबाजार ? यह क्या इस जेलखाने से सटा हुआ है ?

वे लोग हँसने लगे थे।

'गोराबाजार का नाम जान गयी ?'

'उस तरफ उस गेट के करीब ही गंगा है। बायीं तरफ कोने में कॉलेज है।'

'और राधाघाट ?'

'इसकी जानकारी कैसे हुई ?'

इसके बाद दूसरी बातें होने लगीं। कितनी जरूरी बातें कहने और जानने की थीं। उनके पास सिर्फ पाँच मिनट का ही समय था। जेल में आने के बाद

उन्होंने समय को विभाजित करके हर मिनट को अलग-अलग यूनिट में बदलना सीख लिया था।

यहाँ रहनेवाले हर तुच्छतम वस्तु का अधिकतम उपयोग करना जानते थे। ऐसे भी लोग थे जो बड़ी कठिनाई से छिपाकर लायी दियासलाई की हर सलाई को तीन बार जला सकते थे।

राधाघाट नाम एक दूसरे कारण से याद रह गया था।

उसे लेकर जब पुलिस की गाड़ी पहली बार इस शहर में आयी थी तब रात के करीब तीन बजे थे। ऐसे ही जाड़े के दिन थे। सड़कें बिल्कुल सूनी थीं। पूरा शहर दरवाजा बंद कर गहरी नींद में सोया हुआ था। ऐसे में कोई जगा भी हुआ था या नहीं, कहना मुश्किल था।

जो ड्राइवर मेदिनीपुर से यह लंबा सफर मुख्य सड़क से तय करने के बजाय तरह-तरह के घुमावदार रास्तों से होते हुए बड़ी कुशलता से गाड़ी चलाकर यहाँ तक पहुँचा था, वह शहर में घूमने के बाद जेलखाने का रास्ता भटक गया था। उस विचित्र स्थिति और थकान के बावजूद ध्रुवा को हँसी आ गयी जबकि उसे पता था कि अक्सर ऐसा होता है। साधारण पता तो ढूँढ़ना आसान होता है, जैसे कि श्रीकाकुलम या भारतवर्ष—लेकिन खास पते पर पहुँचकर उस खास को ढूँढ़ निकालना कठिन होता है। उसके लिए अलग कोशिश, अलग परिश्रम की जरूरत पड़ती है। उस वर्दीधारी ड्राइवर ने एक जगह सड़क के मोड़ पर गाड़ी खड़ी करके लेई की बाल्टी और सीढ़ी लेकर दीवारों पर सिनेमा का पोस्टर चिपकाने वाले तीन-चार लोगों से जेलखाने का पता पूछा। उन्हें सिर्फ वह 'ब्लैक मारियाटा' गाड़ी ही नजर आयी जिसपर काले तार की जाली लगी हुई थी। हेडलाइट की रोशनी में ध्रुवा उन्हें स्पष्ट देख रही थी। बाहर अपने काम-धाम और मेहनत में डूबे आम लोगों को देखने के लिए ध्रुवा हमेशा ललकती रहती थी। उतनी रात को अचानक एक पुलिस की गाड़ी को अपने सामने रुकते देखकर घबड़ाए हुए उन लोगों में से एक, जो उनमें ज्यादा उम्र का था, ने कहा, 'सामने के रास्ते पर सीधे चलते जाइए। काफी दूर जाने के बाद बायीं तरफ आपको जेल की चारदीवारी नजर आएगी।' 'काफी दूर' जाने की बात सुनकर गाड़ी स्टार्ट करके स्पीड पकड़ने के साथ ही अचानक गाड़ी में बड़े जोर का ब्रेक लगा। औंधे मुँह गिरने के साथ ही ध्रुवा की नजर सड़क पर गिराए गए गंगा जल पर पड़ी जो

हेडलाइट की रोशनी में चमक रहा था। ड्राइवर के बगल में बैठे सार्जेण्ट ने गाली देते हुए अपने माथे की चोट को सहलाया। गाड़ी घुमाकर उसी तेजी से पुनः उस मोड़ पर वापस आने के बाद फिर वही सन्नाटा चारों ओर पसरा मिला। मगर कहीं न कहीं कुछ लोग जाग ही रहे थे। इसके बाद जेल दफ्तर में दो-एक बार 'राधाघाट' का नाम कानों में पड़ते ही उसकी आँखों में सड़क पर पड़ा वह पानी चमक जाता था।

और एक बार वार्डर उसे अपने साथ ले गयी थी। डिप्टी जेलर ने पर्ची काटकर उसे बुला भेजा था। वहाँ जाकर उसने देखा कि बेहद मामूली कारण से, कहना होगा कि वह कोई कारण ही नहीं था, उसे बुलाया गया था। उसके घर से आए एक पोस्टकार्ड की उसके पर्सनल फाइल में एंट्री दर्ज की जा रही थी, जहाँ उसे अपना दस्तखत करना था। लेकिन वह उसके बुला भेजने का कारण नहीं था, यह दफ्तर में पहुँचते ही साफ हो गया। आशीष, बालू, अनीस तथा उनके जैसे करीब पंद्रह लड़के मेन गेट और जेल के भीतर जाने के सेकेंड गेट के बीच के ढके बराँडे में खड़े हँस रहे और एक-दूसरे से बातें कर रहे थे। उत्सव जैसा माहौल था। ध्रुवा को देखकर वे सभी खुश हो गए। दस्तखत कर देने के बाद डिप्टी जेलर ने आहिस्ते से कहा, 'आप बाहर मत जाइएगा, मैं अभी चिट्ठी दे रहा हूँ। आप तब तक यहीं रुकिए।' अनीस, आशीष के साथ अभ्युदय को देखकर ध्रुवा चौंकी थी। साथ ही उसे खुशी भी हुई थी। बस एक ही बात उसकी समझ में नहीं आ रही थी। उस डिप्टी जेलर को लेकर। उनसे मिलवाने के पीछे उसका क्या स्वार्थ था ? उसकी उम्र दूसरे डिप्टी जेलरों की अपेक्षा कम थी। लेकिन...?

'नहीं, नहीं वह और वीरेन बाबू हमलोगों के साथ अच्छा व्यवहार करते हैं। हमीं लोगों ने तुम्हें बुलाने का आग्रह किया था...।'

'लेकिन तुमलोगों को एकसाथ यहाँ क्यों लाया गया है? कोर्ट जाना है ?'

'नहीं खलास ! देख नहीं रही कलिया बैठा है ?'

अब ध्रुवा ने ख्याल किया कि मेन गेट के पास फाइलों का ढेर लेकर जेलर बैठे थे। उनके बगल में वार्डर, हेड वार्डर, राइटर सब मौजूद थे।

'वाकई ? रिलीज ? एक साथ इतने लोगों को छोड़ रहे हैं ?'

'बिल्कुल। कल आठ लोगों को छोड़ा है, आज हमें, बाकी लोगों को कल।

सिर्फ अभू और पृथ्वीश को छोड़कर—उनका केस तो यहाँ का नहीं है। अभू बहाने से जमादार को पटाकर तुमसे मिलने चला आया है।'

जेलर को फिर से देखते वक्त ध्रुवा की नजर फाटक के ठीक बाहर बाँस के बेड़े पर पड़ी जैसा कि बागीचे में होता है। कम से कम दो आदमी की ऊँचाई का वह बेड़ा इस तरह गाड़ी निकलने के रास्ते पर क्यों लगाया गया था, यह सोचते हुए भी ध्रुवा अभ्युदय की ओर देखते हुए बोली, 'यहाँ कब आया ?'

'तुम्हारे आने के तीन महीने पहले।'

'एकदम सीधे ?'

'नहीं, दमदम होकर। छह महीने वहाँ था। इसके बाद जब बॉयकाट करके अदालत में जाना बंद किया तब यहाँ भेज दिया गया।'

'यहाँ का हाल कैसा है ?'

'ऐसे तो ठीक है, उतनी कड़ाई नहीं है, मेस जैसा लग रहा है। दमदम से आकर तो लग रहा है कि यह जेल ही नहीं है।' फाटक की ओर शोरगुल सुनकर ध्रुवा ने उधर घूमकर देखा। कुछ संतरियों के साथ दो पुलिस अधिकारी पहुँचे थे। वे फाटक के बाहर लाइन में जेल के फाटक को घेरकर पोजीशन लेकर खड़े थे। उनके पीछे वह बाँस का बेड़ा था। बड़े फाटक में बने छोटे दरवाजे को खोल दि॰ गया था। जेलर एक-एक फाइल उठाते जाते थे और उनके कहने पर वार्डर हाथ लगाकर किसी का नाम पुकारता उस युवक के उस छोटे दरवाजे के सामने जाकर खड़े होते ही गेट के सामने खड़ा हेडवार्डर उसे पकड़कर 'ख-ल्ला-स' कहकर बाहर ठेल देता, जहाँ एक लंबा-चौड़ा लगभग हिप्पोपोटामस जैसे चेहरेवाला एक अधिकारी उसे खप्प से पकड़ लेता था। वह उसे फिर से फाटक के अंदर ढकेल देता था।

डिप्टी जेलर ने वार्डर से ध्रुवा को उसके वार्ड में ले जाने के लिए कहा।

बराँडे को पार करते वक्त उसने अनीस से पूछा, 'यह क्या हो रहा है ?'

'केस खत्म करके इन्हें मीसा में बंद किया जा रहा है। अब कोर्ट में नहीं ले जाना पड़ेगा।'

गिनती देने के लिए जोड़े में लंबी फाइल में बैठे-बैठे बिजू का घुटना दर्द करने लगा था। उसके तलुवों में अभी तक सूजन थी। अभी तक खून जमने का काला निशान था। ज्यादा देर तक उसे उकडूँ होकर बैठते नहीं बन रहा था। उधर वार्डर

अपनी हथेलियों में खैनी उलट-पुलटकर फूँक मारते हुए उसके छिलके उड़ा रहा था। फिर अपनी हथेली में लेकर उसे मलना शुरू किया। हेड वार्डर की तोंद इतनी बड़ी थी कि उसकी बगल में दबी बेंत उसके शरीर में खो गयी लगती थी। कृष्ण ने जमादार की नजर बचाकर अपना बायाँ हाथ बीजू के पीछे ले जाने की कोशिश की जिसमें बीजू अपने शरीर का बोझ अपने पैरों से उठाकर उसके हाथ पर डाल सके। ठीक उसी समय थोड़ी-सी खैनी जमादार को देकर हो-हो करके हँसते हुए वार्डर ने बाकी खैनी अपने ओठों में दबाकर एक हुंकार भरी। दर्द बर्दाश्त न कर पाने के कारण बीजू जमीन पर बैठ गया। उसका शरीर काँप रहा था। वार्डर हेड ज़मादार को कोई अर्जी पेश करना चाहता था इसीलिए उसने बड़े जतन से खैनी बनायी थी। गिनती में वह ज्यादा समय नहीं लगाना चाहता था। अन्य दिनों की तरह फाइल के बगल से घूमकर गिनती करने के बजाय सामने खड़े रहकर उसने उन्हें दो बार गिना। इसके बाद हेड जमादार के हाथ के रजिस्टर में उनकी संख्या लिखकर फटाफट वार्ड के दरवाजे पर ताला ठोंककर बड़े जमादार के पीछे-पीछे हथेलियों को मसलते हुए गेट की तरफ बढ़ गया।

फाइल तोड़कर अब बंदी युवक इधर-उधर फैल गए। कृष्ण और बिल्लू बीजू के पास बैठकर उसके पैर को धीरे-धीरे सीधा करने लगे। उसके पैर के तलुवों को अपने हाथ में लेकर, अपनी चौदह-पंद्रह वर्ष की उम्र में जो काम कभी नहीं किया था, करना जानते भी नहीं थे, जैसा उनसे बन पड़ा उसके दोनों घुटनों को धीरे-धीरे मलने लगे। बीजू आठ दिन पुलिस कस्टडी में था। उसकी कलाइयों को पिंडलियों के साथ बाँधकर किसी गठरी की तरह उसके दुबले छोटे शरीर को एक बाँस से लटकाकर पुलिस ने उसके तलुवों में लाठी से लगातार प्रहार किया था। इसी तरह वे सभी को मारते थे। और भी कितनी तरह की यातनाएँ देते थे। उनका स्कूल है, जहाँ यह सब सिखाया जाता है, आदमी के शरीर में कहाँ किस प्रकार मारने पर सबसे ज्यादा दर्द होता है। पृथ्वीश दा की दोनों कोहनियों से थोड़ा ऊपर जलने का लंबा-लंबा निशान था। अभ्युदय के पीठ और सीने पर गोल-गोल गड्ढा बना हुआ था। वे दोनों लगभग हर वक्त शर्ट पहने रहते थे। जब वे पहली बार आए थे, एक दिन नहाते वक्त उन निशानों को देखकर कृष्ण ने घबड़ाकर पूछा था, 'अभुदा, ये कैसे निशान हैं ?'

अभुदा हँसे थे। कुछ कहा नहीं। बाद में दूसरों से कृष्ण को पता चला था। अभुदा, पृथ्वीश दा, अनीस दा, ये सभी नेता थे, इसीलिए पुलिस ने इन्हें खूब पीटा था। न जाने कितनों को गोलियों से खत्म ही कर दिया था, जेल तक

लाए ही नहीं। कृष्ण को यह पता था। उसके मोहल्ले के समर दा, मिलन दा के साथ यही हुआ था। बटन कारखाने के पीछेवाले मैदान में सुबह आठ लाशें मिली थीं। बाकी लाशें मुहल्ले की नहीं थीं। वे अभागे न जाने कहाँ के रहनेवाले थे। उस दिन उनके मुहल्ले में किसी के घर में रसोई नहीं चढ़ी थी। समर दा, मिलन दा के अलावा और किसकी लाशें थीं, कृष्ण की वहाँ जाकर देखने की हिम्मत नहीं हुई। अगर उनमें से कोई उसका परिचित निकल आए ? वह कितनी बार समर दा वगैरह की चिट्ठी लेकर अन्य मुहल्लों के अनजाने लड़कों को देने गया था। अगर उनमें से कोई हो तो ? कृष्ण को उस दिन बड़ा खालीपन महसूस हुआ था, अगले दिन अब वह किससे चिट्ठी लेकर पहुँचाएगा ? किसकी खबर लेकर जाएगा ? कौन उसे दूर जगहों के लोगों के बारे में, वहाँ के बच्चों के साहस के बारे में बताएगा ? समर दा, कृष्ण के मास्टर साहब थे। कृष्ण कक्षा चार में पढ़ते समय से ही उन्हें पहचानता था। कक्षा छह के बाद कृष्ण की आगे पढ़ाई नहीं हो पायी। उसकी माँ बीमार पड़ गयी, पिता सुबह-सुबह ही पैकिंग बक्स तैयार करनेवाले कारखाने में चले जाते थे। कृष्ण के स्कूल जाने पर उसके छोटे भाई-बहनों की दिनभर देखभाल कौन करता ? मगर समर दा ऐसे समय भी आते थे। रोज तो नहीं मगर अक्सर। माँ के लिए दवा लाते थे, कृष्ण के लिए छोटी-छोटी किताबें लाते थे। बाद में समर दा ने खुद आना छोड़ दिया था। कहते, 'पुलिस की मुझपर नजर है रे। तेरे घर में आऊँगा तो तुमलोगों को भी वह परेशान करेगी।'

'तब मैं क्या करूँगा समर दा !'

'मैं किसी से तुझे खबर करवा दूँगा। तू ही शाम के बाद सावधानी से आकर मुझसे मिल जाया करना।'

ऐसा ही होता। मिलने के बाद समर दा अक्सर उसे 'देशवती' अखबार का पैकेट कहीं पहुँचाने के लिए देते थे, कभी-कभी सिर्फ चिट्ठी भी देते। उसके बाद एक दिन प्रसाद की चाय की दुकान की तरफ से आते वक्त भयानक नारों की आवाज से कृष्ण चौंक पड़ा। पुलिस वैन की बजाय एक काली एंबेसेडर गाड़ी में मिलन दा और समर दा को पकड़कर कुछ लोग ठूँस रहे थे, उन लोगों ने आम लोगों की तरह ही कपड़े पहन रखे थे, लेकिन उनके पुलिस होने में कोई संदेह नहीं था। उन्होंने नारे लगाते हुए समर दा और मिलन दा के मुँह पर खाली हाथों से ऐसा जोर का थप्पड़ मारा जैसा सिर्फ पुलिसवाले ही मारते थे। इसमें कुछ सेकेंड ही लगे थे। उस गाड़ी के चले जाने के काफी देर बाद कृष्ण को ख्याल आया कि उसे उस गाड़ी का नंबर नोट कर लेना चाहिए था जिससे वह

औरों को सतर्क कर सकता था। समर दा के पकड़ लिए जाने के बाद पहली दो रात को वह सो नहीं सका था। बाद में उसने सुना था कि दोनों ने थाने में किसी का भी नाम नहीं बताया था। कम से कम उसका नाम तो बता सकते थे। एक नाम भी बता देने पर शायद वे लोग समर दा की जान न लेते। कृष्ण को लगा कि समर दा की मौत के लिए वह भी जिम्मेदार है। ये सब बातें उसने कभी किसी से नहीं कही थीं। बाद में जब पार्टी के दूसरे लड़के उसके पास आते थे, किसी को पहुँचाने के लिए चिट्ठी देते थे, उनमें से भी किसी को उसने नहीं बताया था।

जेल में आने के बाद उसने समर दा की बात सिर्फ अभुदा को बतायी थी। अभुदा पुलिस के टार्चर की चर्चा कभी दूसरों से नहीं करते थे। पृथ्वीश दा भी नहीं। किसी के पूछने पर वे सिर्फ हँसते। कभी बहकाने वाला जवाब देते, 'बाहर से सँकरे नाले में यहाँ घुसा था न, इसलिए दो-चार जगह चोट लग गयी।' या फिर गंभीर होकर कहते–'पुलिस टार्चर की बात अलग से क्या बताना ? यह जानी हुई चीज है।'

लेकिन दूसरों की चोट, तकलीफ के मामले में वे बड़ा ख्याल रखते थे। कृष्ण जब जेल में आया था तब वे उसी के साथ थे, उसी के वार्ड में। तब किसी भले वार्डर के रात्रि ड्यूटी में आने पर उसकी लालटेन दरवाजे के सींखचों के सामने रखवा देते। अभुदा ने कई दिनों तक कृष्ण के घुटनों और कलाइयों के दर्द और जोड़ों के सूजन की लालटेन से सिंकाई की थी। उन्हीं दिनों किसी-किसी दिन देर रात तक कृष्ण, समर दा की चर्चा करता था। उसका गला भर आता। अभुदा, अनीस दा उसकी पीठ पर हाथ फेरकर कहते, 'मत रो। हमलोगों को अब रोना नहीं है। जब यह लड़ाई खत्म होगी और हम लोग जीतेंगे–तब हम लोग अपने साथियों के लिए रोएँगे।'

'देख, वह कितने अच्छे कॉमरेड थे, जो तेरे जैसा एक बढ़िया कॉमरेड तैयार कर गए।'

इस छोकरा फाइल में इस वक्त बीजू के दर्द का ख्याल करते समय कृष्ण को ये बातें ज्यादा याद आयीं। बीजू अपना पाँव डॉक्टर को दिखाने से डरता था। अगर उसे फिर अस्पताल में भर्ती कर दिया जाए। बीजू लगभग महीने भर तक अस्पताल में भर्ती था। इसके बाद जब वह थोड़ा स्वस्थ होने लगा तब 'मैं ठीक हो गया हूँ, यहाँ अब नहीं रहूँगा' कहकर रो-धोकर उसने अस्पताल से छुट्टी ले ली। इसका कारण था कि अस्पताल का जो वार्डर मेट रात में उसके बिस्तर

पर आकर सो गया था उसने उसका पैंट खोलकर...।

बीजू को बेहद दर्द हुआ था। वह बेहद डर भी गया था—उस थाने की बात सोचकर। सुबह उसका अनुनय-विनय सुनकर जाने क्यों डॉक्टर को दया आ गयी। उस दिन दोपहर के खाने के पहले बीजू छोकरा फाइल में दाखिल कर दिया गया। अब वह फिर से किस तरह डॉक्टर से अपने पैरों के दर्द और सूजन की बात कहे ? कैसे बताए कि उसके सिर में अभी भी बेहद दर्द रहता है ?

कृष्ण भी इसलिए रात की ड्यूटी में आए किसी भले वार्डर का इंतजार कर रहा था। जिससे लालटेन लेकर वह बीजू की सिंकाई कर सके। लेकिन आजकल भले वार्डर जाने कहाँ ड्यूटी देते रहते हैं। इधर तो आना ही बंद कर रखा है। बस जीवन और राधेकृष्ण, ये ही दो लोग कभी-कभी आते हैं। वह भी जैसे घबड़ाए रहते हैं। चारों तरफ नजर डालकर दो-एक बातें करके, दो-एक सूचनाएँ देकर झटपट चले जाते हैं। उनके अनुसार एसोसिएशन के काफी संतरी और वार्डर नक्सलों को मार डालने के हिमायती हैं। इस वार्डर को भी ऐसे लड़कों से बड़ी नफरत है। जो वार्डर इनके साथ अच्छा व्यवहार करते हैं, उन्हें इधर की ड्यूटी पर कम लगाया जाता है। ड्यूटी दी भी जाती है तो उनपर कड़ी नजर रखी जाती है। इसलिए अब चिट्ठी वगैरह पहुँचाने की हिम्मत जीवन और राधेकृष्ण की नहीं होती। ले भी ले तो उन्हें कब पहुँचा पाएगा, कहना मुश्किल है। मगर मौखिक रूप से, जितना संभव हो पाता, खबरें दे देते थे। उन्हीं ने खबर दी थी कि जनाना वार्ड में जो बहनजी अकेली रहती हैं उन्हें चौबीस घंटे के लिए बंद कर दिया गया है। पहले सुबह-शाम घंटा भर के लिए वह छोड़ दी जाती थीं, अब वह भी बंद हो गया है। उन्होंने एक दिन एक दुष्ट महिला वार्डर को थप्पड़ मार दिया था। वह वार्डर इतना घबड़ा गयी थी कि सीटी बजाना भी भूल गयी थी। वैसे वह बहनजी बड़े शांत स्वभाव की हैं इसलिए मैट्रन ने वार्डर की बात पर तुरंत यकीन नहीं किया। अन्यथा जनाना वार्ड में पगली घंटी बजते ही उन्हें जरूर मार दिया गया होता। वहाँ तो भोला जैसा मेट नहीं है जो सेल की चाबी...

अनीसदा, अभुदा से उसे बीच-बीच में उनके बारे में पता चलता रहता था। वे दोनों एकसाथ पढ़ते थे। साथ ही पार्टी का काम भी करते। इसके बाद दोनों बिछड़ गए। आखिरकार उन दोनों की आपस में भेंट इसी जेल में ही हुई। पृथ्वीश दा का कहना था कि अभुदा पहले बहुत शांत थे। कॉलेज में हमेशा चुप रहते थे। मगर अब कोई इस बात पर यकीन करेगा ? अभुदा हर समय गाना गाते, हँसते और हुल्लड़ करते रहते। फाइल में बैठकर गिनती देने के बाद अनीस दा

और अभुदा ने सबको समझाया था। उन दोनों का दमदम जेल से यहाँ चालान हुआ था। वहीं की नयी-नयी बातें यहाँ भी चालू हुई थीं। जेलर जब हेड जमादार और सिपाहियों को लेकर आया तब कृष्ण का दिल जोरों से धड़क रहा था। अभुदा ने बड़े मजे से हँसते हुए जेलर से कहा था, 'हमलोगों ने क्या आपसे कहा था कि हमें इस तरह से पकड़कर गिनती करके यहाँ बंद करके रखिए ! गिनने की जिम्मेदारी आपकी है, हमारी तो नहीं।'

जेलर साहब ने कहा था, 'देखिए अभ्युदय बाबू, पुलिस से आपलोगों का लड़ाई-झगड़ा है, हमलोगों के साथ तो कुछ नहीं। हमारी तो कोशिश रहती है कि आपलोगों को जितनी सुविधा दी जा सकती हो, दी जाय। लेकिन हमलोगों पर कुछ जिम्मेदारी है, इसे तो समझते हैं।' उनकी बातों के दौरान हेड वार्डर खड़ा-खड़ा अपनी मूँछों पर ताव दे रहा था। जेलर के पीछे खड़ा होने के कारण जेलर साहब उसे देख नहीं पा रहे थे। वे सभी वार्ड की दीवार से टेक लगाकर चुपचाप उनकी बातें सुन रहे थे। वार्ड के दरवाजे के सामने जेलर खड़े थे। उनके पीछे हेड जमादार और वहाँ का ड्यूटी वार्डर था। उसके पीछे दस सिपाही थे। कृष्ण ने उन्हें गिन लिया था। अनीस दा वगैरह दरवाजे के पास थे लेकिन वार्ड के भीतर थे। अनीस दा, आशीष दा, पृथ्वीश दा और अभुदा। अनीस दा ने पहले ही कह दिया था, 'इसका ख्याल रखना कि बातें करते-करते ये हमें वार्ड से बाहर न निकाल सकें। इसमें सफल होते ही वे झट से हमें सेल में बंद करके दूसरे कामरेडों से अलग कर देंगे।'

हालाँकि ऐसा कुछ नहीं हुआ था। आखिरकार फैसला हुआ कि नक्सल वार्ड वाले गिनती देंगे। मगर वार्ड के अंदर ही वे वार्डर तथा जमादार के पैरों के पास फाइल बनाकर नहीं बैठेंगे।

यह सब काफी पहले की बात है। तब कृष्ण नया-नया आया था। तब तो जेलर ने ऐसा भी कहा था, 'हम नहीं चाहते कि जेल में किसी प्रकार का गोलमाल हो।'

मगर छह माह बीतते न बीतते—

आज वया और जल्दी बंद कर दिया ? वार्डर बहुत हरामी है। कृष्ण को अपनी बात खुद ही बुरी लगी कि कामरेड कभी ऐसी असभ्य भाषा नहीं बोलते हैं। दरअसल वहाँ पर सभी वार्डर, सिपाही दिन-रात गाली-गलौज करते रहते थे। लड़के भी इससे अलग नहीं थे।

आज मन उदास था। जनाना वार्ड और छोकरा फाइल के बीच में जो काफी

ऊँचा शिरीष का पेड़ था उसकी तिमंजिला ऊँची डालों पर अभी भी कितनी धूप थी। बाहर यह वक्त उनके खेल का समय होता था। शरद ऋतु में गेंद न रहने पर वे बड़े आकार की नीबू से ही गेंद खेलते। सभी मिलकर उसे तब तक लात मारते जब तक उस नीबू के चिथड़े न उड़ जाते। अच्छा, अचानक कृष्ण को ख्याल आया कि उस वक्त वे लोग उस नीबू की नजर में पुलिस होते थे ? धत्त, इस जेलखाने में बैठे-बैठे कैसी-कैसी कल्पनाएँ आती हैं। एकबार उसके पिता मिलने के लिए आए थे। डर से वह खुद ही अधमरे हो गए थे। केष्टोनगर से सुबह की बस पकड़कर दस बजे यहाँ पहुँचकर पर्ची देकर दिनभर फाटक के बाहर इस बरगद के पेड़ के नीचे बेचारे बैठे इंतजार करते रहे थे। तीन बजे जाली के उस पार से उतने लोगों की भीड़ में सिर्फ पाँच मिनट की भेंट हुई। इतने थोड़े से वक्त में क्या कहा जा सकता था, क्या सुना जा सकता था। कैसा चेहरा हो गया था उनका। माँ कैसी है ? सुबल, पुटू कैसे हैं ? इन सबके जवाब में उसके पिता सिर्फ यही पूछते रहे थे, 'तुझे भोजन-पानी तो ठीकठाक देते हैं न खोका ?' कृष्ण ने जरूरत से ज्यादा हँसते हुए कहा, 'हाँ बाबू, सब कुछ देते हैं, भोजन, कपड़े-लत्ते, सोने के लिए बिस्तर, सब कुछ।' लेकिन उस दिन वार्ड में लौटकर उसे घर की और माँ की बेहद याद आयी। उसे लगा था कि इससे तो अच्छा है बाबू न ही आएँ। यहाँ सभी के बीच घर की बात भूली हुई रहती है। ये सभी अपना-अपना घर छोड़ आए हैं। सिद्धार्थ दा, विकास दा की तो शादी भी हो चुकी है। छोटे-छोटे बच्चे हैं।

आज भी मन उदास था। बीजू बड़ी तकलीफ में था, उसके न कहने के बावजूद इसे समझना मुश्किल नहीं था। वह तो इसी शहर का रहनेवाला था फिर भी उससे मिलने कोई नहीं आता था। दरअसल उसके पिता के कारण ही पुलिस ने उसे पकड़ा था। उसके पिता पोस्ट आफिस में काम करते थे। बीजू कहता, उसके पिता बहुत बड़े कामरेड हैं। उसने तो अभी तक ऐसा कुछ किया ही नहीं। उसे थाने में लाकर उसके पिता का पता जानने के लिए ही पूछताछ की गयी थी। उसे भोजन में जरा भी रुचि नहीं थी। पैरों में और सूजन आ गयी थी ? टंकी ने आकर उसे एक बार अच्छी तरह देखा। टंकी जेबकतरा होने के कारण अनेक बार मार खाकर जान गया था कि कौन जख्म हड्डी टूटने का है और कौन नहीं। लेकिन कुछ देर तक देखने के बाद टंकी ने भी सिर हिला दिया। नहीं गुरु, 'इसके लक्षण तो मुझे ठीक नहीं लग रहे हैं। हमलोग पब्लिक की मार से परिचित हैं, वह तो आँख मूँदकर मारती है, लेकिन यह तो पुलिस की मार है

भैया, सिस्टम धुलाई... ।' उन तीन-चार लोगों को एक जगह देखकर पहरेदार उधर आ गया। उसका नाम फटिक था। वह बाँकुड़ा का रहनेवाला था। उसे सात साल की सजा हुई थी, जिसमें से पाँच साल कट गए थे। आधी सजा कट जाने और ठीकठाक काम करते रहने के कारण वह अपनी कमीज के कंधे पर एक छोटे काले कपड़े का टुकड़ा लगाता था। वह बिल्ला था। बिल्ला पानेवाले को पहरे पर लगाया जाता था। उसका पद मेट से नीचे का मगर वह दूसरे कैदियों पर खबरदारी करता था। फटिक का स्वभाव अच्छा था। अकारण मारता-पीटता नहीं था। बात-बात में वार्डर या मेट से किसी की शिकायत नहीं करता था। वह कोई चोर-जालसाज नहीं था। वह एक मामूली किसान था। खेत की मेंड़ को लेकर मारपीट होने के दौरान उसने अपने चाचा पर कुदाल से हमला कर दिया था। वार ठीक से न पड़ने के कारण चाचा की जान बच गयी थी। उसी में फटिक महतो को सात साल की जेल हुई थी।

वह कृष्ण, बीजू, समीर, टंकी की भीड़ के पास आकर रुक गया। उसने बीजू को देखा। फिर कहा, 'किसन, तुम लोगों ने डॉक्टर से पहले क्यों नहीं कहा ? कल डॉक्टर बाबू के आने पर दिखा देना।'

दर्द के बीच भी बीजू आतंकित हो गया—'ओ फटिक दादा, तुम्हारे पैर पड़ता हूँ, डॉक्टर बाबू से कुछ मत कहना।' उसकी आँखों से आँसू बहने लगे। फटिक अवाक् हो गया।

'डॉक्टर बाबू मुझे अस्पताल भेज देंगे। मैं अस्पताल नहीं जाऊँगा। तुम्हारे पैर पड़ता हूँ। अस्पताल भेजने पर मैं मर जाऊँगा।'

यह सुनकर फटिक कुछ सोचने लगा। फिर उसने कहा, 'अस्पताल में मेट हरामीगीरी करता है न ?'

इस बात का किसी ने जवाब नहीं दिया, सिर्फ बीजू की आँखों से आँसू टपकने लगे। फटिक बड़बड़ाते हुए बोला, 'साले की दो बार पेशी हुई थी। एक बार तो उसकी पेटी उतार ली गयी थी। उस बार उसने कसम खायी थी कि ऐसा कभी नहीं करेगा। मगर फिर शुरू हो गया।' उसने बीजू से कहा, 'तुझे डरने क़ी जरूरत नहीं। मैं डॉक्टर बाबू से कहकर तुझे ठीक जगह रखवा दूँगा। नहीं तो क्या तू उस हरामी के डर से अपनी जान देगा ? तेरा पैर अभी तक ठीक नहीं हुआ—कहीं भीतर कोई हड्डी वगैरह न टूट गयी हो... ।'

फटिक के चले जाने के बाद समीर ने कहा, 'पहरे पर कभी-कभी अच्छा मेट भी मिल जाता है।'

कृष्ण को नक्सल वार्ड के भोला की याद आ गयी। उस वार्ड में कोई भी सजायाफ्ता नहीं था, सभी हाजती थे। इसीलिए जनरल वार्ड के मेट को वहाँ पहरे पर लगाया गया था। भोला वहीं का मेट था। दिन के वक्त जब वार्ड खुला रहता था तब मेट के पास ही चाबी रहती थी। सुबह सभी के नहा-धो लेने के बाद थोड़ा मौके का फायदा उठाकर दोनों वार्डों के बीच के घास के मैदान पर वे कुछ देर टहलते दौड़ते थे। बारह बजे सब्जी-भात आने पर काले-काले ड्रमों के कुंडों में फँसाकर उन्हें लटकाकर बाँस लाने के कारण सब उसे बाँसगाड़ी कहते थे—अल्यूमिनियम की थाली में उसे लेकर जिसे जहाँ मर्जी होती, भोजन करता। भोजन के बाद दोपहर को दो घंटे के लिए मेट वार्ड में ताला ठोंक देता था। मेट पहरेदार को उस वक्त लॉकअप में नहीं रखा जाता था।

छोकरा फाइल में आए महीना पूरा हो रहा था, मगर कृष्ण को वहाँ अच्छा नहीं लगता था। अभुदा, अनीस दा, पृथ्वीश दा की उसे याद आती रहती थी। यह कैसा विचित्र था, एक ही जेल में सभी रहते थे लेकिन उनसे भेंट नहीं होती थी। पता नहीं कब भेंट होगी। उनका वार्ड यहाँ से कितनी दूर होगा ? शाम को जब वे नारे लगाते थे तब पहले यहाँ उनकी हल्की आवाज सुनायी पड़ती थी, मगर अब नहीं सुनायी पड़ती थी। ऐसा क्यों ? आजकल जाड़ों में जल्दी लॉकअप कर देने के कारण बाहर की आवाज क्या ज्यादा सुनायी देती है ? इस वार्ड में बाहर की आवाज भी नहीं आती थी। वहाँ पर रात में रास्ते की गाड़ी का हॉर्न, साइकिल के टायर पंक्चर होने की आवाज, सिनेमा की गाड़ी के गाने—सभी कुछ सुनायी पड़ते थे। शाम को लॉकअप के बाद वे सब खड़े होकर एकसाथ न जाने क्या गाना गाते थे। वे लाइनें कृष्ण को इस वक्त याद नहीं आ रही थीं, वह उनकी पार्टी का गाना था, वह सारी दुनिया की पार्टियों का गाना था—सारी दुनिया यानी कितनी बड़ी होगी—एक सेंट्रल जेल के एक वार्ड में अगर पार्टी के इतने लोग यानी कामरेड रहते हैं तो सारी दुनिया में—ओह, हिसाब लगाना मुश्किल है। वह पूरा गाना तो याद नहीं था, मगर शुरू की पंक्ति थी—'जागो, जागो'—इसके बाद जाने क्या था ! कोशिश करने पर याद आ सकता था। क्या एक बार और उन सबसे भेंट नहीं हो सकती ? होगी, जरूर होगी। तब वह याद कर लेगा, फिर कभी नहीं भूलेगा। उसे पता नहीं था कि ऐसा होगा ? जेल आने के बाद उसने जब पहली बार पगली सुना था, तब उसे पता नहीं था कि इसे ही पगली कहते हैं। सुबह दस बजे मैदान में वह बड़े वार्ड के लड़कों के साथ कबड्डी खेल रहा था, अचानक ओं-ओं-ओं करके कैसा भयंकर शब्द सुनायी दिया। क्या हुआ, किसी

को कुछ पूछने से पहले अचानक उसने देखा मैदान बिल्कुल साफ है। उसे पता नहीं किसने खींचकर अपने वार्ड में घुसा लिया था, अब उसे याद नहीं। उस वक्त वह किसी को पहचानता भी नहीं था। दरवाजों में फटाफट ताला-चाबी लग गया। इसी बीच दम पागल करनेवाली, दम बंद करनेवाली उस ओं-ओं-ओं की आवाज के साथ ढँ-ढँ-ढँ करके एक घंटा भी बजने लगा था। खट-खट करके जूतों की आवाज करते हुए संतरियों का एक झुंड वार्ड के आँगन में आ पहुँचा। कृष्ण को पता भी नहीं चला कि कब उसके दोनों पैरों के बीच से बूँद-बूँद पेशाब टपकने लगा था। क्या उसने सोचा था कि अब वे लोग उसे या उन सभी लोगों को जान से मार देंगे ? वह क्या डर गया था ? उसे अब कुछ पता नहीं। एक अनजाने आतंक, जो उसने पंद्रह साल की उम्र में कभी महसूस नहीं किया था, उस पर छा गया था। हालाँकि उस दिन कुछ भी नहीं हुआ था। वार्ड के गेट के सामने मेट और वार्डर खड़े थे। हेड जमादार और संतरियों के आ जाने पर वार्डर ने गिनती शुरू कर दी थी। उसके बाद संतरी दूसरी तरफ के वार्ड की ओर चले गए थे। आशीष दा ने उसे समझाया था इसे पगली कहते हैं। माने पगली घंटी। जेल में अगर कोई गड़बड़ी होती है तब पगली घंटी बजती है।

'आज क्या हुआ है ?'

'आज कुछ नहीं हुआ। यह सब फॉल्स। पगली है यानी झूठमूठ की। बीच-बीच में वह पगली की प्रैक्टिस करते हैं।'

'आपको कैसे पता है कि आज कुछ नहीं हुआ ? किसी दूसरी जगह तो हो सकता है।'

'देखा नहीं, संतरी लोग कितने इत्मीनान से यहाँ आए थे ? गिनती करके चले गए। सचमुच की पगली पड़ते ही समझ जाएगा, अगर वह कभी हो तो...'

'नहीं, नहीं मैं उसे नहीं देखना चाहता आशीषदा ! उस वक्त क्या वे सभी को मारेंगे ?'

'कुछ कहा नहीं जा सकता। यहाँ हम इनके हाथों में हैं, ये जो चाहे कर सकते हैं। मगर सिर्फ हमलोगों के अलावा और भी कारणों से पगली होती है।' यह कहते वक्त जेल के फाटक पर तीन बार ढँ ढँ करके गिनती पूरी हो जाने का घंटा बजा। वार्डर ने उनके वार्ड का ताला खोल दिया। उस दिन खाते समय, दोपहर को लॉकअप में बैठे रहते समय, शाम को खेलते समय हर समय उस दिन सुबह की घटना ही दिमाग में बनी रही। कुछ और लोग भी वही चर्चा कर

रहे थे। एक बार सेल से न जाने एक पागल कैसे निकलकर उस दायमली वार्ड जैसे ऊँचे मौलश्री के पेड़ पर चढ़कर चीखने लगा था—'मैनेजर का दामाद हूँ, देखूँ, मेरा कोई क्या बिगाड़ता है।' उस बार भी पगली घंटी बजी थी। संतरियों को पेड़ पर चढ़ने की हिम्मत नहीं हुई। जेलर के सामने आने पर 'ओ ससुर जी' कहकर वह इतने जोरों से चीखने लगा कि जेलर साहब अपने दफ्तर में जाकर बैठ गए। सभी मुँह छिपाकर हँस रहे थे। संतरी बड़ी-बड़ी चादरें लेकर पेड़ को घेरकर खड़े थे। अस्पताल के डॉक्टर वहाँ तैयारी करने लगे। आखिरकार दमकलवालों ने आकर मोटे पाइप से जब पानी की धार छोड़ी तो पागल दामाद को नीचे उतरना पड़ा। उतरने से पहले उसने सुपर साहब से वचन ले लिया कि उतरने के बाद वह उसे मारेंगे नहीं। साहब ने कहा था, 'नहीं, नहीं, मारेंगे क्यों ?' हालाँकि इसके बाद संतरियों और मेटों ने उसकी जमकर धुनाई की थी। आखिर अगले दिन जेलर के सामने पागल सेल और दायमाली वार्ड के संतरियों और मेटों को ही जवाब देना पड़ेगा। जेलर तो इसके लिए उन्हीं की गफलत को जिम्मेदार ठहराएँगे।

इस घटना की बात सुनकर उस दिन शाम को कृष्ण को बेहद हँसी आयी थी।

इस फाइल में आने के बाद एकदिन ऐसी ही एक घटना उस दिन उनकी आँखों के सामने घटित हुई थी। मगर तब हँसी नहीं आयी थी।

उनके छोकरा फाइल और जनाना वार्ड के बीच जो विशाल मौलश्री का पेड़ था, एक दिन दोपहर में खूब शोरगुल सुनकर देखा कि जनाना फाटक की तरफ से एक संथाल लड़की उस पेड़ पर चढ़ रही थी। इधर के वार्डर और संतरी उसे लाठियों से धमका रहे थे और उस पर ढेले फेंक रहे थे। उधर से चीख-पुकार, शोर की आवाजें आ रही थीं। पगली घंटी बजी तो नहीं थी लेकिन थोड़ी देर बाद ही दमकल वालों ने आकर मोटे पाइप से उस लड़की की ओर पानी फेंकना शुरू किया। अब तक वह लड़की काफी ऊँची डाल तक पहुँच गयी थी। करीब तिमंजिले तक। इसी बीच मेट ने खदेड़कर सबको बंद कर दिया। छोकरा फाइल के बरामदे में छर-छर करके पानी गिरने की आवाज के बीच ही अचानक 'हाय-हाय' की बड़े जोर की चीख के बाद सब कुछ शांत हो गया। पानी गिरना भी। थोड़ी देर बाद पहरेदार ने आकर खबर दी थी कि बदन पर पानी की उतनी चोट के बावजूद उस लड़की ने उतरने की कोशिश ही नहीं की। उसने उतनी ऊँचाई से सीधे जनाना फाटक के आँगन में छलाँग लगा दी। गिरते ही वह मर गयी। भला

उतनी ऊँचाई से गिरकर कोई जिंदा रहता है ?

उस दिन रात को भी कृष्ण बहुत उदास था। वह लड़की उनकी फाइल की ओर ही मुँह किए पेड़ पर चढ़ी थी। जाने कहाँ की रहनेवाली थी वह। अच्छा, बाहर तो कभी किसी बड़े व्यक्ति को उसने अकारण पेड़ पर चढ़ते नहीं देखा था। जेल में किसी को कुछ होने पर वह पेड़ पर क्यों चढ़ जाता है ! उस वक्त उसके मन में कैसी भावना होती है ? ऐसे लोग क्या यह सोचते हैं कि ये सारे पेड़ बहुत ऊँचे हैं। जेल की चारदीवारी से भी ऊँचे होने के कारण ये जेल की पहुँच से दूर हैं ? पेड़ की धरती का हिस्सा अगर जेलखाने का हो तो ऊपर का हिस्सा शायद जेल से बाहर का होगा, आसमान के अख्तियार में होगा ?

लेकिन ये सब तो बाद की बातें थीं।

उसके पहले ही तो उसे पता चल गया था। सचमुच की पगली कैसी होती है, जिस दिन जमादार ने उसे उस नंबर से निकालकर इस छोकरा फाइल में लाकर बंद कर दिया। किशोर दा उससे उम्र में थोड़े ही बड़े थे, अभी सत्रह साल के नहीं हुए थे, तब किशोर दा को छोकरा फाइल में क्यों नहीं डाला ? हालाँकि एक बात सच थी कि आशीष दा उसके अपने बड़े भाई थे। यह एक तरह से ठीक ही था कि वह अपने भाई के पास रह रहा था। वे लोग कहते फॉल्स पगली यानी यूँ ही, झूठमूठ की पगली।

उनसे तो कहा जा सकता है कि उस दिन भी फॉल्स पगली ही थी। मतलब पगली तो सच्ची थी पर कारण झूठा था। नंबर में तो कुछ हुआ ही नहीं था। आशीष दा और नए आए रणवीर दा, नंबर के सामने दालान में खड़े होकर बातें कर रहे थे। एक बदमाश संतरी ने वहाँ से हाजती नंबर की ओर जाते समय आशीष दा को कोई गाली दी। कृष्ण उनके बगल में ही बैठा था, वह चौंक गया। आशीष दा ने बड़े जोर से 'ऐ' कहकर अपना पैर बढ़ाया—इससे ज्यादा कुछ नहीं। बस, उस संतरी ने अपनी सीटी बजा दी।

मेदिनीपुर से पाँच नए कामरेडों के आने के बाद से अन्य स्थानों की खबर मिलेगी, यह सोचकर जितना अच्छा लग रहा था, दूसरी तरफ मन में चिंता भी थी। एक बात पर वे सभी सहमत थे कि पुलिस उनके वार्ड में कोई अपना भेदिया घुसाने की कोशिश नहीं करेगी। अगर पुलिस के बड़े अधिकारी इसकी कोशिश करें भी तो भी वह यहाँ क्यों आएगा ? यहाँ तो कोई कवर नहीं है। तीन दिनों में ही वह पकड़ लिया जाएगा। और पकड़े जाने पर इस वार्ड के लड़कों को दो बार मरने का डर नहीं है लेकिन पुलिस के हाथों जान देने के लिए प्रस्तुत कोई

आदर्शवादी भला भेदिया बनेगा ? इसलिए इसकी खास चिंता करने की जरूरत नहीं थी। चिंता विचारधारा को लेकर थी। अनीस, होमो, नयनपाल तक सबने अलग-अलग लाइन पर एक समय खूब बहसें की थीं। 'जन गणतंत्र' या 'नया गणतंत्र', 'आर्क उपनिवेश' या 'नया उपनिवेश' इन बातों पर खूब तर्क-वितर्क हुआ था। कुछ-कुछ लोग बीच में सामयिक रूप से विभ्रांत या हताश नहीं होते थे, ऐसी बात नहीं थी। इसके अलावा शुरू-शुरू में तरह-तरह के तर्क से जमानत लेने के लिए 'कौशल' भी अपनाया जाता था। दो-चार लोगों ने डिवीजन लेने की बात भी सोची थी। 'जब वे लोग दे रहे हैं, तब हमलोग क्यों न लें ? हमलोगों ने खुद चाहा तो नहीं ?' उनका यही तर्क था। लेकिन यह ज्यादा संख्या में तभी हुआ था जब हालत इतनी जटिल नहीं थी। आज की अपेक्षा छह-सात महीने पहले का समय लगता है निश्चिंत होकर मेस में रहने जैसा था। बल्कि लंबे समय तक भूमिगत रहने, पुलिस से डरने, मानसिक यंत्रणाओं से मुक्ति के बाद दोस्तों से भेंट, भले ही उनका शरीर क्षत-विक्षत हो, जोर से बात करने की छूट, खुल कर बहस करने का सुख था। वहाँ के कैदियों में से सावधानी से कुछ को चुनकर उन्हें राजनीति के बारे में जाग्रत करके उन्हें, यहाँ तक कि वार्डरों को भी, अपना समर्थक बनाने की सुविधा थी।

लेकिन आज के हालात कुछ और थे। बाहर संघर्ष जितना तेज हो रहा था, इधर इनका व्यवहार भी उतना हिंसक होता जा रहा था। वार्डर्स एसोसिएशन के ज्यादातर सदस्य बाहर पार्टियों की आपसी लड़ाई का बदला लेना चाहते थे। सब वार्डर उनसे सहमत नहीं थे, यही बचाव की बात थी। प्रशासन एक समय चाहता था बाहर जो भी हुआ वह हो गया, कम से कम जेल में शांति रहे। उन्हें लगता था कि जेल में गोलमाल होने के दौरान किसी की जान जाने पर उनकी सर्विस बुक में निशान लग जाएगा। लेकिन इधर देखा जा रहा था कि देश के या बाहरी देशों के सर्वोच्च सत्ताधारियों ने तय कर लिया था कि विद्रोही युवक-युवतियों को मौका पाकर जान से मार दिया जाय या फिर जेल में बंद करके गोली मार दी जाय। ऐसा आए दिन हो रहा था। इसमें जिला जेल तो क्या, सब जेल भी पीछे नहीं थे। आसनसोल के सब-जेल में एक जवान लड़के को लाठियों से और एक दुबले-पतले बूढ़े को आध मन के एक बटखरे से कुचलकर मार डाला गया। इस अगाध स्वाधीनता में कौन किसकी परवाह करता था।

इसलिए इनके आपसी मतभेद धीरे-धीरे, शायद सामयिक तौर पर दब गए। विकास शुरू से ही जेल में प्रतिरोध न करने के कौशलगत लाइन का विरोधी

था। वह सुपरिंटेंडेंट से अनुरोध करके सेल में चला गया था। मेदिनीपुर से मिदिव, रजतशेखर, सत्येन और रणवीर ऐसी ही तनावपूर्ण स्थिति में आए। सत्येन और मिदिव के आने के बाद अनीस ने मौका पाते ही कहा था, 'रजत उस फैक्शन का हिमायती है, उसे जानबूझकर हमारे साथ रखा गया है। मेदिनीपुर जेल तोड़ने के दौरान वह इसका विरोधी था। उसका विचार था, 'जेल में संघर्ष ठीक नहीं होगा।' '

अनीस ने उसी दिन सुबह शौच जाने के नाम पर अभ्युदय, पृथ्वीश और अनीस को बुलाकर सारी बातें बतायीं। वे सभी एक-दूसरे से सहमत थे। अभी इस बारे में किसी से कुछ कहने की जरूरत नहीं थी। उन चारों को यही जताना होगा कि वे भी ऐसा ही सोचते हैं। फिलहाल वे किसी और के साथ इसकी कोई चर्चा न करें। बस उन्हें रजत पर नजर रखनी पड़ेगी। तभी यह साफ हो गया था कि अब गोपन षड्यंत्र करने की स्थिति नहीं है। इससे कोई खास लाभ नहीं होगा। हालात ये हो गए थे कि मन में कुछ और तथा बाहर कुछ और, इसके सिवा और कोई चारा नहीं था। उन्हें आशंका थी कि रजत के साथ उस वार्ड में रहने पर कभी न कभी लाठी-गोली का शिकार होना ही पड़ेगा।

जिन वार्डरों या संतरियों से इतने दिन उनकी बातें होती थीं, जो थोड़ी-बहुत खबरें ला देते थे, उनकी अब इधर ड्यूटी ही नहीं पड़ रही थी। बगल के हाजती नंबर में भी नहीं। हाजती या अन्य सजायाफ्ता कैदियों को इस वार्ड के लोगों से मिलने या बात करने के लिए छिपे तौर पर धमकी दी गयी थी, यह भी वे समझ गए थे। स्पष्ट रूप से तो किसी ने कुछ नहीं कहा था, लेकिन पहले की तरह एक साथ खेलने या बातें करने की बात सोची नहीं जा सकती थी। उधर से गुजरते वक्त वे उनकी नजरें बचाकर आँखें नीची करके जल्दी से निकल जाते थे।

एक-दो बार उन्होंने इसकी परख भी की थी। बादल, आशीष या पल्लव के उस बीच के मैदान में होने के दौरान कोई आम कैदी वहाँ न रुककर तेजी से गुजर जाता था। जब वे उसे अपने पास बुलाकर जैसे कुछ हुआ ही नहीं, इस मनोभाव से उनका कुशल-क्षेम पूछने की कोशिश करते तब वे सिर झुकाकर और तेजी से निकल जाते थे। जिन एक-दो लोगों ने उनकी बातों का जवाब देने की कोशिश की थी, वार्डरों में से किसी ने उन्हें हाँक देकर तुरंत बुला लिया था। धीरे-धीरे दोपहर के लॉकअप का समय भी बढ़ता जा रहा था। दोपहर को बारह बजे खाना आने के बाद डेढ़ बजे का लॉकअप जो पहले साढ़े तीन बजे

खुल जाता था, आजकल एकदम रात का भोजन आने पर चार बजे के बाद खुलता था। रात का भोजन किसी तरह से भी वार्ड के अंदर करने का नियम नहीं था। साढ़े चार तक बाहर बैठकर भोजन करके, टट्टी-पेशाब जो भी करना हो करके पीने के पानी का कटोरा भरकर लॉकअप में घुस जाना पड़ता था। जेल पहले इतना जेल नहीं लगता था। उनके आसपास लोग रहते थे, इधर से उधर आते-जाते रहते थे लेकिन उनका व्यवहार बदल गया था। जो कैदी भोजन का ड्रम लेकर आते, डब्बू से सब्जी निकालकर उनकी थाली में परोसते, उनके हावभाव से लगता था कि उनके सामने आदमी नहीं हैं। मेट का पहरा भी इस वार्ड में रात को नहीं रहता था। गिनती मिलाने के बाद ड्यूटी वार्डर और जमादार के साथ-साथ वे भी चले जाते थे। दायमली वार्ड बंद कर दिया गया।

पहले दस-पंद्रह दिनों के बाद आशीष, अभ्युदय या किशू को ध्रुवा से मिलने दिया जाता था। कभी एक या कभी दो या कभी तीनों एकसाथ जाते थे। उनमें से किसी के कोर्ट की तारीख रहने पर डिप्टी जेलर कभी घर से आयी चिट्ठी लेने के लिए या ऐसे ही किसी बहाने से जनाना वार्ड से ध्रुवा को दफ्तर में बुलवा लेते। पाँच-सात मिनट में ही वे फटाफट आपस में जरूरी बातें कर लेते। डिप्टी जेलर आदि देखकर भी न देखने का अभिनय करते। अब लगभग दो महीने हो गए थे। ध्रुवा के साथ भेंट तो हुई ही नहीं थी, किसी पुराने भरोसेमंद वार्डर या भोजन लानेवाला या सुबह सफाई के लिए आनेवाला ऐसा कोई कैदी भी नहीं मिल रहा था जिसके जरिए उसे एक बार वह खबर भिजवाई जा सके। सिर्फ ये दो प्रकार का काम करनेवाले कैदी ही विभिन्न वार्डों में आ-जा सकते थे।

अब बीच-बीच में उसकी याद ही सताती थी। वह पिछले दो सालों से लगातार सालिटरी जेल में थी। इतने लोगों के बीच में रहते हुए भी इस तरह एकांत में कैदी होकर रहने से मन पर कितना बोझ पड़ता था। जैसे कि किसी मनुष्य के रूप में उसके होने को ही नकार दिया गया हो, या मनुष्य की स्वाभाविक मर्यादा से उसे नीचे गिरा दिया गया हो। तुम जीवित हो, लेकिन तुम्हारे आसपास के लोगों के व्यवहार से लगता है जैसे तुम हो ही नहीं। इससे एक प्रकार की असहायता और विपन्नता का भाव पैदा होता था।

यह किसी भी दिन हो सकता था। बल्कि होना अवश्यम्भावी था बल्कि कम होगा यह उद्वेग सारे वार्ड को घेरे हुए था। होने की संभावना ही उनके उद्वेग से प्रकट

हो रही थी, इसीलिए मामूली बातों या कारणों से साथियों में प्रकट अथवा अप्रकट रूप से मनमुटाव तथा नाराजगी नजर आती रहती थी। हमेशा के साथी प्रकाश और शेखर ने एक-दूसरे की धुली गंजी पहन ली थी, बस इसी बात पर झगड़ा हो गया और उससे होते-होते बात इस संदेह तक आ पहुँची कि प्रकाश के पुलिस के हाथों पड़ने के चौबीस घंटे के भीतर उसके शेल्टर लेनेवाले तीनों घरों में किस तरह छापे पड़ गए, जिससे राजू यदुकोन और शीला भी पकड़ी गयी ? पूरे वार्ड में ऐसा सन्नाटा छा गया जैसे किसी पर हमला करने के पहले छा जाता है। दो या तीन सेकेंड में ही बालू ने मामला सँभालते हुए कमरे के एक छोर से अभ्युदय को आवाज देकर कहा, 'आभू, जरा एक गाना सुना दे।'

बहुत जरूरी न हो तो बालू बात नहीं करता। इससे ज्यादा बोलते हुए शायद उसे किसी ने सुना नहीं। अभ्युदय ने धीरे-धीरे शब्दों की छवि बुननी शुरू की। वहाँ का आकाश कितना नीला है, उसके बीच तक सिर उठाकर खड़े हुए हैं तीन बर्फीले शिखर। वे भले ही बर्फ से ढके हों लेकिन दुरूह नहीं हैं। देखकर लगता है जैसे लहरों वाली छोटी नदी की ये पाँच छोटी तरंगें हैं। उसके नीचे से होकर बह रही है तातू नदी। ऐसा लगता है जैसे उसके जल में बर्फ की छुरियाँ डूबी हुई हैं। उसके इस पार से उस पार तक लोहे की साँकल बँधी है। सेतु की लकड़ी जलने से नष्ट हो गयी है। वही साँकल हाथों से पकड़कर मातृभूमि के सैनिक वह नदी पार कर रहे हैं–'मुक्ति सेना के लहराते हुए झंडे, कोटि जनों को दिखाते राह–' सींखचों के बाहर ठंडी घास पर हिम ज्योत्स्ना पसरी हुई है। करोड़ों लोगों के विशाल जुलूस की भावना जैसे उन तीस युवकों में भर गयी थी। वह गाना एक व्यक्ति के कंठ से और तीस युवकों के सीने से उठकर सिर्फ इस पूरे मैदान में ही नहीं, उस चाँदनी में भी छा गया था। जिंदा रहने की गहरी इच्छा और ममता की जिसमें अभिव्यक्ति थी–

इस पथ पर नहीं उड़ते आकाश के पंछी
नदी में कोई बहती नहीं नाव
चार सौ लोग चलते हैं पैदल गाते हुए गीत
दिगंतव्यापी संगठन को पथ दिखाकर
हम सभी करेंगे तातू नदी को पार

दूसरे दिन सुबह ठंड को चीरती हुई स्वच्छ धूप निकली या उस धूप ने ठंड को बढ़ा दिया ? सुबह नाश्ते की फाइल में उबले चने मिले थे। वे लोग कटोरेभरे चने को अच्छी तरह धोकर उसके कीचड़भरे पानी को फेंककर छोटे-छोटे समूहों

में बैठकर एक-एक चना मुँह में डालते हुए खाने लगे। असल में जेलखाने में खाना ही ऐसा काम है जिसे समाज के दूसरे लोगों की तरह किया जा सकता है। कम से कम मन में यह भरोसा रहता है कि किया जा रहा है, वहाँ पर भोजन का अच्छा-बुरा होना गौण है, उससे कहीं ज्यादा खराब खाना जाने कितने लोग खाते होंगे लेकिन उस भोजन को जुटाने के पीछे परिश्रम और उपार्जन की एक सामाजिक पद्धति थी। जेल में वैसा सामाजिक बंधन का मौका नहीं रहता, मगर खाने की यह क्रिया—धूप में बैठकर इत्मीनान से खाने की यह पद्धति बड़ी स्वाभाविक बल्कि घर जैसी लगती है। यह सहज बोध भी मन में शायद सुरक्षा की भावना पैदा करता है।

रणवीर और आशीष मैदान के किनारे जहाँ खड़े होकर बात कर रहे थे वहाँ की सुबह की धूप और हवा को सिहराकर सीटी की आवाज उन्हें सुनायी दी। दूर भागने के बजाय सब पलक झपकते ही वार्ड में चले गए जैसे वही उनका घर हो। जैसे उन्हें अंदर से महसूस हुआ कि घर ही सबसे सुरक्षित है। अंडे की जर्दी जैसी सुनहरी धूप और सुरक्षा बोध को चीरते उन्हें सीटी की तेज आवाज सुनाई दी। लाठी के तेज प्रहार से गिरे हुए आशीष को घसीटते हुए कृष्ण और रणवीर के किसी तरह दौड़कर पहुँचते ही वार्ड के गेट का ताला बंद हो गया। दौड़ती हुई कुछ बूटों की आवाज उन्हें सुनायी पड़ी। वे सभी भागते हुए दरवाजे सलाखों तक पहुँचे, जहाँ ताला बंद देखकर वे जैसे सलाखों पर ही टूट पड़े।

'इसकी चाबी किसके पास है ? वह हरामी का बच्चा मेट कहाँ है ?'

इतनी देर में पगली घंटी की आवाज सुनायी दी।

यह सचमुच की पगली घंटी थी—ओं-ओं-ओं-ओं। वह आवाज एक बार धीमी होती थी दूसरे ही पल तेज हो जाती थी। वह जैसे रुकने का नाम ही नहीं ले रही थी।

वहाँ सिर्फ संतरी ही थे। उनके साथ, जेलर, डिप्टी जेलर कोई भी नहीं था। ऐसा लग रहा था कि दफ्तर में इसकी सूचना ही नहीं पहुँची थी। सायरन आधे घंटे तक उसी प्रकार बजता रहा। सारे वार्ड और सेल बंद कर दिए गए थे। मैदान, सेल का चबूतरा, अस्पताल का आँगन, डिवीजनल वार्ड का बागीचा—सभी जगह सन्नाटा छाया था। एक भी कैदी बाहर नहीं था। मेट पहरेदार भी किसी न किसी वार्ड में चले गए थे। कहीं कोई अनुशासनहीनता नहीं थी, गिनती पूरी थी, फिर भी किसी पागल जानवर की तरह संतरियों की एक टुकड़ी वार्ड के चारों तरफ डंडा पटकते हुए घूम रही थी। दरवाजे के बंद ताले पर डंडे

के कई प्रहार हुए थे। ताले का कुछ भी नहीं बिगड़ा। बेहद मजबूत ताला था। कैदियों के सिर, पीठ, पसलियों पर प्रहार न कर पाने की खीझ में उनकी लाठियाँ सलाखों पर ही बरस रही थीं। उन्होंने बैनट लगी बंदूकें भी कई बार सलाखों के अंदर भोंकीं। उनके मुँह से ऐसी गालियाँ बरस रही थीं जैसे गंदे नाले का मुँह खुल गया हो। इसके साथ ही अश्लील भँगिमाएँ भी वे कर रहे थे। दोनों तरफ की दीवारों पर दो-दो हाथ की दूरी पर सलाखों वाली खिड़कियाँ थीं। फलस्वरूप आगे-पीछे, बगल में कोई दीवाल या कोई आड़ नहीं थी। कमरे के ठीक बीच में वे सब इकट्ठे हो गए थे। वे सब न जाने किससे बचाने के लिए एक-दूसरे को आड़ में करने की कोशिश कर रहे थे।

बीच में यह शून्य व्यवधान न रहने पर शायद हमला इतना भयानक न होता। यह समस्त शून्यता क्रोध में, घातक हिंस्रता से भर गयी थी और आमने-सामने संघर्ष की स्थिति न होने के कारण वे और भी राक्षसी घृणा से बौखलाए दीख रहे थे। शारीरिक चोट की कल्पना से ही वे सब सिहर उठे थे। लेकिन आघात से भी ज्यादा आघात की यह अनिर्दिष्ट संभावना, उनके लाठियों और बंदूकों के पटकने की आवाज ही उनके स्नायुओं को शिथिल कर रही थी।

शाम को तीन बजे जेलर दो वयस्क डिप्टी जेलरों के साथ वहाँ आए। जैसे वहाँ उस वार्ड में, उस इलाके में कुछ हुआ ही न हो। जैसे कि सेल में रह रहे कैदियों को उत्कंठा ही न रही हो कि वहाँ क्या हुआ है, जैसेकि उस बंद पिंजरे के तीस तरुणों पर कुछ घंटे पहले ही उन्हें जान से मारने के लिए उनपर खुला हमला किया ही न गया हो, जैसे कि वहाँ की हवा आयी किसी वजन की तरह भारी और स्तब्ध नहीं लग रही हो। आखिरकार उसी व्यक्ति को कुछ लड़कों ने बुलाने के लिए आवाज दी। उन्होंने करीब आकर मगर वार्ड से दस हाथ दूर रहकर बेहद शालीनता से बात की। आशीष के घायल होने का समाचार पाकर वह बेहद अचंभित हुए।

सुबह पगली घंटी जरूर बजी थी लेकिन वह तो प्रैक्टिस का अलार्म था, हर महीने की तरह। अगर कोई ठीक से अपने नंबर में बंद हो जाए तो संतरी अकारण मारेंगे क्यों ? लेकिन हाँ, उनके कानों में इधर यह बात आयी थी कि यहाँ के लड़के साधारण हाजतियों से राजनीतिक बातें करते हैं। यह तो जेल के आंतरिक अनुशासन का मामला है, इसे वह कतई बर्दाश्त नहीं करेंगे। इन सब जटिलताओं से बचने के लिए अब जितनी देर तक हाजती छूटे रहेंगे, यह वार्ड बंद रहेगा। सुबह नित्यकर्म करने और नाश्ते के लिए यह सिर्फ एक घंटे के लिए

खुलेगा। ठीक आठ बजे वार्ड में हर बंदी के न घुसने पर या बाहर रहने के दौरान अन्य कैदियों से बातें करते पाए जाने पर दूसरे दिन से वार्ड का ताला खोला ही नहीं जाएगा।

उन्हें जेल का अनुशासन बनाए रखना था। जेल संतरी और जमादार चलाते हैं, उनकी सुविधा-असुविधा, बातों का ख्याल करके ही उन्हें जेल का प्रशासन चलाना था।

जाने से पहले वह यह जरूर कह गए, लॉकअप से पहले वह डॉक्टर साहब से कहेंगे कि वह यहाँ आकर कौन कितना घायल हुआ है, इसकी जाँच कर लें।

शाम के भोजन के वक्त गिनती करते समय बड़े जमादार ने कृष्ण को वार्ड से निकाल लिया। आज से वह छोकरा फाइल में रहेगा। यह जेलर साहब का आर्डर था। जाने से पहले कृष्ण को सिर्फ अनीस से ही गले लगने का मौका मिला। अपने बहते हुए आँसुओं को पोंछकर, अपने कपड़े लेकर, जो उन्होंने झटपट सहेज कर दे दिए थे, वह जमादार के पीछे-पीछे चल पड़ा।

आशीष को उसके ठीक पीठ या कमर पर, कहाँ चोट लगी थी, समझ में नहीं आ रहा था। चित या करवट लेकर, उससे किसी भी तरह सोते नहीं बन रहा था। उसके बदन का ताप लगातार बढ़ रहा था। बीच-बीच में वह आँख खोलकर बड़े सहज ढंग से दो-चार बातें करने की कोशिश भी कर रहा था। उसने एक-दो बार मुसकराने की भी कोशिश की। फिर पस्त होकर आँखें मूँद लीं।

रात में किसी को ठीक से नींद नहीं आयी। सुबह की घटना जैसे कई टुकड़ों में दिमाग में बिंध गयी थी। यहाँ से सिर्फ एक ईंट की चारदीवारी के उस पार लोग अपनी दिनचर्या में व्यस्त थे। किसी को पता नहीं कि यहाँ पर, इस शहर के बीचोंबीच, कुछ लड़कों को पीटकर खत्म कर देने के लिए राष्ट्रमंडल की अँगुलियाँ और पंजे हिंसक हो उठे थे। उनलोगों को किसी तरह खबर मिल जाए तो क्या वे उनकी रक्षा नहीं करेंगे, इनके हाथों से उन्हें नहीं बचाएँगे ? निरंतर शब्द उगलने वाले ये चेहरे कितने हिंस्र थे। उन्हें देखकर मृत्यु—बीभत्स मृत्यु का चेहरा बहुत साफ-साफ नजर आने लगा था। कैद में अपने कत्ल होने का चेहरा।

किसी ने खुलकर कहा नहीं मगर सभी के मन में बार-बार यही सवाल उठ रहा था, अगर मेट वार्ड बंद करके चाबी लेकर भाग न जाता ?

कृष्ण की अनुपस्थिति ने वार्ड को जैसे और वीरान कर दिया था।

पूरी रात बीत जाने के बाद सुबह डॉक्टर ने आकर बेहोश आशीष को अस्पताल ले जाने की बात कही। उनके जाने के और दो घंटे बाद स्ट्रेचर लेकर अस्पताल वार्ड के पहरेदार आए। साथियों ने बहुत सँभालकर आशीष को उस पर लिटा दिया। बैग में उसके कपड़े भरकर साथ में दे दिए। जैसे कि वे यह भूल गए थे कि अस्पताल की दोमंजिले की खिड़की से उस वार्ड के आँगन में खड़े रहनेवालों से बात की जा सकती थी। अस्पताल वहाँ से दूर ही कितना था। यहाँ तक कि वे अपने प्रिय साथी को क्या हमेशा के लिए विदा कर रहे थे, इसे भी नहीं जानते थे। किशोर ने स्ट्रेचर के पास खड़े होकर एकबार अपने बड़े भाई का हाथ अपने हाथों में लिया। अभ्युदय ने किशोर का दूसरा हाथ अपनी मुट्ठी में कसकर पकड़ लिया। जो बंदी स्ट्रेचर लेकर आए थे उनके चेहरे पर क्या कोमलता झलक रही थी ? उनके साथ आनेवाले वे दोनों संतरी क्या कल सुबह के हमले में शामिल थे ?

तीसरे दिन सुबह नाश्ते के वक्त मिदिव और वेनू ने हेड वार्डर से क्षण भर के लिए क्या बात की थी किसी ने ख्याल नहीं किया। साढ़े दस बजे उन दोनों के नाम आफिस से पर्ची आयी–जेलर ने उन्हें बुलाया था।

सभी अड़ गए थे–नहीं इस वार्ड से कोई अकेला बाहर नहीं जाएगा। हेड वार्डर ने किसी को खास नजर से देखते हुए गेट का ताला खोल दिया, वे दोनों बिना किसी की ओर देखे बाहर निकल गए। वे दोनों फिर नहीं लौटे, डिवीजन वार्ड में चले गए। उन लोगों ने फैसला किया था कि वे इस वार्ड में नहीं रहेंगे।

सुबह एक घंटा और शाम को आधा घंटा छोड़कर लॉकअप दिन भर बंद रहता था। अखबार पढ़ना बंद हो गया था, लाइब्रेरी से किताबें मिलनी बंद हो गयी थीं। करीब एक महीना गुजर गया, किसी के घर से आए व्यक्ति से भेंट नहीं हुई। उन्हें बीच-बीच में ऐसा लगता था जैसे इस तरह कैद के वे अभ्यस्त होते जा रहे थे। खिड़की के सलाखों से चार हाथ दूर घास का मैदान था। एक महीने से वे उस मैदान में नहीं गए थे। वे समझ गए थे कि औरों को भी वहाँ आने से मना कर दिया गया था। जरूरत पड़ने पर कभी कोई उधर के सीमेंट के पक्के रास्ते से गुजरता था। सीमेंट टूटा-फूटा, उखड़ा हुआ था। नंगे पैरों चलने से तकलीफ होती थी, फिर भी बगल की नरम मिट्टी पर कोई पैर नहीं रखता था। बिना कटी, सूखी हुई घास जाड़े की हवा में बेतरतीब हिलती रहती थी।

इ्यूटी पर आनेवाले वार्डर कुछ बोलते नहीं थे, भरसक उन सलाखों से दूर ही रहते थे, जिससे दूर से देखकर किसी को न लगे कि वे वार्ड के किसी से बात कर रहे हैं। बीच-बीच में लगता था जैसे वे एक-दूसरे पर ही भरोसा नहीं करते थे।

मगर एक दिन कटोरे में दाल देते हुए जैसे दाल का ड्रम ही हवा की तरह फुसफुसाते हुए बोला, 'आशीष को प्लास्टर चढ़ा है। अब ठीक है।'

उस दिन इतने ही शब्द ने सभी के दिल का बोझ दूर कर दिया। तार जुड़ रहे थे, यानी कि संपर्क के टूटे हुए तार। इसका मतलब किसी को कहीं भी अलग करके नहीं रखा जा सकता। सचमुच !

सबसे पहले किशोर के नाम पर्ची आयी, उसके घर से कोई मिलने आया था। वार्डर के साथ डिप्टी जेलर किशोर को ले जाने के लिए आए। आशीष की खबर बाहर काफी अतिरंजित होकर पहुँची थी। उसकी खबर, औरों की खबर, जितना आई. वी. के लोगों के सामने जोर से कहना संभव था, किशोर ने बता दिया। माँ से क्या कहा जा सकता था कि माँ, हमलोग युद्ध के ठीक बीच में हैं।

उसकी माँ का लाया गुड़, चिवड़ा, शर्ट वार्डर ने उसे दे दिया। साथ में लाये केलों को गेट के पास आई. वी. के लोगों ने रोक लिया। कहा, 'उसके भीतर क्या है, बिना देखे दिया नहीं जा सकता।'

किशोर ने जाली के पीछे से चिल्लाकर कहा, 'माँ तुम इन्हें अपने साथ ले जाओ।'

माँ क्या उसकी बात समझ पायी ? माँ उसे देख नहीं पा रही थी मगर जोरों से कही उसकी बात उसे सुनायी पड़ गयी। उसने क्या सुना, इसे ठीक से समझने से पहले ही आई. वी. के उस व्यक्ति ने जाने क्या कहा। माँ के उस अकचकाए चेहरे पर चले जाने से पहले किशोर की नजर पड़ी।

दूसरी पर्ची अभ्युदय के नाम की थी। इस बार भी वार्डर के साथ डिप्टी जेलर थे। इस बार वही सुब्रत दास थे। पिछली बार सरस्वती पूजा के दिन उसके साथ उन्होंने फुटबाल खेला था। वह यहाँ पर पिछले साल ही तो थे। वह इसके अलावा भी विभिन्न कामों से बहुत बार आए थे, बातें की थीं। उसके साथ वीरेन मित्र था।

आफिस में अभ्युदय से मिलने के लिए कलकत्ता के स्पेशल ब्रांच पुलिस

का परमिशन लेकर उसके पिता के दफ्तर के एक सहयोगी आए हुए थे। वह इस शहर में अपने किसी काम से आए थे।

वह यहाँ ठीक था, यहाँ वैसा कोई तनाव नहीं था, किसी चीज की भी वैसे कोई खास जरूरत नहीं थी। हालचाल पूछकर उन सज्जन के चले जाने के बाद दफ्तर में पहुँचकर अभ्युदय ने देखा कि वहाँ मनीआर्डर पर दस्तखत करने के लिए ध्रुवा आयी हुई थी। जब बहुत दिनों से कोई खबर नहीं मिलती या विशेष चिंता का कोई कारण होता हो, तब थोड़े से रुपए मनीआर्डर करने से रसीद पर अंततः उस व्यक्ति का दस्तखत तो देखने को मिल जाता था। इसे जानने के कारण ही ध्रुवा ने बहुत सँभालकर रसीद पर अपना पूरा नाम लिख दिया। सुब्रतदास ने उनकी ओर लगभग बिना देखे ही कहा, 'आपलोग पंद्रह मिनट इंतजार कीजिए। मेरी ड्यूटी अभी खत्म हो जाएगी। तब आप दोनों को छोड़ता हुआ चला जाऊँगा।'

सब कुछ इतना सहज था कि उन्हें औपचारिक रूप से धन्यवाद देने की नौबत उन्हें नहीं आयी। उस लंबे दफ्तर के एक तरफ जहाँ वे लोग खड़े हुए थे, वहाँ की दीवाल से सटी एक छोटी मेज पर आधी मैली रखी फाइलों के ढेर को थोड़ा-सा सरकाकर अभ्युदय ने ध्रुवा के बैठने की जगह बना दी।

पहले जितनी बार यहाँ उनकी भेंट हुई थीं—वे लोग खूब हो-हुल्लड़ करते थे, गाना गाते थे, गंभीरता ओढ़कर हँसी-मजाक करते थे। आज के माहौल में ऐसा कुछ था जो बता रहा था कि उन्हें बड़ी जरूरी बात के आदान-प्रदान के लिए ही वहाँ उपस्थित एक-दो लोगों ने इतना बड़ा खतरा उठाया था।

दोनों को कितनी ही बातें कहनी थीं, वे ही बातें हुईं।

यह बात ठीक है कि करैत तभी काटता है जब वह डर जाता है।

पार्टियों के बीच जब लड़ाई का समाधान उस देश की छत्रछाया में उसके खुले प्रश्रय में एक पक्ष जब हथियारों से करने की सोचता है तब फिर विचारधारात्मक कड़ाई के प्रति, उस तत्त्व के प्रति एक पार्टी की अनास्था ही स्पष्ट रूप से देखने को मिलती है।

इन बातों के अंतराल में भी थोड़ा वक्त रहता है।

ध्रुवा की नजर अभ्युदय के हलके लाल रंग के टी शर्ट के ऊपर के टूटे हुए बटन पर पड़ी। साँवले रंग की उसके गले की हड्डी काफी उभर आयी थी।

'अभी भी तू लिखता है कि नहीं ?' लगता था जैसे वे कई युगों के बाद मिल रहे थे। लंबे दो साल के बाद।

'लिखूँगा। एक बड़ा लेख शुरू करने की सोच रहा था। बीच में ये सब

घटनाएँ घट गयीं।'

'यूनिवर्सिटी की बाल मैगजीन में तेरी रचना एस.जी. को पसंद आयी थी, याद है उन्होंने तुझे बुलाकर कहा था ?'

'एस.जी. की कितनी किताबें मेरे पास रह गयीं। लौटा नहीं पाया।'

कुछ देर चुप रहकर उन्होंने वहाँ नजरें फेरीं। वे वहाँ इसके पहले कितनी ही बार आए थे। मगर उसे ठीक से देखा नहीं था। आज वह दफ्तर किसी परित्यक्त जगह की तरह लग रहा था। ठंडे कमरे की बंद खिड़कियों के गंदे शीशों से मैली रोशनी भीतर आ रही थी। दोपहर साढ़े बारह की धूप का वहाँ कोई नामोनिशान नहीं था। दो या तीन लोग अपनी मेज पर सिर झुकाए बैठे व्यस्त थे।

'तुझे कई बार एक बात कहने की सोची थी, आज कहूँ ? हालाँकि यह कहने के लिए यह जगह बड़ी विचित्र है–'

क्षण भर में ध्रुवा को लगा जैसे ठंड के बावजूद वह उष्णता महसूस कर रही हो। वह सिर हिलाकर बोली, 'अभी कुछ मत कह। आज इस घड़ी में आपस के किसी अंतरंग बोध के सामने कमजोर नहीं होना चाहती। तू जानता है कि तुझ जैसे साथी पर मुझे बहुत गर्व है !'

अभ्युदय क्षणभर के लिए चुप रहा। ध्रुवा मुसकराकर बोली, 'अभि, मुझे पता है तू क्या कहना चाहता है।'

सुब्रतदास का काम खत्म हो गया था। उन्होंने कहा, 'आइए चलें।'

उनके सामने, उनके आने की अनदेखी करके अभ्युदय ने कहा, 'तेरी दोस्ती पर मुझे भी बहुत गर्व है।' सुब्रत ने क्या एकबार आँखें फेरकर देखा ? इसके बाद जनाना वार्ड के गेट के पास ध्रुवा को छोड़कर उन दोनों ने विदा ली। सुब्रत वार्डर के साथ चला गया, साथ ही उसका हल्के लाल रंग का शर्ट भी।

दूसरी बार किसी अनिश्चय का खतरा उन्होंने नहीं लिया था।

ठीक एक महीने आठ दिन बाद इस बार की तैयारी पूरी तरह से चाकचौबंद थी। अन्य सभी वार्ड बंद थे। नियमानुसार यह एक ही वार्ड खुला था और बीतते हुए फरवरी के जाड़े में सभी बाहर थे।

जिन स्ट्रेचरों से खून टपक रहा था उसे उन्होंने पेड़ के नीचे नहीं रखा। एंबुलेंस के भीतर सारे शव बेतरतीब ठुँसे हुए थे। अभ्युदय के स्ट्रेचर से उसका खून किशोर के शरीर पर टपक रहा था। वे जैसे जीवन में थे वैसा ही मरने के समय भी थे। वे एक-दूसरे का सत्य के जरिए स्पर्श कर रहे थे। खून तो सत्य था, खून घनिष्ठतम संपर्क का द्योतक होता है। किशोर से वह बहुत स्नेह

करता था—बैनट को क्या इसका पता था ? संगठित कुटिल हिंस्रता कुछ जानती है ? वे लोग कभी कोई शुद्ध मृतदेह पेड़ के नीचे नहीं रखते थे जिनपर काली पोशाक होती थी। इनकी पोशाक काली नहीं थी, इनकी पोशाकें भूसे के रंगवाली लगती थीं, लेकिन मैदान की समस्त सूखी घास, पेड़ों के सारे सूखे पत्ते उन्हें देखकर वितृष्णा से जैसे मुँह फेर रहे थे। सूखे पत्ते भी मिट्टी में मिल जाते हैं, भूसा भी जीवित मनुष्य के घर के आँगन की छाजन में लग जाता है। सूखी घास के साथ वे भी उड़कर काले-काले माथों पर चिपक जाते थे—वे सब जीवन के अंग हैं। यह पोशाक घृणा की, मृत्यु की, जीवन विरोधिता की थी। वे पेड़ से डरते थे, उस बरगद के पेड़ से। कहीं क्षणभर का मौका पाकर वह इनके सुनहरे सीनों में साँस न भर दे, नाक का छिद्र खून जमकर बंद हो जाने से कहीं वह माथे की सुराख से प्राणवायु अंदर न भेज दे—कपाल के बगल की सुराख से गर्दन की सुराख से। इसीलिए एंबुलेंस वहाँ बिना रुके सीधी निकल गयी।

आशीष इससे वाकिफ था कि माँ के अनजाने ही वह गाड़ी किशोर को लेकर उसके घर के बगल से गुजर गयी। आशीष समझ नहीं पा रहा था कि उसके दिमाग में वह रेकार्डर कहाँ मौजूद था जिसने उस घटना की सिलसिलेवार तस्वीर दिमाग में बसा रखी थी। दोमंजिले की खिड़की से उधर के पक्के दालान का उसे थोड़ा-सा ही हिस्सा नजर आ रहा था। लाठी, बैनट और उन्माद से भरे हिंसक चेहरे उसे याद आ रहे थे। दीवाल के टूटे प्लास्टर और अल्यूमीनियम की टूटी थालियाँ उधर बिखरी हुई थीं। फुटबाल खेलने के मैदान में पैर कटने से बहते खून को देखकर किशोर कितना घबड़ा गया था, उसकी स्मृति का वह चेहरा उस चेहरे पर फिट हो गया जो मौत को अपने सामने देखकर खौफ से भर गया था। उसे याद आया कि खून से अनीस का चेहरा लथपथ हो गया था तभी अभ्युदय ने एक संतरी के हाथ से लाठी छीनकर इसका विरोध किया था जिसके जवाब में उसपर एक साथ कई भेड़िए झपट पड़े थे, मगर उसने हिम्मत नहीं हारी थी। धूप में चमकती संगीनों की कौंध अभी भी उसकी आँखों में बसी हुई थी।

लेकिन आशीष को याद है कि उसने कोई भी शब्द नहीं सुना था या और ठीक से कहा जाय तो उसे ऐसे किसी शब्द की याद नहीं थी। एकदम नहीं। दीवार के उधर रहनेवाले लोगों को पता न चले इसलिए गोली न चलाकर संगीनों से भोंककर उन्हें मार डालने की योजना बड़े ठंडे दिमाग से वैज्ञानिक तरीके से बनायी गयी थी। इसके बावजूद पंद्रह फुट दूर के सारे शब्द—चीख-पुकार, गंदी अश्लील गालियाँ, फिर उल्लास की अभिव्यक्ति, गोश्त में चार-छह इंच घुसकर

घाव करनेवाली संगीनों की भोंथरी आवाज, लाठियों की मार से टूटनेवाली मोटी हड्डियों या खोपड़ी टूटने का शब्द, आर्तनाद, मौत से पहले गले से निकलनेवाली आखिरी घड़घड़ाहट, सीमेंट के टूटे हुए चप्पड़, पक्के फर्श पर लाठी की मार से बचने के लिए प्रतिरोध में अल्यूमीनियम की थालियों के धातुई शब्द, अचानक किसी नारे की रणध्वनि—आशीष को कुछ भी याद नहीं। उसका दिमाग उन आवाजों से शून्य एकदम खाली था। वह क्या इसलिए कि मनुष्य की इंद्रियाँ, मनुष्य के स्नायुतंत्र लाखों साल से मनुष्य की सहनशक्ति की मात्रा के अनुसार ही तैयार हुए थे, ऐसी दशा में कोई अमानवीय अभिज्ञता किसी इंद्रिय को सहना पड़े तो बाकी इंद्रियों की चेतना शक्ति लुप्त होनी स्वाभाविक थी।

गाड़ी न रुकने के बावजूद बरगद के पेड़ को सब पता था। उनके खून को धोने के लिए उस जल को, जो रंगीन कोषाणुओं को धोने के लिए नहीं बना था, उसे विवशतावश यही करना पड़ा। वह अपने अभियोग को जताने के लिए रातभर नाली में बहते हुए, ब्लीचिंग पाउडर को सहेजे, जमीन के अंदर से होते हुए इस बरगद के चबूतरे के नीचे आकर ठहर गया। जैसे वह वाकई कलंक ढोने के लिए बाध्य करने की शिकायत कर रहा हो।

रात के अंतिम पहर में एंबुलेंस के इंजनों की आवाज से ध्रुवा को स्पष्ट रूप से कुछ पता नहीं चला। वह दरवाजे पर खड़ी रहकर शाम से ही अनेक इंजनों की आवाजें सुन रही थी, उन भारी और हल्के शब्दों से उनकी संख्या का हिसाब लगा पाना मुश्किल था। पता नहीं क्यों उसकी आँखों से नींद गायब हो गयी थी। उसे पता नहीं था कि शाम से पहले ही सेकेंड गेट के सामने छब्बीस देहों का एक ढेर वहाँ पड़ा हुआ था। उनके शरीर से बहता हुआ चिपचिपा खून बरामदे के एक बड़े हिस्से को घेर रहा था। शाम को आगे-पीछे पुलिस की गाड़ियों से घिरे एक सफेद एंबेसेडर गाड़ी में एक चुस्त-दुरुस्त आई. ए. एस. प्रशासक आए। वह उस बहते हुए खून को जूते से रौंदते हुए उन छब्बीस देहों के सामने जाकर खड़े हुए, जिन्हें उन्होंने उनके जीवनकाल में अपने सामने खड़ा नहीं देखा था। उन्होंने किसी खलनायक की तरह नहीं, बल्कि अबोध्य लिहाजा अप्रयोजनीय समस्या से मुक्ति के इस सहज विजय पर निश्चिंत होकर अपने जूते की नोक से उन सभी को हिला-डुलाकर देखा। कहीं कोई हलचल नहीं हुई। इंसान जैसा ही दीखने वाला वह व्यक्ति जो मुख्य प्रशासक बनकर खड़ा था, उन देहों से जैसे मजाक

में कह रहा था, 'तुझमें से कोई जीवित हो तो आवाज दे अन्यथा जिंदा ही चिता पर चढ़ जाएगा।'

किसी शरीर से कराहने की आवाज निकलते ही संतरी उसे उठाकर दूसरी तरफ रख देते थे। दूसरी तरफ ऐसे सात लोग पड़े हुए थे—अनीस की पीठ के नीचे अभ्युदय का हाथ था, उसका दूसरा हाथ कट गया था, रजत, किशोर—जो अभी सत्रह साल के भी नहीं हुए थे, पृथ्वीश, बालू—उन छब्बीस लोगों में जो सबसे शांत थे, रणवीर—सभी उस ढेर में पड़े थे।

एक ही दीवार के उस पार ध्रुवा थी, उसका सेल जनाना वार्ड के एकदम अंत में था। बाहर की चारदीवारी दीवार से सटी हुई थी। उधर से जेल के फाटक की ओर का शब्द कम सुनायी पड़ता था। अठारह फुट ऊँची दीवार पार करके सिर्फ गाड़ियों के घुसने या निकलने के अलावा और कोई आवाज वहाँ नहीं सुनायी देती थी। ध्रुवा के कानों में गाड़ियों की लगातार आवाजें आ रही थीं। उसे नींद नहीं आ रही थी। उसके सेल के भीतर जलने वाले बल्ब की चौकोर रोशनी की लंबी छाया अँधेरे बरामदे में पड़ रही थी। उसमें सलाखों की छाया भी नजर आ रही थी। जेल के बारे में समझाने के लिए किताबों के मुखपृष्ठ पर जैसा चित्र बना होता है, ठीक वैसा ही लग रहा था। उनके बीच ध्रुवा के खड़े रहने की भी छाया थी। इस प्रकाश की छाप वाले बरामदे के नीचे आठ फुट के बागीचे के बाद दीवार थी। यही एकमात्र दीवार थी। चार तथा आठ, कुल बारह फुट की दूरी पर अठारह फुट ऊँची दीवार। ईंट सुरकी के गारे से मिस्त्रियों ने अपने हाथों से वह दीवार खड़ी की थी। उसके बाद उसे गेरू से पोत दिया गया था। वह दीवार किस तरह इतनी बड़ी और भुतहा हो गयी कि उसकी आड़ में ध्रुवा के ठीक सामने से होकर दाहिनी ओर वाली गाड़ियों और जीपों से घिरा एंबुलेंस गुजर गया और उसे पता नहीं चला। जिन्हें वे जीवित रखना नहीं चाहते थे उनके लिए एंबुलेंस की क्या जरूरत थी ? काले पोशाक के लोगों और उनके मालिकों ने ऐसा क्यों किया ? या उनका कोई मालिक नहीं; उनके अविचारी संगठित हत्या के आनंद के बिना वे लोग खुद ही ऐसे तरुणों के खिलाफ फैसला करते हैं जो अपने में मस्त रहते हैं, जिसकी आँखें सपनीली होती हैं, जो सभी को प्रिय होते हैं, जो अपनी गर्दन तानकर उनकी ओर देखते हैं। अभ्युदय के अलावा ऐसे लोगों का क्या नाम हो सकता है ?

उसके साथियों ने कोई जोरदार मुकाबला किया होगा, ध्रुवा को इसका अंदाजा सिर्फ इसी बात से हुआ था कि लगातार तीन दिनों तक उसके सामने के बरामदे

से कोई औरत, यहाँ तक कि कोई बच्चा भी नहीं गुजरा था। तीन दिनों तक न मेट आया, न वार्डर। उसके सेल का ताला भी तीन दिनों तक नहीं खुला। गनीमत थी कि उसके पास पीने के लिए आधा घड़ा पानी था।

बारह दिन बाद सेल का बल्ब फ्यूज हो जाने के बाद ध्रुवा को पहली बार पता चला कि उसके साथियों में से कौन-कौन गुजर गया, पेड़ के नीचे से कितने साथी हमेशा के लिए चले गए। सारी रात जागकर खड़ी रहने के बाद भी वह उनके चेहरे नहीं देख पायी थी। उसका भी खून कम नहीं बहा था मगर वह उसके साथियों से मिल नहीं पाया था।

मेट्रन ने शायद सेल के भीतर के अँधेरे से डरकर दफ्तर में इसकी शिकायत की थी। डिप्टी जेलर सुब्रतदास आए। उसके बंद सेल के सामने अपराध भाव से बोले, 'मैं यहाँ का बल्ब चेक करने नहीं आया हूँ, हालाँकि गेट बुक में यही दर्ज करा आया हूँ।'

'आपलोगों के सामने खड़े रहने का मेरा मुँह नहीं है, मुझे पता है कि आप सभी के साथ मुझसे भी घृणा करेंगी, लेकिन यह बात तो मैं किसी और से नहीं कह सकता कि मैं उनसे अपने दोस्तों की तरह ही प्यार करता था।' ध्रुवा को ये बातें समझने में काफी देर लगी थी। सुब्रत ने कहा, 'मैं नौकरी छोड़कर जा रहा हूँ। मुझे दुर्गापुर में एक अस्थायी नौकरी मिली है। आपसे बिना मिले ही जा सकता था मगर मैं यही बताने आया कि सभी एक जैसे नहीं होते। मैं वाकई उनसे प्यार करता था।'

सभी एक जैसे नहीं होते। यह तो ठीक बात है। आसन्न अंधकार में सेल के बरामदे में खड़े होकर आँसू पोंछने से अब क्या फायदा। यह किसका अर्पण था ? खुद का ?

ध्रुवा ने बड़े ठंडे गले से पूछा, 'अनीस जिंदा है ? किशोर ? अभ्युदय को क्या आपलोगों ने मार डाला है ?'

उसके बाद अचानक उसे एक जरूरी बात याद आ गयी, 'उसके पास एक मोटी कापी थी। वह कोई बड़ी चीज लिखना चाहता था। उसमें उसने कुछ लिखा था ?'

उसे पता नहीं चला कि कब सुब्रत वहाँ से चले गए थे ?

उन लोगों ने सोचा था कि गोलियाँ न चलाने पर कोई आवाज नहीं होगी, पीट-पीटकर मार डालने पर किसी को पता नहीं चलेगा। मगर ऐसा नहीं हुआ। यह बहुत पुराना शहर था। जेल के बाहर रास्ते पर ऊँचे तिमंजिले मकान थे। वहाँ से अनेक लोगों की भीतर की भागदौड़, काले पोशाकवाले लोगों की हाथों की लाठियों, संगीनों आदि पर निगाह पड़ी थी। शायद उन्हें साथ-साथ कुछ देखने को नहीं मिला था, दिन के अन्य शोरगुल में वहाँ की आवाज नहीं सुनायी पड़ी थी, फिर भी लोगों को पता चल गया था। वे इस हत्या को उनकी नजरों से छिपा नहीं पाए थे। शहर में सारे दिन भयावह खामोशी छायी रही। बाजार बंद हो गए थे। जैसे कि आज और कोई काम करने को नहीं था। कुछ निहत्थे लड़कों को बंदी करके, हथियारबंद फौज लेकर उन्हें मार डालने के पाप जो प्राणीजगत् का नियम नहीं है, उस काम को करने के पाप ने, पूरे शहर को अपनी लपेट में ले लिया था।

मरने वालों की सही संख्या किसी को पता नहीं थी। किसी को ठीक से पता नहीं था कि उस पिंजरे में कितने लोग बंद थे।

एक दौड़ती हुई जीप ने शहर में 144 धारा लग जाने की घोषणा की।

अस्पताल के मेन गेट से लेकर पूरा इलाका सीआरपी ने घेर रखा था। पुलिस का कोई भी आदमी शहर में नहीं जा रहा था। अपनी हत्या के हाथों वे खुद ही बंदी हो गए थे।

जेल में बंद कैदियों ने अपना भोजन ले लिया, रात के लिए साथ में पानी भी लिया। जो लोग भोजन ले आए थे उनके चेहरे कीचड़ से बने मुखौटों की तरह लग रहे थे। उस सूने वार्ड के बगल से आते वक्त उन चेहरों को पहचाना नहीं जा सकता था।

'अरे भाई, बाँस गाड़ी आ गयी।' किसी का ऐसा मजाकिया लहजा पता नहीं उनके कानों तक पहुँचा या नहीं।

किसी को पता नहीं कि सफाई करनेवाले कैदियों ने जब उस दालान में बिखरी-टूटी लाठियों, टूटी-मुचड़ी थालियों, खून से सनी किताब-कापी, शर्ट-पाजामों, कंबलों आदि को हटाकर मोटे पाइपों से पानी गिराकर नंगे पैरों से वहाँ के निशानों को पोंछकर वहाँ की सफाई की थी, तब उनमें से किसी के हाथ या पैर में जलने जैसा कुछ महसूस हुआ था या नहीं।

सिर झुकाकर आँखें नीची करके कैदियों ने भोजन की थाली हाथ में ली। कितनों ने बिना खाए थाली का भोजन छिपाकर फेंक दिया। वे सारी रात भूखे

ही रह गए। ऐसे लोगों के बारे में सिर्फ सफाई करनेवाले छोकरे ही जानते थे।

लेकिन कृष्ण अभी बड़ा नहीं हुआ था। उसने अपने को सँभालकर अभी शोक व्यक्त करना सीखा नहीं था। कृष्ण को फटिक ने अपनी बाँहों में भर रखा था। कृष्ण को उसके दोस्तों ने घेर रखा था।

बीजू को जब उसके पैर की हड्डी सड़ जाने के कारण बड़े अस्पताल में भेजा गया, जहाँ उसका पैर काटते वक्त उसकी मौत हो गयी, तब फटिक और बूढ़ा मेट अलीमुद्दीन ने दबी जुबान से यही कहा था, 'इसका पाप क्या इस हरामी को नहीं लगेगा ? उस बदमाश के कारण वह लड़का इतना डर गया कि बिना ठीक हुए ही वहाँ से भाग आया। मगर किसी ने इस बात पर ध्यान ही नहीं दिया, न उससे पूछा कि वह इस तरह अस्पताल छोड़कर क्यों चला आया ?'

उस दिन भी कृष्ण बहुत रोया था। टंकी, बिल्लू तथा उनके अन्य साथी भी रोए थे।

रोने से क्या उसका कष्ट कम होगा ?

वह क्या खूब जोरों से चिल्लाए ? अपना सिर ठोंके ? औंधे होकर लेटकर खूब रोए ? ऐसा क्या करे जिससे उसके भीतर की जलन शांत हो जाए ?

ये लोग भात लेकर क्यों आए थे ? खाने के लिए क्यों कह रहे थे ?

इनमें से किसी को क्या पता है कि अनीस दा कितना प्यार करते थे ? किस तरह चोट लगी जगहों की सिंकाई कर देते थे पृथ्वीश दा, अभुदा ?

वे सभी क्या मर चुके हैं ? क्या सभी लोग ? किशोर दा तो उतने छोटे थे, कृष्ण के हम उम्र ही, उनकी जरूर जान नहीं ले सकते। तब क्या वह उस वार्ड में अकेले पड़े हैं ?

कृष्ण एक पतंग क्यों नहीं बन सकता ? चारदीवारी पर सुबह बैठनेवाला कौआ भी सब कुछ जानता था। नाली के अंदर से होकर सभी वार्डों में घूमनेवाली वह बिल्ली भी जानती थी। उन सभी को वहाँ की घटनाओं की कृष्ण से ज्यादा जानकारी थी।

दूसरे दिन रात को फटिक कृष्ण के सिरहाने आकर बैठ गया। बोला, 'ऐसा मत कर किसुन। तुझे इस हाल में देखकर मेरा जी दुखी होता है। मुझे दो-चार दिन में सारी खबरें मिल जाएँगी, तब तुझे बता दूँगा। इस वक्त डर से सभी संतरी चुप हैं। तू क्या सोच रहा है, वे भी मन ही मन शाप नहीं दे रहे होंगे ?'

फटिक ने धीरे-धीरे एक-एक करके खबरें जुटायीं। बाहर के अस्पतालों में भर्ती घायलों की संख्या और मृतकों के नाम।

यह भी बताया कि संतरियों में भीतर ही भीतर बहुत नाराजगी है। उनका कहना है कि कुछ लोगों के पापों के लिए बाकी लोग क्यों जिम्मेदार हों ? उनका शहर में जाना, बाजार में निकलना मुश्किल हो गया है। उनके बच्चे स्कूलों में नहीं जाने पा रहे हैं। अब साहब लोग क्या इसकी जिम्मेदारी लेंगे कि तुम लोगों के बाल-बच्चों को मारो, जरूरत पड़ी तो हम तुम्हें बचाएँगे ?

भोला ने रेमिशन से बिना डरे ही रात के भोजन से इनकार कर दिया। अन्य मेट पहरेदार भी दुखी थे।

आम कैदी लोग भी आपस में कहते थे—उन लोगों ने बाहर जो किया वह किया, यहाँ तो उनके साथ किसी का झगड़ा नहीं था। वे लोग किसी कैदी की जायज चीजें न दिये जाने पर ही झगड़ा करते थे। किसी की बीमारी में उसे अस्पताल न भेजे जाने की बात पर वे लोग अनशन करते थे। एक दिन मटकान और इदरीस में आपस में मारपीट होने पर बड़े जमादार ने उन्हें डंडाबेड़ी की सजा दी थी। दो दिन बाद उन्हें मुक्त करने के मुद्दे पर उनलोगों ने लॉकअप में जाने से इनकार कर दिया। आखिरकार जेलर को आकर उन्हें डंडाबेड़ी से मुक्त करना पड़ा। मगर जब उन्हें बिना किसी अपराध के बंद कर दिया गया तो हमलोग क्यों खामोश बैठे रहे ? हमलोग डर गए थे। हमलोगों के डरने से उनकी जान चली गयी। किशोर थे अभी दूध के दाँत भी नहीं टूटे थे, उसे बैनट से बाँधकर मार डाला। अब हमलोग किसी भी सूरत में नहीं डरेंगे। एक पर अन्याय होने पर सभी उसका विरोध करेंगे।...फटिक ने फुसफुसाकर इन सब बातों की जानकारी दी।

इस तरह जो खून उस बरगद के नीचे जमा हो गया था वह धीरे-धीरे शाखाओं और पत्तों में फैलने लगा। ठंड बीत जाने के बाद पत्रहीन शाखों पर एक दिन सैकड़ों कीड़ों की तरह नजर आनेवाली उभारें दूसरे दिन सैकड़ों नए पत्तों के रूप में बिना डरे हँसती नजर आने लगीं।

समस्त पहरे को धता बताकर, समस्त षड्यंत्र की ऐसी-तैसी करके एक दिन अस्पताल से चार लोग भाग गए। वे लूले हो गए थे, उनकी आँखें कोटरों में धँस गयी थीं, लेकिन उनके समस्त अस्तित्व में जैसे हवा के पंख लग गए थे। उन्होंने मनुष्यों की भीड़ की मुक्ति में खुद को शामिल कर दिया।

अप्रैल का पूरा महीना ध्रुवा की कोहनी के नीचे का घाव उसे परेशान करता रहा। डॉक्टर से एक छोटी शीशी में लाल मरक्यूरोक्रोम लेकर रोज अपने घाव की वह खुद ही पट्टी कर लेती थी। रात को पट्टी खोलकर वह उस घाव से बातें करती थी—तू कुछ दिन और इस दवा को सह। तुझे तो पता है कि यहाँ एक

छोटी-सी चिनगारी भी एक-दूसरे से होती हुई बड़ी आग में बदल जाती थी। जो लोग अस्पताल से लौटे थे, जो आम कैदी थे, वे थोड़ा सहारा चाहते थे। वे एकबार फिर से यकीन करना चाहते थे कि उन्होंने सबकुछ नहीं खोया है। जो लोग अब नहीं रहे उनकी ओर से क्या हमलोग अपनी आवाज नहीं उठाएँगे ? तुझे क्या ज्यादा दर्द होता है ? अब तो मैं और तू एक दूसरे के साथी हैं। और सेल धोनेवाली अपनी यह झाड़ू भी। यह अच्छा ही हुआ कि उन्होंने सफाई करनेवाले छोकरों को यहाँ भेजना बंद कर दिया।

देख, अब हमलोग भी कुछ करके दिखाएँगे।

सुबह नित्यकर्म और स्नान के लिए आजकल ठीक दस मिनट के लिए उसका सेल खोला जाता था। बाकी महिला कैदियों को खोलने से पहले। कतारबद्ध पैखानों के इस तरफ एक संतरी महिला वार्डर के साथ खड़ा रहता था।

पहली मई का सूरज जरा जल्दी निकलता है। और बायीं ओर का बरगद का पेड़ दाहिनी ओर के चारदीवारी के अंदर के मौलश्री के पेड़ को जल्दी जगा देता है। छोकरा फाइल के संतरी के सीटी बजाने से पहले ही फाइल के आधे लड़कों ने अपना काम निपटा लिया था।

जनाना वार्ड के पैखानों के पीछे एक पतली डंडी में बँधा एक छोटा लाल कपड़े का टुकड़ा हिल रहा था। वह गहरे लाल रंग का एक छोटा झंडा था। सुबह की हवा में वह फहरा रहा था।

अब सीटी बजने से क्या बनने-बिगड़नेवाला था।

आने-जाने की कहानी

दरवाजा यानी जो जरूर खुल सकता हो और खुला दरवाजा अर्थात् बाहर। दरअसल दरवाजे का मामला ही ऐसा है, कमरे की चारदीवारी के बीच की खाली जगह को बाहर के खाली जगह से जोड़नेवाला। दरवाजा बंद करते ही यह संपर्क भंग हो जाता है, खुल जाते ही एकाकार, भीतर की नजर बाहर और बाहर की हवा अंदर। तो फिर क्या सेल के इस सलाखों वाले पल्ले को दरवाजा कहा जा सकता है ? उसकी कोई आड़ भी नहीं है न शीशे की न लकड़ी की—सिर्फ हर तीन इंच की दूरी पर लोहे की कुल सात सलाखें, इसके अलावा दो तरफ के फ्रेम की दो सलाखें। लेकिन सामने तो वही एक बंद दीवार थी। वहाँ से एक मंजिले से सीढ़ी ऊपर गयी थी। सीढ़ी का सिरा सेल के दरवाजे को पार करके बरामदे की दूसरी ओर था। नीचे से ऊपर आते वक्त लकड़ी की सीढ़ी पर आनेवाले के कदमों की आहट सुनायी पड़ती थी। और वह शब्द भी अमूमन नियममाफिक था—दिन में तीन बार। तीन बार सिर्फ बूटों की आवाज—जनाने बूटों की, जब वार्डरों की ड्यूटी बदली जाती थी; और एक बार पुरुष के बूट की आवाज के साथ नंगे पैर की आवाज भी मिली रहती थी। वे भी उस वक्त नजर आते थे जब वे अलकतरा पुता एक ढक्कनदार गमला और बाल्टी के बीच जैसा कोई बर्तन लेकर सेल के सामने आते थे। उसे रखकर पहले दिन का इस्तेमाल किया हुआ गंदा गमला ले जाते थे। पूरे जेल में जो लोग यह काम करते थे वे दूसरों की तुलना में हेय समझे जाते थे लेकिन इन्हें रेमिशन ज्यादा मिलता था। यह सेल लगता था जैसे सीढ़ी घर के बीच कोई गुमटी हो, जैसा कि कबूतरों के लिए बनाया जाता है। दरवाजे के इस तरफ जैसा कमरा था, दरवाजे के उस तरफ भी वैसा ही था।

बल्कि कहा जाय तो वह खिड़की ही दरवाजा था। एक वर्गफुट की वह खिड़की सलाखों के ठीक उलटी तरफ की दीवार में जमीन से लगभग पाँच फुट ऊँची थी, जिसके सलाखों पर लोहे की जाली लगी हुई थी। यहाँ के अधिकारियों को पता भी नहीं कि इस खिड़की से कैसे अद्‌भुत चीज देखने को मिलती थी। इन्सानों के घर-द्वार, उसकी जीवनयात्रा से ज्यादा आश्चर्य और आकर्षण भला किसमें होता है। हालाँकि वे घर जेल के संतरियों के ही थे। दो मंजिले के छत का एक किनारा और एक लोहे की जालीदार खिड़की। बाहर से भीतर कुछ खास नजर नहीं आता था। सिर्फ रात में जब बाहर अँधेरा छा जाता था तब उस घर के भीतर बल्ब की मटमैली पीली रोशनी में रंगीन कपड़ों में चलने-फिरने का आभास मिलता था, वह भी कभी-कभार कोई छत के किनारे आकर खड़ा हो जाता था तब। लेकिन लोहे की जाली में शब्द तो नहीं रोके जा सकते थे। अचानक किसी के गले की आवाज, कोई ऊँची आवाज या फिर किसी बच्चे की 'माँ' कहकर थोड़ी देर तक खींची हुई आवाज—यह बाहर के जीवन यात्रा का स्वाभाविक चित्र था। कभी रसोई की, मसाले की खुशबू भी आती। कॉलेज जाते समय जल्दी-जल्दी खाने के दौरान क्या यह ख्याल भी आता था कि गर्म तेल में मसाला पड़ने से कितनी तरह की सुगंध उठती है।

पंचफोड़न जल गया। सुबह वे लोग नाश्ते की मेज पर बैठने के पहले अगर सब्जी न चढ़ा देते तो रणित के दफ्तर जाने के समय तक खाना बन नहीं पाता था। इस बीच बुम्बा के स्कूल का यूनिफार्म भी निकालकर उसे भी तैयार करना पड़ता था।

खैर, उस कड़ाही को उतारकर दूसरी कड़ाही चढ़ा दी जाय। भोजन में जले मसाले की गंध से बुम्बा नाक-भौं सिकोड़ती थी। रणित भी खीझता था। जली हुई कड़ाही में झटपट पानी ढालना पड़ेगा। तेल के धुएँ से रसोई की दीवार पर, फ्रिज पर चिपचिपा निशान पड़ जाता था।

सुबह छह बजे जो वार्डर ड्यूटी पर आते थे उनमें से एक की ड्यूटी इस दोमंजिले के सेल में पड़ती थी। भवानी सेन की बकबक सुनकर पता चलता था कि वह सीढ़ियों से आ रही है। दरवाजे के सामने आकर वह खड़ी हो गयी। 'ओ बेटी, जरा अपने हाथ-पैर हिलाओ।' यह उसका रोज का तकियाकलाम था। श्रीलेखा ने अपना दायाँ हाथ उठाकर आँखों पर रख लिया। बुढ़िया पर क्रोध करने से कोई लाभ नहीं था। कैदियों की समझ में यह बात आ गयी थी कि हर सुबह गिनती की जरूरत इसलिए होती थी जिससे यह पता चल जाय कि

रात में कोई कैदी मर तो नहीं गया ? गिनती के बाद ही उनका काम खत्म हो जाता, फिर चाय-वाय पीकर सात बजे के करीब ताला खोलने आते। श्रीलेखा की नींद काफी पहले टूट गयी थी मगर उसे उठकर सेल में कैद बासी सुबह देखने की इच्छा नहीं हुई। सात बजे सुबह का खाना आने पर वार्डर दस मिनट के लिए ताला खोलता था। रोटी या मक्के की खिचड़ी की थाली भीतर सरका दी जाती, इस बीच श्रीलेखा सेल में रखा कूड़ादान बाहर निकालने के बाद अपना हाथ-मुँह धोती और इस क्रिया में इच्छानुसार पंद्रह-सोलह कदम चलने का आनंद ले लेती। मुँह धोने के नाम पर ही उसे छह-सात छोटे-छोटे लकड़ी के कोयले मिले थे। जो कमउम्र की लड़की खाने की थाली देने आती थी और जो जाते समय रोज मुसकराती थी, जिस मुसकान में उसका समर्थन और उनका कहा न मानने का दीप्त कौतुक नजर आता था, उसी ने नीचे के तल्ले के चूल्हे से ये कोयले ला दिए थे। पहले दो दिन श्रीलेखा ने वार्डर से कहकर दाँत माँजने के लिए कोयले मँगवाए थे। उनसे कोई चीज माँगने पर उन्हें खुशी होती थी। उन कोयलों को पीसकर दीवार पर चित्र बनाने के लिए बढ़िया काला रंग तैयार हो गया। उसने उनसे तरह-तरह के लोगों के, जैसे कि बच्चे को कंधे पर उठाये कृषक, सिर पर धान का गट्ठर उठाये किसान की औरत, कारखाने की चिमनी को घेरकर खड़ी लोगों की भीड़, एक तरफ एक विशाल पेड़ की डालियाँ बनी थीं और इन सभी के ऊपर सूर्य का चित्र था। लकड़ी के कोयले के काले रंग से बनाने के बावजूद सूर्य तो सूर्य ही था। लोहे की जाली की खिड़की के बाहर उसकी आभा नजर आती थी। चौड़ी लाल टीन के सनसेड से आसमान तो नजर नहीं आता था मगर उससे धूप की प्रखरता को समझने में कोई दिक्कत नहीं होती थी।

समय के हिसाब-किताब की व्यस्तता के बीच गैस सिलेंडर वाला आदमी भी आया था। धूलभरे पैरों से वह सिलेंडर लेकर खड़ा था, मगर वे लोग उस वक्त खाना खाने के लिए बैठ चुके थे। दोनों के ही स्कूल बस और स्टाफ बस आने का समय हो गया था। श्रीलेखा ने खुद ही मेज के उस तरफ से सिलेंडर को खींचकर बाहर निकालने की कोशिश की, मगर इसके लिए भी रणित को उठकर अपनी कुर्सी हटानी पड़ी। रणित ने खीझकर कहा, 'किसी दूसरे वक्त नहीं आ सकते ?' 'क्या करेगा, किसी न किसी के घर में तो उसे इसी समय जाना ही पड़ेगा।' रणित ने श्रीलेखा की ओर बिना देखे भात सानते हुए गुस्से से कहा, 'तुम्हारे उकसावे से ही ये ऐसी हरकत करते हैं। हर बार यह हमारे यहाँ खाने के वक्त ही आता है।' श्रीलेखा ने सोचा था कि वह जवाब नहीं देगी कि उसका

तो कोई स्वार्थ नहीं, काम तो यह हमींलोगों का है।

तस्वीरें हालाँकि बहुत अच्छी नहीं बनी थीं मगर श्रीलेखा को इन्हीं के बीच रहना अच्छा लगता था। मजदूर लोग जब ट्रक से माल की भारी बोरियाँ उतारते थे तब उनके हाथों की पेशियाँ उभर कर सख्त हो जाती थीं। वे सभी ऐसी ही बोरियों की तरह लगते थे, जिनकी कमर में एक रस्सी होती थी। उनके काले शरीर सीमेंट की धूल से ढककर सीमेंट की मूर्ति जैसे ही लगते थे। उनकी कमर में एक बड़ी लोहे की हुक बँधी होती थी। जो इस्तेमाल करते-करते चिकनी और चमकदार हो गयी थी। वह उनकी जीविका का अस्त्र था। बोरे में उस हुक को फँसाकर उसे वे ठेलागाड़ी से खींच लेते थे, फिर बोरे के कोनों को अपनी सुविधानुसार पकड़ने की स्थिति में ले आते थे। मगर वे रोज सीमेंट की मूर्ति नहीं बने होते थे। किसी दिन वे मैदा या आटे से ढकी मूर्तियाँ होते थे। किसी दिन वे गुड़ की बोरी उतारते, किसी दिन चावल की। फिर उन्हें चौकबाजार की गलियों के गोदामों में पहुँचा देते। बोरियों को अपनी पीठ पर लादते समय वे हाँफते नहीं थे सिर्फ उनके दोनों पैर एकबार काँप उठते। उन्हें उतारने के बाद जब पीठ खाली हो जाती थी तब वे इस बुरी तरह हाँफते थे कि लगता था उनकी पसलियाँ शून्यता के बोझ से फट जाएँगी। और जिस दिन उन्हें लादने के लिए कुछ नहीं मिलता था, कोई बोझ नहीं मिलता था ढोने के लिए उस दिन वे बहुत थके हुए धीरे-धीरे घर लौटते। लगता जैसे हवा का बोझ भी वे बर्दाश्त नहीं कर पा रहे हों। बनवारी भाई की औरत मिट्टी की हँड़िया में मुट्ठीभर दाल उबलने देकर कलसे से झाड़-झूड़कर थोड़ा-सा आटा लेकर सानने बैठ जाती थी। वह उसे इतनी देर तक गूँधती थी कि लगता था इससे वह थोड़ा-सा आटा फूलकर इतना बढ़ जाएगा कि चार बच्चों समेत सात व्यक्तियों के पेट भरने लायक हो जाएगा। मगर आटे का क्या बढ़ना था, उससे तो मुश्किल से पाँच लेचियाँ बन पातीं। कदम बहू फिर उन छोटी-छोटी लेचियों के दो-दो हिस्से करके उन्हें अपनी हथेलियों में दबाकर उनके पेड़े बनाती और उन्हें उबलती दाल की हँड़िया में छोड़ देती। कुछ देर बाद हँड़िया उतारकर बच्चों के साथ इसे भी जब एक कटोरा, पकड़ा देती तब उसके इनकार करने पर कदम बहू अपने गाँव की बोली में झल्लाकर कहती, 'हर समय ना-ना मत किया करो, जो देती हूँ खा लो—बच्चों को तो दे ही रही हूँ।' खटिया पर बैठकर बीड़ी पीते-पीते बनवारी भाई कहता, 'कितनी इच्छा करती है कभी तुझे सफेद भात और मछली खिलाने की। बहू मछली कितना अच्छा पकाती है। एक बार खा लेने पर उसका स्वाद भूलना मुश्किल है।' वह

क्या भूलेगी ? क्या भुलाना आसान है ? जगह और समय बदलने के बावजूद भुलाना असंभव होता है।

यहाँ भी शाम को धुएँ की गंध आती थी। लेकिन लकड़ी की नहीं, कोयले की। गृहस्थी की गंध। अँधेरा होने के काफी पहले महिला वार्डर जब एक मंजिले के जनरल वार्ड की महिला कैदियों को रातभर के लिए बंद करके काम खत्म करके जनाना वार्ड के अस्पताल के दरवाजे के सामने खड़ी होकर चाय पीते-पीते बदली ड्यूटी के लोगों के आने का इंतजार करती थी और एक-दूसरे की नजर बचाकर कैदियों के नाम से आनेवाली चीनी साबुन उन्हें न देकर खुद रख लेती थी तथा रोगिणी कैदियों को मिलनेवाले अंडे और मक्खन अपनी घाघरा-चद्दर के अंबर में छिपाने में व्यस्त रहती थी तब नीचे आँगन की निस्तब्धता ही बताती थी कि रात कितनी हुई है। ऐसे समय श्रीलेखा उठती थी। वह चुपचाप अपने दरवाजों से बाहर निकलती थी। पाँच फुट ऊँची खिड़की की चौखट पर अपनी दोनों कोहनियों को टिकाकर खिड़की की सलाखों को दोनों हाथों से पकड़कर एक झटके से अपने दोनों पैरों को हवा में उठा देती थी। उसका शरीर उसके कंधे और कोहनियों के सहारे दीवार पर लटक जाता था। हालाँकि उस तरफ की जमीन इतनी ऊँचाई और उतनी छोटी-सी खुली जगह से नजर नहीं आती थी मगर भवानी भवन के विशाल छत के गुलाबी मोरम और उसके आसपास के पेड़ों की फुनगियों को आँख भरकर देखने में कोई रोकटोक नहीं थी। उधर दीवार नहीं थी। एकदम खुला था। इस खुलेपन में जाने का एहसास होता था। आँखों के सहारे इस तरह जाना भी क्या कम था। वहाँ कितने सारे पेड़ थे। उनके पत्तों पर चिड़ियों की घरवापसी का शोर रहता था। उनके जीवित होने का शोर। प्रवहमान दैनिक जीवन का शोर। और तभी रसोई की गंध, चूल्हे के धुएँ की सजीव गंध आती थी। पहले-पहले कोहनी छिलकर कट गयी थी। इसके बाद वहाँ गड्ढे पड़ गए थे। खिड़की की सलाखों को मुट्ठियों से जोर से पकड़कर अँगुलियों पर शरीर का बोझ देने से कोहनी को कुछ क्षणों के लिए आराम मिल जाता था। पत्थर तोड़ते समय नीलमणि वगैरह हँसती थीं, 'ओ दीदी, तुम्हें हथौड़ी चलाने की जरूरत नहीं, जरा देखो तो हथेलियों में कैसे छाले पड़ गए हैं।' लेकिन छाले तो थोड़े वक्त के लिए ही थे। यह बात नीलमणि भी जानती थी। वह एक प्रकार का प्रेम प्रदर्शन था, जिसके जरिए लोग एक-दूसरे से गहरे जुड़े होते हैं—जिस प्रकार दूर के राहगीर के साथ जैसे बैलगाड़ी का गाड़ीवान या एक बीड़ी मजदूर या रिक्शावाले के साथ राह में कोयला बीनने वाली छोटी लड़की संवेदना के तौर

पर जुड़े होते हैं। शब्द या गंध भी उस प्रेम की बात याद दिला देते हैं। इसी तरह उस तीन गुणा पाँच हाथ के निर्जन सेल में जीवन का प्रवाह घुसकर उसे भर देता था। हर सुबह मुँह धोने का पानी, काठ की सीढ़ियों से अनदेखे चेहरे की पाँवों की आवाज, उमस भरे कंबल में अपने शरीर से निकलनेवाली अमोनिया की गंध, धूल भरी आँधी का अचानक विच्छिन्न होकर आया कोई झोंका, पहली बरसात या मसाला भूनने की सुगंध—इन सबसे बूँद-बूँद जीवन टपकता हुआ हर दिन को अलग-अलग चेहरों में बदल देता था। अपने थोड़े बेसुरे कमजोर गले से श्रीलेखा कोई गीत गुनगुनाने लगती थी।

पाउडर खत्म हो गया था। रणित ने मँगवा देने के लिए कहा था। कब कहा था—शायद कल या परसों। शायद परसों। कल तो 'पी' ब्लाक की कुछ महिलाएँ गप्प लड़ाने आयी थीं। उनमें गप्पबाजी हुई थी ? याद नहीं। श्रीलेखा ने याद करने की कोशिश की। वह कोशिश तो हमेशा सहज रहने की करती थी लेकिन हर दिन की सभी बातें, सारे प्रसंग, सारे चेहरे एक-दूसरे से ऐसे गड्डमड्ड हो जाते थे कि वे एक बहुत बड़े रंग के धब्बे में बदल जाते थे। भीगी नम जमीन में एक बहुत बड़ा छत्ता पड़ गया था। तीन बज गए थे। अभी कामवाली आती ही होगी। इस बीच पड़ोस के किसी ब्लॉक में डकैती भी पड़ चुकी थी, दरवाजों पर इसीलिए दोपहर को भी भीतर से ताला जड़ा रहता था। उठकर खोलने का वक्त हो गया था।

आई.जी. के इंसपेक्शन की तैयारी में भागमभाग मची हुई थी। जेलर की नजर दीवार पर बने चित्रों पर पड़ी। रंग कहाँ से मिला आदि बातों में समय बर्बाद न करके उन्होंने पूछा, 'अपने बालों को कैसे काट लिया ?' जवाब में श्रीलेखा ने कहा, 'चूहे ने काटा है। इस सेल में कितने चूहे हैं।' जेलर मजाक पसंद व्यक्ति नहीं थे। उसी के बाद चूने की बाल्टी और पोंछा लेकर वार्डर के साथ जो आए वे भी कैदी थे। उनके बदन पर घुटने तक का बेहद मोटे कपड़े का सुथन्ना और फतुआ था। ये भी काले-कलूटे सख्त चेहरेवाले थे। महिला वार्डर श्रीलेखा को सेल से बाहर निकालकर उधर के बरामदे में, जहाँ सीढ़ियाँ खत्म होती थीं, खड़ी हो गयी। बरामदा यहाँ भी ढका हुआ था पर सामने की दीवार पर ईंटों की जाफरी बनी हुई थी। उनके बीच से नीचे जनरल वार्ड का आँगन नजर आता था। एक साथ कितनी लड़कियाँ थीं वहाँ। बच्चे, उनकी माताएँ, बूढ़ियाँ। कोई टाँगें पसारे बैठी थी, कोई खसर-खसर करके अपने बाल खुजला रही थी, कोई दोपहर को लॉकअप में बंद रहने के दौरान पीने के लिए कटोरियों में पानी भरकर ले जा

रही थी। सभी वक्त की मारी गरीब औरतें थीं। इस आँगन के बीच में भी एक पेड़ था। एक मामूली-सा छोटा नीम का पेड़। इसे किसी ने यत्न से लगाया नहीं होगा। अपने आप ही उगा होगा। धरती की चिट्ठी। इसकी पत्तियाँ हवा में काँप रही थीं। जैसे कह रही हों, मैं हूँ। चूने की बाल्टी लेकर सिर झुकाए वे दोनों कैदी वार्डर के साथ नीचे चले गए। श्रीलेखा अपने सेल की ओर बढ़ी—फिर से उसे तस्वीर बनानी पड़ेगी, रंग का इंतजाम करना पड़ेगा। सीढ़ी के मुहाने पर एकदम करीब ही किसी ने धीरे से कहा, 'पोताई बहुत हल्की है।' श्रीलेखा चौंक पड़ी। सेल की दीवार पर बड़े हल्के हाथों से पोंचा मारा गया था। सफेद चिट्ठी। इन्सानों की। साथियों की चिट्ठी।

बाल झाड़कर जूड़ा बनाने के बाद श्रीलेखा ने पाउडर का डिब्बा उठाया। फिर रख दिया। खाली था। चेहरे पर थोड़ा कोल्ड क्रीम मल लिया। फिर कोहनी के नीचे लगाया। इन जगहों पर नियमित क्रीम न मलने से त्वचा रूखी हो जाती है। वह अपनी आठ मंजिली खिड़की की ओर बढ़ गयी। वह खिड़की आम खिड़कियों से काफी बड़ी थी। शायद किसी दरवाजे का ख्याल करके बनायी गयी थी।

आग लगने के पहले

दिन शुरू होने के बाद ही पता चला कि एक व्यक्ति की मृत्यु हो गयी है। यानी कि कल रात किसी वक्त उसका खून हो गया था। आज सुबह तीन नंबर रेल टनल के करीब उसकी लाश नजर आयी। कुछ लोग थोड़ी दूर के कारखाने में काम करने के लिए साइकिल से बड़े तड़के यहाँ से निकलते हैं। सुबह के शिफ्ट की ड्यूटी रहने पर पौने छह बजे उन्हें कारखाने में अपने काम पर पहुँचना पड़ता है। इसलिए साइकिल से इस टनल रोड या उस सड़क का मोड़ पाँच-सवा पाँच बजे के बीच पार करना पड़ता है। तभी उनकी नजर उस लाश पर पड़ी थी। उसके वहाँ पड़े रहने के अस्वाभाविक ढंग से ही समझ में आ गया कि वह व्यक्ति जीवित नहीं है। वह लेटा हुआ नहीं था क्योंकि उसके वहाँ पड़े होने के ढंग से ही समझ में आ रहा था कि बिना हड्डियाँ टूटे उस तरह से कोई लेट नहीं सकता था। यह बात भी स्वतःसिद्ध थी कि जीवित रहते चाहे वह मनुष्य हो या अमानुष, मर जाने पर वह सिर्फ लाश हो जाता है। तब न उसमें जान रहती है, न सोचने-विचारने, चिंता करने, गवाही देने आदि की क्षमता। वह सिर्फ प्राणहीन देह हो जाता है। लाश। तब वह किसी भी तरह से पड़ा रह सकता है—औंधे मुँह, गर्दन झुकाए, क्षत-विक्षत चेहरा, विचित्र रूप से पैरों को मोड़कर भी।

कारखाने में सुबह की ड्यूटी देनेवाले लोग पहुँचकर रात की पाली में काम करनेवाले लोगों को छुट्टी देते हैं। वहाँ नए सहयोगियों के घुसने और बाहर निकलनेवालों के बीच दृष्टि का आदान-प्रदान होता है, जैसे वे उनसे शहर का हालचाल जानना चाहते हों। ऐसा हर वक्त नहीं होता। होने की बात भी नहीं है। वे पिछले दिन की रात को पौने दस या दस बजे अपना मुहल्ला और शहर

छोड़कर कारखाने में चले आए थे। शहर में हर घंटे कोई नयी खबर होती भी नहीं। लेकिन कुछ दिनों से ऐसा ही हो रहा था। ऐसा पहली बार लग रहा था कि यह शहर कितना बड़ा है। यहाँ कितने सारे मुहल्ले और गलियाँ हैं। इन मुहल्लों में ऐसी तमाम घटनाएँ घटित होने की जगहें हैं। किसी भी मुहल्ले में घटित होनेवाली घटना से ही पता लगाना आसान था कि उसका कारण क्या है या कुछ हद तक उसके परिणाम की भी कल्पना की जा सकती थी। यह समझकर कारखाने की पाली खत्म होनेवाले लोगों के मन में स्कूटर, मोटर साइकिल, साइकिल से घर वापस लौटते वक्त सहजता या चिंता पैदा होती थी। इसी छब्बीस मार्च को यानी रामनवमी के दो दिन बाद चाँदमारी मुहल्ला में अर्थात् टनल रोड खत्म होने के बाद के मुहल्ले में शाम को तीन बजे आग लगी थी। तभी वह घटना क्या मोड़ लेगी उसका अंदाजा हो गया था। सुननेवालों को तभी लग गया था कि वह अचानक घटनेवाली कोई दुर्घटना नहीं थी, जैसा कि शार्ट सर्किट या असावधानी से जलती बीड़ी-सिगरेट के टुकड़े फेंकने या भात की हँड़िया की पेंदी जल जाने से अचानक लगी लपटों से होता है। ऐसी दुर्घटना भी नहीं थी जिसमें बहुत पुरानी कोई घना, अनियोजित बाजार अचानक रहस्यमय तरीके से आग से जलकर राख हो जाता है और फिर वह एक दिन एक नये आधुनिक मार्केट कांप्लेक्स का रूप ले लेता है। चाँदमारी बाजार भी पुराना, काफी बड़ा और घना बसा हुआ था। चाँदमारी बाजार का नाम लेने से इस शहर के जी.टी. अथवा उसके समानांतर रेललाइन के दाहिनी ओर के रहनेवाले पुराने वाशिंदों के चेहरों पर एक अलग भाव आ जाता था। रेललाइन के उत्तर ओर बसे इस बाजार में ताजी मछली, हरी सब्जी आदि शहर के मुख्य बाजार से अपेक्षाकृत कम कीमत में मिलती थी। इसके अलावा शिफन, जार्जेट, सूटलेंथ, फाइवर सूटकेस, साइकिल, मसाला, मिक्सी ग्राइंडर, अच्छी चाय पत्ती आदि सामान कम कीमत में अच्छी क्वालिटी के मिल जाते थे। लेकिन इस छब्बीस मार्च को जहाँ आग लगी थी वहाँ यह बाजार नहीं था। रेललाइन पार करके चाँदमारी पहुँचते ही चौकोर पत्थरों का जो रास्ता बायीं ओर मुड़कर चाँदमारी बाजार और डॉक्टर डाँगा की ओर जाता था—वहीं मोड़ पर सड़क के पास टाट से घिरी सब्जियों, तंबाकू और मछलियों की भीड़भाड़ वाला बाजार था, आग वहीं पर लगी थी। आग की चपेट में सड़क की विपरीत दिशा की कुछ शटरवाली बड़ी दुकानें भी आ गयी थीं। उस आग लगने की घटना के पीछे कुछ और भी अफवाहें थीं। आग लगने की खबर शहर के दमकल केंद्र में देने पर पता चला कि उनके पास उतनी नीचे लंबे टनल से जाने लायक कोई दमकल

नहीं था। निकटवर्ती थाने में किसी का फोन भी पहुँचा था कि यहाँ पर कुछ लोग मोटरसाइकिलों से पेट्रोल, किरासिन के डब्बे लेकर दुकानों में आग लगाते हुए घूम रहे हैं। आप लोग फोर्स लेकर जल्दी पहुँचिए।

जवाब में कोई खास तत्परता बरती नहीं जा सकी। थाने की दो जीपों में से एक जीप खराब होकर पड़ी हुई थी, दूसरी पहले ही ड्यूटी पर निकल चुकी थी। लिहाजा दुकानों और गुमटियों को जलकर राख होने में वक्त नहीं लगा। मोटर साइकिलों पर सवार बदमाश बड़े इत्मीनान से पिचकारी से हाथ के टिनों से पेट्रोल निकालकर उन्हें दुकानों के बंद शटर के अंदर जगह बनाकर, रोलिंग शटर के नीचे से भीतर छिड़ककर जलती माचिस की तीली दिखा देते थे। जब शब्द और गंध से उन्हें भीतर आग फैलने का इत्मीनान हो जाता था तब वे दूसरी दुकान की ओर बढ़ जाते थे। इस घटना के पहले लोग इस बात को जानते भी नहीं थे कि उतनी कम जगह में छोटी-बड़ी मिलाकर कुल साठ-सत्तर दुकानें थीं। यह हकीकत जिनके कारनामों के कारण पता चली वे लोग उस दिन उस आगजनी के दौरान बीच-बीच में देवी-देवताओं की जय-जयकार भी कर रहे थे। उन अवतारों या उनके सेवकों की कृपा से किसी अग्निकांड की कहानी या काव्य कथा की पुस्तक मिलती होगी, लेकिन उस अग्निकांड में उन लोगों के कर्म और जय-जयकार के बीच कोई संबंध था, इसे समझना मुश्किल था।

इन सब मामलों में जैसा हुआ करता है उसी तरह शांति कमेटी के सच्चे और भले लोग आपस में संपर्क करके दूसरे दिन सुबह उस इलाके में पहुँचे। उस वक्त भी टनल रोड के अंत के काफी बड़े हिस्से में सड़क की बायीं ओर जली हुई टाट की राख, अधजले तख्ते, जलने से काली हुई कुछ ईंटें तथा उन सब पर गंदा काला कीचड़ फैला हुआ था। आग बुझाने की असफल कोशिश के दौरान बाल्टियों से पानी फेंके गए थे। रास्ते के दाहिनी ओर एक छोटा मकान था। दो टूटी सीढ़ियों के ऊपर काले रंग के एक कमजोर दरवाजे पर एक पुराना ताला लटक रहा था। वहाँ सीढ़ियों पर एक कुत्ता बैठा था। कूड़े डालने जैसी एक छोटी खुली जगह से थोड़ा आगे एक ऊँचे चबूतरे पर कतार में कई बड़ी दुकानें थीं। उनमें से दो-एक शटर खुले हुए थे। उनमें से इलाके के काउंसिलर की एक दुकान भी थी। कुछ दुकानें बंद थीं। शहर बाजार के मध्य में होने के बावजूद खुली शटर वाली दुकानों के भीतर का हिस्सा काला पड़ जाने और सारे सामान जल जाने से वे दुकानें गुफाओं की तरह लग रही थीं। सुबह के नौ बजे थे। लगभग सभी दुकानों के अंदर से उस वक्त भी जली हुई गंध आ रही थी

और वहाँ के धुएँ से आँखें जल रही थीं। एक बेकरी के बाहर उसके छपे हुए रैपरों के अधजले बंडल बिखरे पड़े थे। एक दुकान के खुले शटर के सामने कुर्ता-पाजामा पहने उसके प्रौढ़ मालिक खड़े थे। संभवतः दुकान के अंदर से निकलने वाले धुएँ से उनकी आँखें लाल हो गयी थीं। शांति कमेटी के उस छोटे से दल के सवाल के जवाब में उन्होंने कहा, 'मुझे इस बात का अफसोस नहीं कि मेरी दुकान जल गयी, अफसोस इस बात का है कि सौ साल से बसे हम लोग, जिनके दादा-परदादा ने यहाँ अपने दिन गुजारे थे, आज गैर समझे जाने लगे हैं।'

यह सुनकर शांति कमेटी के सदस्य बेहद अभिभूत हुए। एक बेदम भावुक महिला की आँखों में आँसू भी आ गए। पूरे इलाके का दौरा करके, आतंकित लोगों को ढाढ़स बँधाकर उन्होंने मुहल्ले के एक मास्टरसाहब के घर में बैठकर वहाँ का विवरण दर्ज किया। मुहल्ले की औरतें झुंड बनाकर अपने घरों के बाहर सड़क पर खड़ी होकर अपने घूँघट से बेहद उत्सुकता और भय से यह सारा माजरा देख रही थीं। उनमें से किसी को आता न देखकर वे अपने घरों में घुस जाती थीं। उन्हीं में से एक-दो महिलाओं ने रुककर उनके पूछे गए सवालों का जवाब दिया। खासकर जिनकी झोंपड़ी गुमटियाँ पहले दिन जल गयी थीं। आखिरकार शांति कमेटी यह आश्वासन देकर लौट आयी कि अपने नुकसान के बारे में ब्योरा लिखकर दे दें। प्रशासन से क्षतिपूर्ति दिलाने के मामले में वे उनकी यथासंभव मदद करेंगे। तीसरे दिन वे लोग जाकर शहर प्रमुख के पास अपने नुकसान के ब्योरे का माँगपत्र सौंप आए।

इसके कुछ ही दिनों बाद सुना गया कि कक्षा नौ में पढ़नेवाली एक छात्रा खो गयी थी या उसका अपहरण कर लिया गया था। कई कारणों से वह गंभीर घटना भी हल्के तौर से ही ली गयी।

इस प्रकार सन् बयानबे में इस पचास-पचपन हजार की आबादी वाले शहर में धीमी-धीमी आँच सुलगने लगी थी, उससे लपटें निकलनी अभी बाकी थीं।

इन कारणों से ही शायद आठ अप्रैल की सुबह रेललाइन के बगलवाली सड़क पर उस लुंगी पहने व्यक्ति की लाश मिलने पर लोग अपने-अपने अर्थ निकालने लगे थे।

इस शहर में किसी लाश का मिलना, या कत्ल कर फेंकी हुई मृतदेह का मिलना कोई अनोखी बात नहीं थी। यहाँ तक कि उस शहर से लगी हुई साफ-सुथरी सरकारी उपनगरी के वाशिंदों की घूमने की बेहद प्रिय जगह उस इलाके के नजदीक के नदी तट पर स्थित वन विभाग सोनाझूड़ी जंगल में भी सुबह झरते हुए पीले

फूलों के नीचे एक गर्दन कटी लाश पड़ी देखकर इन दिनों डर से कोई नहीं जाता था। इसके अलावा रेललाइन के उत्तरी हिस्से में मिलनेवाली लाशों को लेकर शहर के दूसरे वाशिंदे कभी चिंतित नहीं होते थे। इस शहर में जमीन के नीचे और जमीन के ऊपर असंख्य सुरंगें और गलियाँ थीं। साहनों के वक्त जमीन के नीचे की इन सुरंगों को बोलचाल में 'गली' कहा जाता था। अब वहाँ तरह-तरह की जहरीली गैसों, कभी टूटकर गिरनेवाली मिट्टी के चप्पड़ों के अलावा एक पतली-सी दीवार के इस पार काफी मात्रा में पानी भी जमा था। वहाँ की गलियों में कभी भी विस्फोट या अग्निकांड हो सकता था। मगर इन सुरंगों या गलियों से निकलने के बाद जीवन का एक दूसरा ही चमकता रूप नजर आता था।

यह शहर ऐसा ही था।

वह बारहों महीने ऐसा विस्फोटक रहता था कि उसमें अलग से आग लगाने की जरूरत नहीं थी।

रेललालन के उधर के मुहल्ले धर्म-संप्रदाय में बँटे हुए थे। कोई व्यक्ति किस मुहल्ले का रहनेवाला है, इसे जानते ही उस व्यक्ति के बारे में बताया जा सकता था कि वह किस धर्म को माननेवाला है। किसी न किसी धार्मिक संप्रदाय का तो होना ही पड़ेगा तभी तो कहा जा सकता है 'गर्व से कहो...।' नब्बे के दशक से तरह-तरह की नारेबाजी करते-करते इस देश की नित्य पवित्र धरती पर अब 'धर्मनिरपेक्षता' बेमानी हो गयी है। हरा या गेरुआ, या लाल, नीला, सफेद किसी न किसी रंग का जाँघिया हर किसी को पहनना ही पड़ेगा। तभी वह इस महामानव के सागर तीर पर उपस्थित रह सकता है—इसके बाद वह जल का स्पर्श करे या न करे, उसकी इच्छा।

और यह रेललाइन जो 'कश्मीर से कन्याकुमारी' देश के एक छोर से दूसरे छोर को जोड़ती है, वह इस शहर में जलविभाजिका की तरह है। सीमा विभाजन। शहर के मुख्य अंश से उत्तर अंश में जानेवाला रास्ता रेललाइन के इस टनल से होकर गुजरता था। ऐसे कुल तीन टनल थे, उनमें से एक मुख्य शहर से थोड़ा बाहर था। आज के परिवर्धित उपनगर क्षेत्र के बीच से होकर दो-तीन पुराने कारखानों से सटकर कोयला क्षेत्र में पहुँचने के लिए उस टनल का उपयोग होता था।

बाकी दो टनल स्टेशन के निकट होने के कारण काफी लंबे और नीचे थे। उस पार कोई अस्पताल, अच्छा स्कूल या बड़ा खेल का मैदान नहीं था जिसके कारण इधर के मुख्य शहर के निवासियों को उधर जाने की जरूरत महसूस हो।

इसके अलावा रेललाइन के उत्तर-दक्षिण क्षेत्र का फर्क वस्तुतः और गहरा था। उधर के कसाई मुहल्ला, डॉक्टर डाँगा, चाँदमारी, झाँरीनगर, असल में जहाँगीरनगर, के आम लोगों के साथ इस तरफ के निवासियों का कोई हार्दिक संबंध नहीं था। सिर्फ शहर के दो-चार पुराने डॉक्टर ही शायद उन मुहल्लों के कुछ लोगों से व्यक्तिगत रूप से परिचित थे। उस मुहल्ले के काफी लोगों के काम-धाम की बात उठने पर लोग एक-दूसरे को देख भर लेते थे। फिल्मों के 'डॉन' की तरह दो-चार लोग इस शहर में भी मशहूर थे। वे चाहे जिस भी मुहल्ले में रहते हों और चाहे जो पहनते हों, उनमें से कुछ का यहाँ दबदबा था। यहाँ की एक-दूसरे से सटी बस्तियाँ, कच्ची सड़कें, गंदगी का ढेर सब एक-दूसरे में गड्डमड्ड थीं। बस्तियाँ अमूमन रेल लाइन से सटी हुई थीं। बस्ती जहाँ खत्म होती थी, वहीं से रेलवे का लंबा यार्ड शुरू हो जाता था। या कहा जाय रेलवे यार्ड ने अपने एकदम संरक्षित इलाके से बस्ती को किसी तरह ठेलकर बाहर निकाल दिया था। उस पूरे इलाके में पहरा रहता था। वहाँ पर रात-बिरात खड़ी मालगाड़ी का ताला तोड़कर माल बाहर फेंकने के शब्द के साथ बीच-बीच में गोलियों का चलना भी भोजन में तड़का लगाने, बच्चों को रोने, लड़ने-झगड़ने की तरह ही रोज की घटना ही थी। हर महीने कितनी लाशें रेल लाइन के इधर-उधर पड़ी रहती थीं। इसका हिसाब उनके घर और मुहल्ले के लोग जानते थे। इसके अलावा और भी लोग थे जो टनल से होकर शहर के बाजारों में पहुँचकर विभिन्न दुकानों में काम करने जाते थे या फुटपाथ पर दुकान सजाकर बैठते थे। बेकरी, फल, अंडे, दर्जी आदि की दुकानें वे लगाते थे। कुछ लोग ठेलों में फल, सब्जी, कभी-कभी बाजार से सस्ते दाल आदि लेकर शहर के विभिन्न मुहल्लों की गलियों में घूमते थे। कुछ लोग 'टूटे टिन, शीशे, प्लास्टिक, फटे जूते-चप्पल' की हाँक लगाकर कबाड़ खरीदते थे। वे लोग सामान के बदले पैसा न देकर सौदे के मुताबिक लहसुन या नारियल देते थे। कबाड़ खरीदने का यह काम ढाई-तीन फुट कद की छोटी-छोटी लड़कियाँ, गंदे सलवार-कुर्ता पहने और सिर को ओढ़नी से ढके होती थीं, तथा छोटे लड़के भी करते थे। ये लोग पहले आसपास के इलाके से गृहस्थघरों की फेंकी गयी राख से कोयले के टुकड़े बीनकर उन्हें छोटी-छोटी टोकरियों में भरकर अपने मुहल्ले में बेचते थे। इन दिनों गैस के प्रचलन से डस्टवीन में राख नहीं मिलती थी। उन डस्टवीनों और घरों के आस-पास के कूड़ों में से, जो भी टूथब्रश, शीशी, डिब्बा, पॉलीथिन पैकेट, फटे कपड़े आदि मिल जाते थे, ये लोग दिनभर घूम-घूमकर उन्हें इकट्ठा करते थे। इसके साथ ही घर से बाहर निकले पेड़ों की डालों से फल मूल,

किसी की असावधानी से घर के बाहर पड़ा रह जाने वाला छोटा-मोटा बर्तन, बाहर सूखनेवाला कपड़ा या तौलिया—इनके हाथ जो भी लग जाता, उठा लेते। चोर के रूप में इनकी बदनामी भी थी। दिन भर वे दुत्कारे जाते थे। मगर जरूरत पर किसी-किसी घर से माँग कर पानी भी पी लेते थे।

पिछले एक महीने से शहर में जो दबी उत्तेजना का माहौल पैदा हो गया था उस कारण यह सब फुटकर बिक्री, बच्चों या अकेले लोगों का आना-जाना अनियमित हो गया था। बाहर से देखने पर लगता था सब ठीक है। दुकान, बाजार, कारखाने नियमित ढंग से चल रहे हैं। मगर ऐसा नहीं था, शहर की नाड़ी में दबे हुए बुखार की चंचलता थी। इसका पता चलता था लोगों के हमेशा बंद रहनेवाले दरवाजों से, अकेले न आकर चार-पाँच के समूह में आनेवाले या कभी न आनेवाले सब्जीवालों से, मुहल्ले में चर्चारत छोटे-छोटे झुंडों से, लोगों की आँखों से या उनकी घबड़ाई या तेज चाल से। देश के अन्य शहरों से उत्तेजनाभरी खबरें आग की तरह फैल रही थीं, खबर आ रही थी सुरक्षा और विश्वास के नष्ट होने की। हालाँकि सबसे बड़ी विध्वंस की खबर गेरुआ धूलभरी आँधी के साथ आने में अभी डेढ़ साल का समय लगना था, लेकिन उसके पहले की बेचैनी शिराओं को मथ रही थी। यह सूखा, बाढ़ या महामारी की तरह प्राकृतिक नहीं था, बल्कि इस अस्थिरता के पीछे एक प्रकार का अस्पष्ट हिसाब था। इस हिसाब के अनुसार मात्र कुछ महीने पहले लोगों की रोजी-रोटी की भागदौड़ से, इस व्यवस्था में जैसे भी हो सुख-दुख में जीने से, कहीं ज्यादा जरूरी कुछ ईंटें हो गयी थीं। जिन ईंटों से लोग घर बनाने की कामना करते हैं वैसी ही पानी-मिट्टी से तैयार, आग में पकायी कुछ ईंटें एक जलती हुई चीज बन गयी थीं। हालाँकि देश के इस छोर से उस छोर तक ले जायी जानेवाली इन ईंटों के ट्रकों के बाहर कहीं पर 'ज्वलनशील' नहीं लिखा रहता था, मगर ये आग लगा रही थीं। गर्म हवा के झोंकों से झूठी-सच्ची गड्डमड्ड खबरें आ रही थीं, जैसे कि अभी जो घटनाएँ घट रही थीं उसके साथ बाद में घटनेवाली घटनाओं को जोड़कर इसकी परीक्षा की जा रही थी कि आम जनता इन्हें कितना पचा सकती है। वे देखना चाहते थे कि आखिरकार कोई बड़ी बाधा कहीं से आती है कि नहीं। जैसे कि कुछ लोगों को पता था कि वे कहाँ पहुँचना चाहते थे। वे देख रहे थे कि उनके हाथ में कितनी क्षमता आ सकती है और इस देश की जनता के मनोभावों में से किसका सहारा लेकर अपने वांछित तक पहुँच सकते थे, इसे विभिन्न तरीकों से परख लेना बहुत जरूरी था। वे यह भी परख रहे थे कि कहाँ किस तरह दाहक पदार्थ इकट्ठा करके इच्छानुसार अग्निकांड

किया जा सकता है और इन्हीं बेहिसाबी हिसाब के दिनों में रामनवमी और ईद के बीच एक आदमी सुबह सड़क के किनारे गर्दन झुकाए औंधे मुँह पड़ा मिला।

दिन चढ़ते-चढ़ते खबरों के भी पंख निकलते हैं। टुकड़े-टुकड़े खबरों से पता चला कि बीते दिन रेल टनल के उस पार जहाँ से रेल बाबुओं के दोमंजिले-तीनमंजिले क्वार्टर शुरू हुए थे, वहाँ पर दिन के नौ बजे एक आदमी ने एक युवती का हाथ पकड़कर खींच लिया था। उसके पहनावे से जाहिर था कि वह चाँदमारी का रहनेवाला है। वह युवती सहायता के लिए चिल्लाने लगी। उसकी पुकार सुनकर आसपास के लोग वहाँ पहुँच गए और युवती को उसके चंगुल से छुड़ाकर उस आदमी को जमकर पीटा। लोगों की मार से वह आदमी मरा था या नहीं, यह कोई साफ-साफ बता नहीं पाया क्योंकि कल शाम को उस इलाके में किसी खास गोलमाल की खबर नहीं मिली थी तथा शाम को वहाँ पर कोई लाश पड़ी भी नहीं थी। यहाँ तक कि कल का उस युवती से छेड़खानी करनेवाला व्यक्ति और आज का यह मृत व्यक्ति एक ही था। इसका पता कैसे चला यह भी एक रहस्य है। लेकिन आतंक के वक्त बेहद जरूरी बातों की सच्चाई परखने की बात लोग भूल जाते हैं। करीब दस दिन पहले पूरे शहर में यह खबर फैल गई थी कि किसी स्कूल की नवीं कक्षा की अति सुंदरी छात्रा का स्कूल की छुट्टी के बाद कुछ लोगों ने अपहरण कर लिया था। यह सुनते ही लोगों ने फटाफट अपने घर के दरवाजे बंद कर लिए और अपने बच्चों को स्कूल भेजना बंद कर दिया। उस वक्त क्या किसी को ख्याल हुआ था कि वह स्कूल लड़कियों का स्कूल नहीं था ? बाद में अगर दो-एक उत्साही लोगों ने स्कूल में जाकर खुद पता न लगाया होता तो खुद हेडमास्टर की कही गई इस बात का पता ही न चलता कि उनके स्कूल का कक्षा सात का एक विद्यार्थी तीन दिनों के लिए लापता हो गया था। सालाना परीक्षा में फेल होने के बाद वह अपने घर न जाकर ट्रेन पकड़कर सीधे अपने मामा के यहाँ मिहिजाम चला गया था। बाद में वह लौट भी आया। अफवाहों के बारे में बहुप्रचलित कथन सरकारी भवनों की दीवारों पर लिखवाने और रेडियो दूरदर्शन से प्रचारित करने के अलावा प्रशासन और कर भी क्या सकता है। मनुष्य के लिए मुश्किल है कि अफवाह को अफवाह के रूप में पहचानने की कोई कारगर पद्धति अभी तक आविष्कृत नहीं हुई है। इसके अलावा झूठी खबरें सीधी-सादी सच्ची खबरों की तुलना में उन दिनों भी ज्यादा ही विचित्रता से भरी और विश्वसनीय समझी जाती थीं। लेकिन यह खबर भी जाने कैसे प्रचारित हो गई थी कि पिछले दिन पीटे गए उस व्यक्ति ने पूरा दिन बिताकर, रात को भी कुछ समय अनुपस्थित रहकर जहाँ उसे मार पड़ी थी, वहाँ से बहुत दूर जाकर दम

तोड़ा था। उसके बारे में तरह-तरह की खबरें भी प्रचारित होने लगीं। इस प्रकार उस व्यक्ति की मौत के बाद उसके जीवन और अस्तित्व के बारे में शहर के लोगों को जानकारी हुई। उस घटना को तरह-तरह के विस्तृत विवरणों से जितना प्रचारित किया जाने लगा, लोगों का गुस्सा भी उतना ही भड़कने लगा।

'इतनी हिम्मत ? दिन दहाड़े किसी लड़की का हाथ पकड़कर खींच लिया !'

'इनका स्वभाव ही ऐसा है। तुम्हें तो 46-47 के दंगों के बारे में पता नहीं—इस इकहत्तर में ही क्या कम है ! बाँग्लादेश के खान तो अपनी जाति की लड़कियों के साथ भी—'

'बीच सड़क पर उसने ऐसी हरकत की।'

'खाली हाथ पकड़कर खींचा था या और कुछ ?'

'अरे वह लड़की भी बड़ी हिम्मती थी। उसने चप्पल उतारकर मारते हुए उसकी हालत खराब कर दी। लोगों ने आकर उस व्यक्ति को ही उस लड़की के हाथ से छुड़ाया।'

'वाह ! बड़ी बहादुर लड़की थी। किसकी लड़की है ?'

'क्या पता ! लेकिन उस आदमी की आदत ऐसी ही थी। वहाँ मौजूद लोगों ने उस लड़की को उस आदमी का कालर पकड़कर चीखते हुए सुना था—'रोज-रोज परेशान करता है, रोज-रोज वही असभ्यता, आजा मैं तुझे छोड़ूँगी नहीं।'

'सोचो जरा। इन्हीं को अल्पसंख्यक कहकर हमेशा सिर चढ़ाये रखा जाता है।'

'अरे, यह सब वोट पाने की चाल है।'

शहर का पारा चढ़ने लगा। एकदम इस तरह खुलेआम और इतना स्पष्ट रहने के कारण ही पूरे विवरण में लगता था कहीं कुछ गड़बड़ है। जहाँ पर उस व्यक्ति ने उस लड़की का हाथ पकड़कर खींचा था वह एक रास्ते का मोड़ था। रेल टनल के भीतर से निकलकर रेलवे यार्ड की चारदीवारी से सटा एक सँकरा रास्ता रेल स्टेशन जाने वाली सड़क से मिलता था। वहाँ पर अंग्रेजी के टी अक्षर जैसा एक तिराहा था। यह रेलवे कालोनी के बीच की जगह थी। रास्ते के दोनों ओर कतारबद्ध तिमंजिले क्वार्टर थे। ये स्टेशन जाने वाली सड़क के कुछ पीछे बने दुमंजिला क्वार्टरों की तुलना में छोटे थे। तिमंजिले क्वार्टरों के दो ब्लॉकों के बीच की खुली जगह को बाँसों से घेरकर एक खटाल बना दिया गया था। उसके बीच में एक तिकोना लाल झंडा गड़ा था। इसके नीचे सीमेंट का एक नया चबूतरा बनाकर बजरंग बली का एक सिंदूर से पुता फ्रेम में मढ़ा एक चित्र रखा था। सुबह नौ बजे थे। दूध दूहने और बाँटने

का पहला पर्व समाप्त हुआ था। यार्ड की चारदीवारी के उल्टी तरफ झोंपड़ियों में रहने वाले लोग जिनका आँगन वह सड़क ही था, उनमें से कुछ बाहर बैठे हुए थे, कोई घर-गृहस्थी के काम से कहीं आ-जा रहे थे। खटाल में कोई खास भीड़ नहीं थी, दो-चार लोग वहाँ हमेशा गप्प लड़ाते नजर आते थे क्योंकि वहाँ बिछी दो खटिया कभी खाली नहीं रहती थीं। अपने छोटे-छोटे बंद घरों में बैठे रहने के बजाय इस खुली जगह में बैठकर गप्पें लड़ाते हुए ताजी हवा ली जा सकती थी। ऐसी ही यहाँ की सामाजिकता थी। इसके अलावा इस सड़क पर लोगों का आना लगा ही रहता था। स्टेशन जाने वाली सड़क होने के कारण बस, रिक्शा, ऑटोरिक्शा सब इधर से गुजरते थे। इसी रास्ते पर चलनेवाले एक व्यक्ति ने, अखबारी भाषा में अल्पसंख्यक, वासनापीड़ित होकर दिन के नौ बजे एक लड़की का हाथ पकड़कर खींचा था, एक ऐसे समय जब पूरा शहर किसी भी क्षण विस्फोट होने वाले तनाव से गुजर रहा था। यह घटना अपने आप ही बेहद संदेहजनक लगती थी।

विभिन्न अफवाहों के बदले एक समूचा मृतदेह कहीं ज्यादा वास्तविक था। उसे लेकर एक-दूसरे के प्रति अविश्वास, हमला और घृणा की भावना पैदा की जा सकती थी। वह शव अपने टुकड़े-टुकड़े जीवनकथा के जरिए पहली बार लोगों के सामने जीवित हुआ, जीवित हुआ चौक बाजार की गली के रोशन टेलर्स में पंद्रह सालों से काम करनेवाला कारीगर सादिक अली, जिसका घर कसाई मुहल्ले में था, जहाँ अभी भी उसकी माँ तथा 69 के दंगे में भागलपुर के नया गाँव से जान बचाकर भाग आए उसके फूफा, अपनी बीवी और चार बच्चों के साथ रहते थे। इनके लिए वह सिर्फ लाश ही था, जिसके बारे में लोग आकर तरह-तरह की बातें कह जाते थे, धमकी देते थे, मगर वह मौन रहता था।

शहर में धारा 144 पहले से ही लगी थी। शाम सात बजे से सुबह सात बजे तक का कर्फ्यू भी लग गया। कारखाने के कामगारों के लिए सुबह तक रात को ड्यूटी पर जाने और सुबह लौटने के लिए जरूरी कर्फ्यू पास जारी कर दिया गया।

दो-एक उत्साही संगठनों, कुछ कौतूहली व्यक्तियों और शहर के प्रधान पुलिस प्रशासक ने अपनी-अपनी जगह से उस घटना को लेकर उठनेवाले सवालों को विश्वसनीय बनाने की कोशिश की।

उन संगठनों में कोई सांप्रदायिकता विरोधी मानसिकता को लेकर गठित हुआ था तो कोई शहर के गण्यमान्य और सचेतन मगर बेहद व्यस्त नागरिकों को लेकर बनाया गया था। मगर इसके पहले ही उन्होंने अपने शहर की विभिन्न निर्दिष्ट समस्याओं के समाधान के लिए नगर के वरिष्ठ प्रशासनिक अधिकारियों से मिलकर

जनता को थोड़ी सहूलियत दिलाने की कोशिश की थी। उनमें से एक संगठन सीधे तौर पर किसी राजनैतिक पार्टी से न जुड़ा होते हुए भी वामपंथी विचारों का था जिसमें युवाओं और छात्रों की संख्या ज्यादा थी। पार्टी में इनकी आवाज और उपस्थिति सर्वाधिक मुखर रहती थी। इनका अपना तयशुदा कोई कार्यक्रम नहीं था लेकिन 'यह सब नहीं चलेगा', 'शहर के बिगड़ते हालात ठीक करो' इस तरह के नारे ये लोग जोर से लगाते थे, इन लोगों की जिन पर आस्था थी, वे इन्हें जो भी जिम्मेदारी देते थे पूरी करने में पीछे नहीं हटते थे।

इन दिनों वे धर्म और राष्ट्रीयतावाद के 'गर्व से कहो हम...' की घोषणा को लेकर कुछ परेशान थे। वाकई क्या किसी खास दल पर कोई कड़ाई नहीं की जा सकती—इस मसले पर वे लोग कुछ समझ नहीं पा रहे थे कि वे क्या करें।

कौतूहली व्यक्ति उस रूप में उल्लेखनीय नहीं थे—उनमें से एक बूढ़े डॉक्टर थे उनके चालीस साल पुराने कम्पाउंडर का नाम अफजल था। शहर के सभी मुहल्लों के गरीब लोग उनके रोगी थे जो उनको बहुत मानते थे। डॉक्टर साहब अभी भी पहले की तरह ही चार रुपए फीस लिया करते थे, खुद ही इच्छानुसार रोगी के घर जाकर उसका हाल-चाल पूछ आया करते थे। इसके अलावा दिल्ली की जवाहरलाल यूनिवर्सिटी से रिसर्च के लिए आई एक महिला थीं जो सांप्रदायिक दंगों के समाजशास्त्रीय प्रभाव पर काम कर रही थीं। इसलिए जहाँ दंगे होते थे, या हो चुके थे वहाँ के विभिन्न संप्रदायों के लोगों, उनके आर्थिक, सामाजिक और सांस्कृतिक बनावट, दंगे की संभावना वाले जिलों के नेताओं और उनके कार्यकर्ताओं की भूमिका, प्रशासन और पुलिस की भूमिका, खासकर उनकी व्यक्तिगत क्षमता तथा सांप्रदायिक परिचय उनकी कार्यपद्धति और सिद्धांत को किस हद तक प्रभावित करती है आदि मुद्दों पर वह शोध कर रही थीं। अब तक, भागलपुर और दिल्ली जहाँ उन्होंने काम किया था, हर जगह वह दंगों के बाद ही पहुँची थीं। फलस्वरूप उन्हें विशेष अवस्था के शर्ताधीन काम करना पड़ा था तथा फील्ड स्टोरी या लोगों के इंटरव्यू करते समय उन्हें उनकी स्मृतियों पर ही निर्भर रहना पड़ता था। कहना न होगा इसमें असुविधा बहुत थी। क्योंकि बाद में लोग पहले घटी घटनाओं को ठीक-ठीक याद नहीं रख पाते थे। बाद में घटने वाली घटनाएँ उनकी स्मृति को प्रभावित करती थीं। उबलते हाँडी के पदार्थों की खुद परीक्षा करने का दुर्लभ संयोग उन्हें इस शहर में ही मिला था। यहाँ उनका एक पुराना सहपाठी रहता था जिसे उनके शोध का विषय और उसमें उनकी गहरी संलग्नता के बारे में पता था। उसकी चिट्ठी के कारण ही वह ठीक समय पर यहाँ आने में सफल हो पाई थीं।

अन्य लोगों में मरनेवाले के नाते-रिश्तेदार नहीं आते थे, क्योंकि वे घर से कहीं निकलते ही नहीं थे। जो खबर उनके यहाँ पैदल या साइकिल पर चढ़कर पहुँच जाती थी, उन्हें छोड़कर घर बैठे उन्हें कुछ भी पता नहीं चलता था। हालाँकि मृतक की बीवी—खैर।

प्रधान पुलिस प्रशासक की उम्र हालाँकि कम थी लेकिन उन्हें नौकरी करते हुए कई साल हो चुके थे। वह अपने काम और अपनी जिम्मेदारी के महत्त्व को समझते थे। वैसे भी बेहद ठंडे स्वभाव के थे। सख्त मिजाज के कारण कुछ जगहों में बदनाम होने के बावजूद बातचीत में भद्र थे। किसी मामले को किसी संप्रदाय के साथ न जोड़कर उसे दीवानी या कानूनी पहलू से देखने के कारण इस बीच इस शहर की कुछ गुत्थियों तक वह पहुँच चुके थे। फिल्म के कर्तव्यनिष्ठ पुलिस अफसर रूपी शशि कपूर के साथ उनका आद्यंत कोई मेल नहीं था। उस चर्चित दर्जी के असंयमी स्वभाव और अगले दिन भोर में, उनकी भाषा में 'सेंसिटिव' इलाके में घुसने की जगह ही उसका गठरी की तरह पड़े रहना—इस मामले में एक तर्कसंगत कारण वह ढूँढ़ना चाहते थे, क्योंकि उन्हें लग रहा था कि मौजूदा हालात में शहर की इस घटना से कई तरह की प्रक्रिया-प्रतिक्रिया पैदा हो सकती थी, जिनमें से कोई भी घटना कानून बनाये रखने के लिए अनुपयुक्त थी, फलस्वरूप काम की दृष्टि से वह अवांछनीय था। उन्होंने अपने अधीन दो-एक अधिकारियों को इस मामले की जल्दी प्राथमिक जाँच करने के काम पर लगा दिया।

इन विभिन्न कोशिशों के फलस्वरूप शहर के विभिन्न मेजों और दराजों में दिमाग में उठनेवाले सवाल-जवाब के समाधान की कोशिशों की विभिन्न फाइलों का ढेर जमा होने लगा। उनमें से कोई अधूरी थी तो कोई दूसरी फाइल जैसी ही क्योंकि बॉडी माने वह लाश तो एक ही व्यक्ति की थी, उसके बारे में जिससे पूछताछ की जा रही थी अर्थात् उस घटना के आसपास के इलाके के लोग, वे सभी लगभग वही थे।

इसलिए अन्यान्य गैर मतलब की चीजों पर विचार न करके कुछ खास बिन्दुओं पर ही ध्यान केन्द्रित करने की कोशिश की जा रही है, क्योंकि सत्य के प्रति ही हमारा आग्रह है। कम से कम लेखक तो यही सोचता है कि वह अपने और पाठकों के बीच सत्य की खोज का एक सेतु, घटना या अनुभूति के सत्य की, निर्मित करना चाहता है।

उस शहर का अक्षांश-देशांतर भले ही कुछ हो, मौजूदा दौर में ऐसे ही शहरों की भरमार है। इसलिए हम लोग निर्णय अर्थात् विशेष घटना के विशेष निर्णय

पर न पहुँचकर सिर्फ पारिपार्श्विक साक्ष्यों के विवरण ही देखेंगे। खुद कोई नतीजा नहीं निकालेंगे क्योंकि सर्वप्रथम किसी एक घटना के साक्ष्य प्रमाण के वक्त समय के एक अति खंडित अंश को ही देखा जा सकता है, जैसे कि इस मामले में समय एक दिन सुबह सवा नौ बजे से लेकर दूसरे दिन रात तक का है, इसमें भी समय के काफी बड़े हिस्से के बारे में कोई प्रत्यक्ष जानकारी न मिलने के कारण वह अनुमान क्या विषम हो जाता है। जैसेकि इस मामले में सवा नौ बजे से बाद का आया घंटा और दूसरे दिन मृतदेह नजर आने के बीच का पूरा समय।

निर्णय न लेने का दूसरा और मुख्य कारण सब जुडिस है। भारत उपमहादेश के छोटे-बड़े नाना प्रकार के सौ करोड़ मामलों की तरह इस मामले की भी जाँच चल रही है। सब जुडिस घटना के विषय में कोई तब तक किसी निर्णय पर नहीं पहुँच सकता जब तक कि जाँच कमेटी की पूरी रिपोर्ट प्रकाशित नहीं हो जाती। और जाँच कमेटी की रिपोर्ट भी बस लीपापोती जैसी ही होती है।

अतएव–

फाइल-1

'क्या नाम है ?'

'रामनरेश यादव हुजूर !'

'चाँदमारी के रास्ते में रेल टनल के बगल का क्वार्टर तुम्हारा है ?'

'बड़े भैया का है हुजूर।'

'बड़े भैया क्या करते हैं ?'

'रेल की नौकरी करता है हुजूर !'

'वह क्वार्टर सरकारी है ?'

'जी हुजूर !'

'सरकारी क्वार्टर की जमीन घेरकर तुमने खटाल बना लिया, पता है इसके लिए तुम्हें हवालात जाना पड़ेगा।'

'हुजूर माई बाप, खटाल नहीं बनाया है हुजूर, घर के बाल-बच्चों के दूध पीने के लिए वे घर की भैंस हैं।'

'छह भैसों का दूध बाल-बच्चे पी लेते हैं ? कितने बच्चे हैं ?'

'जी हुजूर !'

'मारूँगा एक थप्पड़, तू दो भैंसों का दूध बेचता है। गैरकानूनी खटाल बना रखा है जहाँ रोज अड्डेबाजी के नाम पर शोरगुल, मारपीट होती है। मैं आज ही तेरी

सारी भैंसों को थाने में बंद करता हूँ। उनकी नीलामी करवा दूँगा। साला, दो वक्त के नशा भांग का अड्डा बना रखा है, कहता है दूध बाल-बच्चे पीते हैं।'

'गोड़ लागी हुजूर ! छहों भैंसें मेरी नहीं हैं, सिर्फ दो ही मेरी हैं।'

'बाकी भैंसें किसकी हैं ?'

'चुप क्यों है? दो भैंसें तेरी हैं तो बाकी किसकी हैं ?'

'हुजूर, मैं हुजूर से चुगली नहीं कर रहा हूँ, रामजी गवाह है हुजूर !'

'साला, मजाक करता है ? दो डंडे पड़ेंगे तो चुगली निकल जाएगी।'

'बाकी भैंसें अवतार सिंह की हैं।'

'तेरे यहाँ क्यों हैं ?'

'उनकी कोठी में रखने की जगह नहीं है, पीछे बड़ा नाला है। इसलिए हमारे यहाँ रख दिया है। मैं उन्हें खली-भूसी खिलाता हूँ। उनका दूध ग्राहक को देकर पैसे का हिसाब रखता हूँ।'

'अपने खटाल में झंडा क्यों लगाया है ?'

'झंडा नहीं है, बजरंग बली का थान है हुजूर ! उन्हीं सिंह जी ने बनवा दिया है। बड़े पुण्यात्मा हैं हुजूर !'

'वहाँ पर शाम को गाँजे का अड्डा बैठता है—मुझे खबर मिली है।'

'छीःछीः, रामजी की कसम हुजूर ! शाम को बड़े सिंहजी बजरंग बली का भजन करते हैं, धर्म-कर्म की बात होती है, कोई भी सुन सकता है हुजूर !'

'कल सुबह हंगामे के समय तू कहाँ था ?'

'मुझे नहीं पता, राम जी कसम, मैं वहाँ नहीं था हुजूर !'

'फिर ?'

'कसम खाकर कहता हूँ हुजूर, मैं ग्राहक के घर में पैसा लेने गया था।'

'खटाल में कौन था ?'

'और कौन रहेगा हुजूर ! औरतें घर में काम कर रही थीं। बड़ा भाई ड्यूटी पर था।'

'ठीक है, दो दिन हवालात में बैठकर याद करना कौन था ? कांस्टेबिल...
'

'हुजूर, मैं पता लगाकर शाम को बता जाऊँगा।'

'यहाँ अभी बैठकर याद करके बता—ग्राहकों के घरों से लौटकर तूने क्या सुना था ?'

'वही बात हुजूर—कि एक मुसलमान ने एक लड़की का हाथ पकड़कर खींचा

था, लड़की चिल्लाने लगी थी। कह रही थी–आज तुझे मैं नहीं छोड़ूँगी। लोगों की भीड़ इकट्ठा हो गई थी, फिर सबने उसे मारा था।'

'वह आदमी मर गया था ?'

'मुझे पता नहीं हुजूर।'

'किसे पता है ?'

फाइल-2

'यह सादिक अली का मकान है ?'

'जी।'

'तुम सादिक अली की बीवी हो ?'

'जी !'

'तुम्हारा नाम क्या है ?'

'जी, आप क्या पुलिस की हैं ?'

'अरे नहीं, मैं बहुत दूर की रहने वाली हूँ। दिल्ली का नाम सुना है ? मैं दिल्ली से यहाँ आई हूँ। मैं तुम लोगों के बारे में जानना चाहती हूँ।'

'कुछ जानने को नहीं है जी !'

'सादिक अली क्या काम करता था ?'

'उस्तागर था। अब मैं फूफू को, सास को, बच्चों को क्या खिलाऊँ ?'

'वह कहाँ काम करता था ?'

'बाजार की दुकान पर। अभी भी इस महीने की तनख्वाह बाकी है।'

'कितने दिन काम किया था ?'

'सात साल। तब सिर्फ बड़ा लड़का पैदा हुआ था। घर में सिर्फ हम और सास थे। अब कितने पेट हैं–हमारा क्या होगा ?'

'रोओ मत, सुनो–सरकार कोई न कोई इंतजाम करेगी।'

'सरकार तो हमें नहीं पहचानती, सिर्फ बाबू लोग पहचानते हैं, वोट बाबू लोग। वे लोग इस गोलमाल में एक बार भी नहीं आए।'

'आएँगे, आएँगे–मैं उनसे कहूँगी। तुम्हारे छोटे बेटे की क्या उम्र है ?'

'छोटीवाली बेटी है।'

'ठीक है, उसकी उम्र बताओ।'

'छह साल।'

'इस बीच तुम्हारे पेट में और कोई बच्चा नहीं आया ?'

'नहीं।'

'तुम्हारा मर्द रात में तुम्हारे साथ नहीं सोता था ?'

'ऐसी बात इस दुखियारी से क्यों पूछ रही हो ?'

'यह कौन है ?'

'यह मेरी सास है। तुम अब जाओ।'

'तुम्हारे मर्द ने किसी लड़की का हाथ पकड़कर खींचा था। तुम्हें पता है ?'

'बिल्कुल झूठ बात है।'

'तुम्हें कैसे पता ?'

'हमारे मर्द को हम नहीं जानेंगे क्या ? तुम अब जाओ।'

फाइल-3

हम लोगों ने पिछले छह दिनों से सादिक अली के करीब दस पड़ोसियों से बातें की हैं, सभी ने अलग-अलग रूप से एक ही बात कही है—सादिक बहुत शांत स्वभाव का व्यक्ति था। अक्सर बीमार रहता था। परिवार में लोगों की संख्या बढ़ जाने के कारण खूब मेहनत करता था। ईद के पहले, दशहरा के पहले ज्यादा काम हाथ में लेता, वह और उसकी औरत दोनों मिलकर बटनहोल, तुरपाई आदि का काम करते। उसके दुकान मालिक, अन्य दर्जियों सभी ने सादिक के बीमार रहने की बात बताई थी, वह हमेशा चुपचाप रहता। वह मस्जिद में नमाज पढ़ने जाता था, रोजा भी उसने रखा था। उससे वह और कमजोर हो गया था। वह हमेशा से ही डरपोक स्वभाव का था, सड़क पर अगर सांड भी नजर आता तो वह घर जाने का रास्ता बदल देता था। ऐसे आदमी ने किसी लड़की की बेइज्जती की तो, इसे उसको जानेनवाला कोई मान नहीं सकता।

'लेकिन दिक्कत है कि इस बात के काफी आँखों देखे गवाह हैं।'

'फालतू गवाह ! एक आदमी भी ऐसा मिला, जिसने कहा हो कि उसकी आँखों के सामने ऐसी घटना हुई ? पूछने पर सभी ने कहा कि उसने सिर्फ सुना था।'

'यह सब छोड़ो ! लोग क्या कहते हैं यह तुम भी जानते हो, मैं भी जानता हूँ। और कहेंगे भी क्यों नहीं ? अगर वह एक बार कह दे कि उसने अपनी आँखों से देखा है तो फिर पुलिस, कोर्ट, गुंडे सब उसका जीना हराम कर देंगे। यह बात नहीं, जरा एक मुद्दे पर गौर करो—किसी ने यह नहीं कहा है कि उसने उस आदमी को पहली बार देखा है, सभी ने कहा, माइंड इट, जो एकदम करीब के उन झोंपड़ियों में रहते हैं उन्होंने भी यही कहा कि उसने लड़की को चिल्लाते सुना था। उनका

कहना था कि उन्होंने उस लड़की की चीख सुनी थी। उन्होंने आकर देखा तो पाया कि वह लड़की सादिक को झापड़ मार रही थी और चिल्ला रही थी—'

'लेकिन कोई लड़की फालतू में ऐसा क्यों करने जाएगी ?'

'कुछ पता चला कि वह लड़की कौन थी ?'

'ओह यस ! अब तो सभी जान गए हैं कि वह अवतार सिंह की भतीजी थी।'

'किसकी भतीजी ?'

'अवतार सिंह, कांट्रेक्टर अवतार सिंह।'

फाइल-4

'कहिए सर, आपकी क्या सेवा करूँ ?'

'शिवपूजन जी, आपकी बेटी किस कक्षा में पढ़ती है ?'

'कक्षा दस में। लेकिन मेरी बेटी की बात क्यों सर ?'

'आपकी बेटी को लेकर इतनी बड़ी बात हो गई—उससे मेरी थोड़ी बात करने की जरूरत है, उससे कुछ पूछना चाहता हूँ।'

'किस बात के बारे में कह रहे हैं सर ! बात क्या है ?'

'क्यों, पता नहीं, परसों सुबह एक आदमी ने आपकी बेटी का हाथ पकड़कर खींचा था। आपकी बेटी उसे पकड़कर चिल्लाने लगी थी, जिससे काफी भीड़ इकट्ठी हो गई और...'

'आपसे किसने कहा कि वह मेरी बेटी थी ?'

'अलग से तो किसी ने नहीं कहा। आपकी बेटी को तो उधर सब लोग पहचानते हैं।'

'जरूर पहचानते होंगे, मगर उसे आप पुलिस मामले में क्यों घसीट रहे हैं ?'

'आप ऐसा क्यों सोच रहे हैं ? उसने तो बड़े साहस का काम किया है तो वह क्या वहाँ पर दूध लेने गयी थी ?'

'क्या कहते हैं सर ! मेरे घर में पाँच नौकर-नौकरानियाँ हैं, मेरी बेटी दूध लेने क्यों जाएगी ?'

'तो कहाँ जा रही थी ?'

'स्कूल जा रही थी, उस दिन उसका टैस्ट था।'

'उतनी सुबह ? नौ बजे ?'

'स्कूल बोर्ड के इम्तहान का समय आपको पता है !'

'ओ हाँ, बोर्ड का एक्जाम था। तो गोलमाल में बेचारी की परीक्षा बेकार हो

गई।'

'क्या कह रहे हैं ! परीक्षा बेकार क्यों होगी। रास्ते में उसने एक लफंगे को एक थप्पड़ मारा, फिर स्कूल में जाकर इम्तहान दे दिया।'

'लेकिन उसके वहाँ मौजूद रहते ही लोगों ने उस आदमी को मारना शुरू कर दिया, मोटरसाइकिल पर जो दो लड़के आए थे उनके साथ आपकी बेटी ने बातें भी की थीं, वह आदमी आखिरकार पिटाई से मर गया—आपकी बेटी तो अभी बच्ची है, वह नर्वस नहीं हुई ?'

'देखिए सर, मुझे नहीं पता कि आपने मुझे थाने में क्यों बुलाया है, आप बड़े अफसर हैं, मैंने यहाँ आकर आपके काफी सवालों का जवाब भी दिया है। लेकिन आप यह सब फिजूल की बातें कर रहे हैं—आप कहना क्या चाहते हैं ? न जाने कौन मोटर साइकिल पर था। मेरी बेटी किसी ऐरे-गैरे से बात नहीं करती। उसे रास्ते में किसी बदमाश ने परेशान किया था, उसने उसे थप्पड़ मार दिया, बस। किसने मारपीट की, कौन आदमी मरा, आप ये सब फालतू बातें उसके साथ क्यों जोड़ रहे हैं ? साहब, आप मेरे घर की इज्जत पर हमला कर रहे हैं।'

'मैं क्या कर रहा हूँ इसे मैं जानता हूँ। वे जो दो लड़के उस मुसलमान को अपनी मोटरसाइकिल पर बिठाकर ले गए थे, उन्हें हमने पहचान लिया है। उनमें से एक के साथ आपकी लड़की ने बात की थी, कम से कम तीस लोग इसके गवाह हैं। आपकी बेटी उस दिन नौ बजे स्कूल जा रही थी, मगर वह चीखकर क्यों कह रही थी कि यह आदमी मुझे हर रोज परेशान करता है ? मैं आपकी बेटी से बात करने की जरूरत महसूस कर रहा हूँ। यह एक मर्डर केस है।'

'मेरी बेटी यहाँ नहीं है। एक्जाम खत्म हो गया है। वह अपने मामा के यहाँ गई है। यहाँ जब रोज-रोज इतना मर्डर होता रहता है तब आप लोग क्या करते हैं सर ? एक लुच्चे मुसलमान को लोगों ने पीटा तो आप लोगों ने आसमान सर पर उठा लिया। एक खानदानी घर की इज्जत पर आप कीचड़ उछाल रहे हैं। मैं अब जा रहा हूँ साहब, नमस्ते।'

'शिवपूजन जी, यह पुलिस ऑफिस है। मैंने गप्प लड़ाने के लिए आपको नहीं बुलाया है, जाँच के लिए बुलाया है। मैं जब कहूँगा आप तभी जा सकते हैं।'

'आप कहना क्या चाहते हैं ? आपको पता है कि आप किससे बात कर रहे हैं ?'

'जी हाँ, मुझे पता है। आप शिवपूजन सिंह जी हैं, नाइन्टी में आप पटना से यहाँ चले आए थे क्योंकि आपके ऊपर कम्यूनल दंगा करवाने का आरोप था,

आपके नाम मर्डर चार्ज था, ठीक ?'

'ऑफीसर, आप अपनी औकात भूल रहे हैं, आप यह जो तोहमत लगा रहे हैं, इसका आपके पास क्या प्रमाण है ? इन सबके लिए आप परेशानी में पड़ जाएँगे।'

'नेवर माइंड, मैं अपनी परेशानियों की परवाह नहीं करता। आप पटना से यहाँ आकर भारतीय धर्म महासभा के जोनल सेक्रेटरी हुए हैं। आई वांट नो न्युसेंस, नो कम्युनल रॉयट इन माई एरिया—मैंने साफ-साफ कह दिया, यहाँ लॉ एंड आर्डर में कम्युनल प्रॉब्लम होगा तो आप मुश्किल में पड़ जाएँगे। इज़ दैट क्लीयर ?'

'ठीक है, मैं भी देखूँगा कि दंगे के लिए मुसलमानों को कौन उकसाता है—कौन उकसाता है हिन्दू लड़कियों की इज्जत लेने के लिए। मैं भी बड़े-बड़े अफसरों को जानता हूँ।'

फाइल-5

'डॉक्टर बाबू, बीटू कॉलोनी की प्रसाद बहू आई है अपने बेटे को लेकर।'

'उसे क्या हुआ ?'

'दस्त लग रहे हैं। बुखार हुआ है।'

'कब से बुखार हुआ है ?'

'तीन दिन हो गए डॉक्टर बाबू ! कल ही लानेवाली थी, मगर इतना हंगामा हो गया।'

'क्या हुआ तुम्हें कुछ पता है ?'

'मैं तो बिल्कुल सामने ही रहती हूँ, उन्हीं झोंपड़ियों में डॉक्टर बाबू ! परसों मैंने सोचा कि बच्चे के लिए दही जमाने के लिए पाव भर दूध ले आऊँ। उसी समय शोरगुल सुनकर बाहर भागी आई तो देखा कि बड़े सिंहजी की भतीजी बेचारे दर्जी का कुर्ता खींचकर शोर मचा रही है। वहाँ काफी भीड़ भी हो गई थी।'

'तुम दर्जी को पहचानती थीं क्या ?'

'उसे कैसे नहीं पहचानूँगी डॉक्टर बाबू ! जब से हम इस झोंपड़ी में हैं, तीन-चार साल से रोज देख रहे हैं कि वह नौ बजे का भोंपू बजते समय सामने वाली सड़क से बाजार जाता था और साँझ को लौटता था। हाथ में सिलाई के कपड़े भी रहते थे। हमारे करीब की एक दूसरी झोंपड़ी में एक-दो लोगों से उसकी जान-पहचान भी थी। उसे आँख उठाकर कभी किसी की ओर ताकते नहीं देखा। ऐसे बेचारे को लोग पीट रहे थे और कह रहे कि उसने लड़की से छेड़छाड़ की है। वह हंगामा देखकर हम सब बहुत डर गए।'

'सभी लोग मार रहे थे ? किससे मार रहे थे ?'

'लात-घूंसे से मार रहे थे। उधर वह ग्वाला चिल्ला रहा था कि हमारी जगह छोड़ दो, यहाँ से बाहर चले जाओ।'

'इसके बाद ?'

'तभी दो लड़के मोटरसाइकिल से आये। एक लड़का जो ठेकेदारी करता है, दूसरा उसका साथी था। दोनों ने आकर न जाने क्या बात की फिर उस दर्जी को अपने बीच में भटभटैया में बैठाकर कहीं चले गए। यह देखकर मैंने सोचा, बेचारा बच गया। हाय राम ! कल सुबह होते ही सुना कि उसे कत्ल कर दिया गया। नाहक मारा गया।'

'तुम्हारे वहाँ के सभी लोगों ने इसे देखा था ?'

'देखा तो सभी ने था डॉक्टर बाबू, मगर डर के मारे सभी की जुबान बंद है। कोई कुछ कहेगा तो पुलिस कहेगी बयान दो। पार्टी वाले बाबू लोग भी आकर कहेंगे बयान दो। बाद में हम गरीब लोग मरेंगे तो कोई बचाने नहीं आएगा। लेकिन मुझे दुःख बहुत हुआ, डर भी बहुत लगा डॉक्टर बाबू–हम लोगों की घास-फूस की झोंपड़ी है, हमेशा डर लगा रहता है।'

'तुम दो दिन की दवा ले जाओ। कल अगर कर्फ्यू हो तो आने की जरूरत नहीं है। अफ़ज़ल तो उधर से ही आता है, वही तुम्हारे बेटे का हालचाल पूछता आएगा।'

उपसंहार का प्रारंभ–सादिक अली की लाश वापस मिलने के बाद दस अप्रैल को जमात कमेटी उसे 'शहीद' बनाकर एक जुलूस निकालना चाहती थी, पुलिस ने अनुमति नहीं दी। कब्रिस्तान में उसके कब्र पर जियारत करते समय स्थानीय जमात कमेटी के आमंत्रण पर बाहर से आए मुल्ला-मौलवियों ने 'काफिरों' के हाथों मारे गए शहीद की मौत पर काफी कुछ आग उगली, जिस पर पुलिसवालों ने आपत्ति की कि उससे उस इलाके की शांति भंग हो जाएगी। जब उन्होंने दूसरी बार आपत्ति जताई और जबर्दस्ती वक्ता को बैठने के लिए विवश किया और धमकी दी कि आदेश न मानने पर उन्हें गिरफ्तार कर लिया जाएगा तो बस पुलिस पर ईंट-पत्थर फेंके जाने शुरू हो गए।

अपने पराये

आखिरकार वही हुआ जिससे बचने की बात मैंने सोची थी। हालाँकि मेरा यह सोचना शायद यथार्थसम्मत नहीं था। प्रतिदिन ही शहर में दो-चार लोग पकड़े जाते थे। उनमें से सभी पार्टी कर्मी थे, ऐसा नहीं था। कोई शायद सचमुच का समर्थक रहा हो, बाकी तो ऐसे थे जिनके घर में किसी ने भोजन किया था या एक रात के लिए आश्रय लिया था। पुलिस वाले उन्हें ले जाकर खूब मारते-पीटते थे। रिक्शावालों या बीड़ी बनानेवालों की बस्तियों में अभी पुलिस नहीं घुसी थी। शायद उन्हें हिम्मत नहीं हो रही थी। इन बस्तियों का आयतन तो छोटा नहीं था, एक-एक में हजार से कम लोग नहीं रहते होंगे। इन बस्तियों में असंख्य सँकरी गलियाँ, चोर रास्ते थे, किसी बाहरी व्यक्ति के लिए अंदर आ जाने के बाद खुद रास्ता पहचानकर बाहर निकल पाना कठिन था। इसके अलावा इन बस्तियों में एक और सुविधा भी थी, जैसे कि एस.एस. बस्ती के सभी लोग जी.एस.एस. बीड़ी कारखाने में काम करते थे, चिटाडांगा बस्ती के कुछ लोग रिक्शा चलाते थे, कुछ बाजार में बोझ ढोते थे मतलब कि मोटे तौर पर यहाँ के सभी लोग एक-दूसरे के पसीने, कड़ी मेहनत, किसी दिन काम न पाने की हताशा से वाकिफ रहते थे। इन सब बस्तियों के अंदर पुलिस को रास्ता अथवा किसी का घर बतानेवाला कोई नहीं था। बस्ती के अंदर कोई भेदिया नहीं रहता था। लेकिन पुलिस बस्ती के बाहर के दो-चार लोगों को उठा ले गई थी। कोशिश करने पर दो-चार दिनों में ही किसी-किसी को जमानत भी मिल गई थी, लेकिन जमानत पर जो लोग छूटे थे उनकी हालत देखकर बाकी लोगों में से अधिकांश थोड़े भयभीत हो गए थे। दरअसल यह स्पष्ट था कि उन्हें डराने के लिए ही उन्हें जमानत पर छोड़ा गया था। विधु, विजय दा, कालू दा, उतनी कम उम्र का दिलीप,

अभी उसके पंद्रह भी पूरे नहीं हुए थे, सभी की जैसे दुर्गति कर दी गई थी।

लोग तरह-तरह की खबरें लाते थे। एक बार सुना कि सीआरपी की दो बटालियन आई थीं, यह खबर भी सुनी कि राजनैतिक कार्यकर्ताओं को पकड़ने के लिए विशेष ट्रेनिंग प्राप्त स्पेशल ब्रांच पुलिस की एक अलग टुकड़ी आई थी, जो चुन-चुनकर हम कुछ लोगों को ही ढूँढ़ रही थी। यह बात सच थी कि बाहर से आए पुलिस जवानों से यह पूरा शहर भर गया था। पकड़े गए जिन लोगों को जमानत मिल गई थी उनमें से कइयों ने दूसरों को बताया था कि उन्होंने मेरे बारे में उनसे सघन पूछताछ की थी।

शहर में जो लोग बचे हुए थे उनके लिए जरूरत मुताबिक कहीं आना-जाना भी असंभव हो गया था। उनकी अपेक्षा हम लोग गाँव में काफी हद तक स्वच्छंद महसूस करते थे। आसपास के गाँवों में कोई बड़ा जोतदार नहीं था। छोटे या मँझोले जोतदार समूहों में शहरों या बड़े कस्बों में रहने लगे थे। उनके घर के सामने पुलिस पहरा देती थी। बंदूक के चेन से बँधी पुलिस। फलस्वरूप गाँव काफी हद तक खाली हो गए थे।

लगभग हर गाँव में सजग, सतर्क रहकर गाँव वाले ऊँची दीवार की तरह हमें घेरे रखते थे लेकिन कस्बों में भी पुलिस लोगों को परेशान कर रही थी। किसी के भी घर में घुसकर वे तोड़फोड़ मचा देते थे, किसी को भी पकड़कर अपने साथ ले जाते थे। लेकिन एक भी व्यक्ति ने जानबूझकर या किसी लालच में आकर हमें पकड़वाने की बात नहीं सोची थी। अत्याचार सह न पाने के कारण किसी की जबान से कुछ निकल गया हो, यह बात अलग थी।

असली दिक्कत एक दूसरे मामले में थी। शहर या शहर के निकटवर्ती क्षेत्र के कामरेडों की लगातार गिरफ्तारी के कारण पार्टी यूनिट का संपर्क सूत्र ही टूट गया था। हम लोगों को कहीं भी किसी की खबर नहीं मिल रही थी, न हम खबर ही दे पा रहे थे। यहाँ के खेतिहर कामरेडों के साथ रहकर कुछ दूसरे गाँवों में प्रचार जोरदार करने का काम हो जरूर रहा था लेकिन अत्याचार और गिरफ्तारी की उड़ती अफवाहों के अलावा शहर की कोई और खबर, जिला कमेटी की कोई समस्या या निर्णय से हमें अवगत करानेवाला कोई नहीं था। जेल तोड़ने की भी एक योजना बनी थी, लेकिन अंतिम क्षणों में उसके बारे में भी कुछ पता नहीं चला। आखिरकार शहर में आना ही पड़ा। अंदर से संपर्क रखने वाला कूरियर भी पकड़ा गया था, इसका भी हमें पता नहीं था। उतनी जल्दी कोई और शेल्टर चेक करने का समय नहीं था।

घर में ताला बंद देखकर सोचा था चपला भोजन करने गई होगी। वह म्यूनिसपैलिटी में मेहतर का काम करती थी। उसे बाबू लोग इंसान ही नहीं समझते थे, इसे लेकर हम लोग पहले भी निश्चिंत थे। बल्कि कहा जाय इस निश्चिंतता को हमने एक और दरवाजा समझ लिया था अन्यथा सिर्फ एक दरवाजे वाले घर में रहना तो हम कभी का छोड़ चुके थे। परिचित जगह से चाभी लेकर कमरे का ताला खोला। उसका इंतजार करते-करते न जाने कब फर्श पर ही आँख लग गई। और वह भी मुर्दे की तरह, जिसकी कोई भी इंद्रिय सजग नहीं थी। बूटों की आवाज से जब नींद खुली तो देखा कि पुलिस ने मुझे घेर लिया था। इसका मतलब चपला को कैद करके इस घर को इन लोगों ने जाल के रूप में इस्तेमाल किया था। आज ताला खुला देखकर उन्होंने मुझे घेर लिया। पहले तो मुझे खुद पर ही बेहद क्रोध आया, अपनी मूर्खतापूर्ण नींद के लिए। मैं अकेली थी, पहरे की बात मेरे ध्यान में क्यों नहीं आई। तब तक दरवाजे पर बड़े जोर का धक्का पड़ने लगा था। उनके दरवाजा तोड़ने से पहले ही मैंने उसे खोल दिया। जब वे भड़भड़ाकर घुस रहे थे तब मैंने दरवाजे के खुले हिस्से से उधर देखा। तीन वर्दीधारी जवान अचानक क्या सोचकर मेरे सीने पर संगीनें तानकर चीखने लगे–

'हिलते ही गोली चल जाएगी। खबरदार हिलना मत।'

हिलने की जगह भी कहाँ थी ! चपला की वह छोटी कोठरी, रसोईघर सब जगह पुलिस के जवान भरे हुए थे। मैंने दरवाजे के बाहर देखा। इस मुहल्ले की सारी गलियों को मैं आँख मूँदकर पार कर सकता था। मंद स्ट्रीट लाइट की रोशनी में ढेरों चमकती संगीनों पर मेरी नजर पड़ी। उन्हें जो करना था वे कर रहे थे, मेरे दिमाग में यही चिन्ता थी कि अपने पकड़े जाने की खबर मैं दूसरों तक कैसे पहुँचाऊँ।

वे लोग शायद रूटीन चेकअप के लिए आए थे। या उन्होंने सोचा होगा कि हर बार की तरह मैं इस बार भी आखिरी क्षणों में उनके हाथों से बचकर निकल जाऊँगी। अन्यथा साथ में इतने सीआरपी थे मगर हथकड़ी नदारद थी। वे जैसे खुद ही अपने को अस्तव्यस्त पा रहे थे। पहले चपला की कपड़े टाँगने वाली रस्सी तोड़ रहे थे, फिर जाने कहाँ से एक बंडल मोटी सफेद रस्सी ले आए, जिससे उन्होंने मुझे कसकर बाँध दिया। चप्पल ढूँढ़ने की बात मेरे ध्यान में नहीं आई। मैंने सोचा, कल ही मुझे लग रहा था कि मेरा दिमाग बहुत शान्त है लेकिन शायद असल में मैं भी भीतर-भीतर बेहद उत्तेजित था, अन्यथा उन छोटी पर्चियों को चबाकर निगलने में मुझे इतना वक्त क्यों लगा ? मुँह में लार बिल्कुल सूख गई थी। दोनों हाथ सख्त करके बँधे होने पर ठीक से चला नहीं जाता। उनकी जीप गली के एकदम बाहर

बड़े रास्ते के मोड़ पर ट्यूबवेल के किनारे खड़ी थी। तभी देखा कि वहाँ पुलिस की दो गाड़ियाँ और थीं। वे मुझे जीप में ले जाएँ या गाड़ी में—कुछ देर विचार-विनिमय के बाद आखिरकार उन्होंने मुझे जीप में ही सामने की सीट पर दो अफसरों के बीच में बैठा दिया।

कुछ और आगे जाकर सिनेमा हॉल के मोड़ पर पहुँचकर देखा कि जितेन की चाय की दुकान पर दो-एक लोग बेंच पर बैठे हुए थे। दाहिने ओर के रास्ते से कुछ लोग बातें करते हुए आ रहे थे। इसका मतलब सिनेमा का नाइट शो छूटा था। ठीक से मैं कुछ सोचती उसके पहले अचानक मेरे गले से नारे की आवाज निकलने लगी। मैं उतनी जोर से चिल्ला सकती हूँ, मुझे खुद यह बात पता नहीं थी। तीसरी बार मुँह खोलने के पहले ही दाहिनी ओर बैठे अफसर ने मेरे मुँह पर थप्पड़ मारा। मेरा मुँह खून से सन गया। हालाँकि आगे मैं यूँ भी नारे नहीं लगाने वाली थी। क्योंकि जिन्हें सुनाना था उन्हें मैंने सुना दिया था और आगे की सड़क सूनी थी। मगर जो मैं चाहती थी खाकी वर्दी वालों ने उसे अच्छी तरह से अंजाम दे दिया था। मेरे नारों की आवाज सुनकर चाय की दुकान के सामने खटिये पर बैठे, गली से आने वाले लोग अचानक चौंक गए। किसी ने चिल्लाकर पूछा, 'किसे ले जा रहा है ?'

जीप के पीछे बैठे वर्दीधारियों में से किसी ने बड़ी खुशी से बड़ी जोर से कहा, 'तुम लोगों की मीरा को लिये जा रहे हैं, कल लाश लेने आ जाना।'

इतनी देर में एक बात साफ हुई। इतनी सीआरपी यहाँ की नहीं थी। पुलिस अधिकारियों के चेहरे और उनकी अपनी बातों से लगा कि वे भी बाहरी है। मैं सोच रही थी मुझे पहचानने में इनकी मदद किसने की ? इनके पास अगर मेरी तस्वीर भी रही हो तो वह कॉलेज की रही होगी, जहाँ तक मुझे पता है मेरी सारी तस्वीरें घर से हटा दी गई हैं। अगर उन्हें कहीं से कोई मिल भी गई हो तो उस तस्वीर से वर्तमान चेहरे का कोई मेल नहीं है। मैं चपला की साड़ी पहने हुए थी, उसी के जैसे रूखे बालों का जूड़ा बँधा था, माँग भी उल्टी काढ़ी थी, काफी दिनों तक गाँव में रहने के कारण चेहरे की त्वचा भी धूप से काली पड़ गई थी—फिर ? किसी परिचित के सहयोग के बिना सिर्फ तस्वीर देखकर या चेहरे का वर्णन सुनकर झट से पहचान लेना मुश्किल था। वे मुझे पहचान गए थे यह तो ठीक था क्योंकि एक बार भी किसी ने मेरा नाम नहीं पूछा। इसका मतलब जो लोग सामने नहीं आए थे उन्हीं में से किसी ने मुझे पहचनवाने का काम किया था। पीछे से जिन लोगों ने बाँग्ला में बात की थी क्या उनमें से किसी ने ? या ऐसा कोई जो पुलिस का आदमी न हो। चपला के बारे में पुलिस को कैसे पता चला ? बहुत थोड़े लोगों के अलावा

चपला के बारे में किसी को कोई जानकारी नहीं थी। फिर कौन ? खैर–अब यह खबर दबी नहीं रहेगी। कल सुबह तक लोगों को पता चल ही जाएगा। लेकिन इस बार वे लोग और सावधान होकर बैठ गए। बाएँ ओर बैठे अधिकारी ने अपनी पिस्तौल मेरी पसलियों से सटा दी, दाहिने ओर बैठे अधिकारी ने कहीं से एक कपड़ा निकालकर मेरी आँखें बाँध दीं। उस कपड़े से बहुत बुरी महक आ रही थी। आँखें कस कर बँधी होने के कारण आँखों के बगल की हड्डियाँ दर्द करने लगीं। दुर्गन्ध से मैं समझ गई कि वे लोग शराब पिए हुए थे। कपड़ा कसकर बाँधा जरूर था लेकिन ठीक से बाँध नहीं पाए थे। नाक की बगल से मैं अपने और उनकी गोद के पास के कुछ हिस्सों को देख पा रही थी। रास्ता जितना लम्बा था और वह जीप जिस तरह धचके खा रही थी, उससे लग रहा था कि वे थाने की ओर नहीं जा रहे थे। आज मुझे ख्याल आया कि कल उस वक्त मैं जरा भी नहीं घबड़ायी थी। क्यों ? घबड़ाना ही तो स्वभाविक था। मैं सचमुच पुलिस के हाथों पड़ गई थी मुझे इस पर यकीन नहीं हो रहा था, इसके बाद क्या होगा इसकी चिन्ता और उत्तेजना से ही शायद घबड़ाने की बात मेरे ध्यान में नहीं आई होगी।

आखिरकार किसी एक गेट से घुसकर वह जीप झटके से रुकी। हाथ बँधे होने के कारण मैं डैशबोर्ड पर झटका खाकर गिरी। बगल के अधिकारी ने मेरे कंधे पर हाथ रखा। आँखों पर पट्टी होने के बावजूद उनके हावभाव के बदलाव को मैं स्पष्ट महसूस कर रही थी। चपला के यहाँ, रास्ते के मोड़ पर, मुझे जीप में ले जाएँ या वैन में यह तय न कर पाते वक्त एक अफसर जैसे व्यक्ति ने मेरे कंधे पर हाथ रखकर 'उधर चलिए' कहा था। मेरे जोर से डाँटने पर उसने झट से अपना हाथ पीछे खींच लिया था। बाकी लोगों ने भी कुछ चौंककर 'कोई बात नहीं, कोई बात नहीं' कहकर बात सँभाल ली थी।

लेकिन अपने इलाके में पहुँच जाने के बाद, मैं समझ गई, उनके हावभाव बदल गए थे। बाईं ओर बैठे व्यक्ति ने अपनी पिस्तौल हटाकर मेरा हाथ खींचकर गाड़ी से उतारा। शायद ऐसा मुझे भड़काने के लिए किया था। मुझे कुछ लोगों के पाशविक उल्लास की आवाज सुनाई पड़ी। गालियाँ भी सुनने को मिलीं। आश्चर्य इन आदमियों में से किसी से भी मेरा परिचय नहीं था, कोई दुश्मनी नहीं थी। ये बाहरी पुलिस नहीं थे, हमारी जबान में ही बातें कर रहे थे। बाद में देखा कि उनमें से कुछ की उम्र भी काफी कम थी। शायद नजदीक के ही किसी कॉलेज, विश्वविद्यालय के छात्र भी रहे हों। इसके बावजूद अपने ही देश की एक लड़की को पीटने का मौका पाकर कितने खुश हो गए थे। क्यों ? पुलिस या सैनिक बन जाने पर क्या लोगों में कोई

रासायनिक परिवर्तन हो जाता है क्या ?

हालाँकि उस वक्त, ये सारी बातें बहुत स्पष्ट महसूस नहीं हुई थीं। इसका मौका ही नहीं था। आँखों की पट्टी खोल देने के बाद आँखें एकाएक चौंधिया गई थीं। इसके बाद एक मँझोले बिना खिड़की के कमरे पर नजर गई थी। उस खाली सफेद दीवारों वाले उस कमरे में सिर्फ उन अहिंसा प्रचारक नेता का चित्र टँगा था और एक खाली मेज पड़ा था जिसके सामने दो-तीन कुर्सियाँ थीं। यह इस शहर का सदर थाना नहीं था।

रोशनी कम होने के कारण उन वर्दीधारियों के चेहरे मैं ठीक से देख नहीं पा रही थी। उनमें से एक आगे बढ़ आया। इसे मैं पहचानती थी। सब-इंस्पेक्टर था। बाजार के करीब ही रहता था। दुश्चरित्र और शराबी था। अपनी औरत को पीटते हुए उसे अनेक बार देखा था। वह मुझे बचपन से जानता था। मेरे माता-पिता को भी जानता था ? अभी भी वह काफी नशे में था, यह स्पष्ट था। उसने जात्रा नाटक के नायकों की तरह अपने माथे पर जुल्फें गिरा रखी थीं। कमर के पट्टे से रिवाल्वर निकालकर नचाते हुए बोला, 'अब तू बता, हमसे तू कैसे व्यवहार की आशा करती है ?'

उसकी इस नौटंकी पर मुझे वाकई हँसी आ गई। यह आदमी अपने को क्या समझ रहा था ? एक सप्ताह पहले भी सड़क पर दीख जाने पर नजर बचाकर भाग जाता था और आज अपने लोगों की भीड़ के सामने नाटक का संवाद बोल रहा था। वह भी किसी स्तरहीन नाटक का। उसने अपना चेहरा करीब लाकर मेरी आँखों में देखने की कोशिश की, मगर उसकी आँखों में कोई भाव नहीं था। उसने फिर पहले की तरह ही कहा, 'बता, हमसे तू कैसे व्यवहार की आशा करती है ?'

अब चुप रहते नहीं बना। मैंने कहा, 'जानवर की तरह।' यह शायद उसके संवाद का उपयुक्त जवाब नहीं था।

'क्या मतलब ? ऐसा क्यों चाहती है ?'

'आप जैसे जानवरों से और क्या आशा की जा सकती है ?'

ये बातें कल रात की थीं। कल की या परसों की ? अब वक्त क्या होगा ? सुबह या दोपहर का ? यह शायद कहीं का लॉकअप था। दीवार की ऊँचाई पर बने एक छोटे आले से भला कितनी रोशनी आती है ? एक मटमैला गंदा साया, अँधेरे से भी खराब। धुँधलके में आसपास का कुछ अनुमान लगाया जा सकता था, मगर कुछ नजर नहीं आता। उसे प्रकाश न कहकर कुछ और कहना चाहिए। यहाँ से वह आला भी नजर नहीं आता। जिस दीवार से सटी मैं पड़ी हुई थी उसी के

एकदम ऊपरी हिस्से में वह आला था। अगर किसी तरह लुढ़कती हुई उधर जा पाती तो शायद उसे देख सकती थी। मगर देखकर भी क्या होता ? मगर लग रहा है कि इस वक्त यही बेहद जरूरी काम था, क्योंकि तभी पता चलता कि भीतर आने वाला प्रकाश इतना मटमैला क्यों है ? आले का शीशा पीले रंग का है या गंदा हो गया है। लेकिन मुझसे जरा भी हिलते नहीं बना। लगा कि यह मेरा शरीर ही नहीं था, इतना भारी, सिर्फ दर्द का एक गट्ठर। लग रहा था यह भी सदर थाना नहीं है। सदर थाने के भीतर के लॉकअप से भी बाहर की सड़क थोड़ी-बहुत नजर आती है, इसके सामने तो सिर्फ एक ढका बरामदा था, उसके दाहिने तरफ ओढ़काया हुआ एक दरवाजा। मैं बाईं ओर देख नहीं पा रही थी। मगर वह सड़क नहीं थी, यह समझ गई। मैंने सिर घुमाकर देखने की कोशिश की। सिर लग रहा था लोहे का हो गया था। उसे उठा नहीं सकी। मुझे यहाँ पकड़कर ले आने पर वे कितने खुश हुए थे। उन्होंने सोचा भी नहीं होगा कि वे मुझे पकड़ लेंगे। बार-बार जैसा होता आया था—वे जाकर शोरगुल, हुज्जत करते, मगर मुझे पकड़ न पाते, शायद इस बार भी कुछ ऐसा ही सोचकर आए थे। इसलिए हथकड़ी भी साथ नहीं ले गए थे। मुझे पकड़ने के बाद रास्ते भर ऐसा हो-हुल्लड़ मचाते आए थे जैसे कोई लड़ाई जीतकर लौट रहे हों। वह भी तब जबकि दो गाड़ी सीआरपी के जवान उनके साथ थे। लेकिन चपला के मकान की जानकारी किसने दी ? वह और भी क्या-क्या जानता होगा ? कौन हो सकता है वह ? चपला का क्या हुआ ? उसे कहाँ रखा है ?

कल उन्होंने कोई सवाल नहीं पूछा था, कुछ भी जानने की कोशिश नहीं की थी, बस एक बार सर्च करके देखा था कि मेरे पास बम-पिस्तौल वगैरह तो कुछ नहीं है ! मेरे पास ये सब चीजें कभी नहीं रहीं, मेरी इस बात पर उन्हें यकीन नहीं आया। बोले, 'आज शायद साथ नहीं लाई हो। लेकिन तुम्हारे पास दो पिस्तौल रहते हैं, हमें पता है।'

क्या कहती ! उनकी समझ के अनुसार हमारी निडरता के पीछे वे हथियार होते थे, जिनसे किसी का खून किया जाता है। हालाँकि जब उन्होंने सुबोध को पकड़ा था तब भी उन्होंने देखा था कि उसके पास एक रद्दी किस्म का पाइपगन था, जिसकी गोलियाँ खत्म हो गई थीं। यह भी देखा था कि दो दिन लगभग भूखे रहने वाले इकलातीस-बयालीस किलो के वजन के उस लड़के में कितना साहस था। असल में गाँव के अंतिम दो दिन सहजन पत्ती को उबालकर खाने के अलावा भोजन के नाम पर उन्हें कुछ भी नसीब नहीं हुआ था। इसके अलावा चारों तरफ कितना कीचड़ था, उसके पैर धँस रहे थे उसमें, इन्हीं सब के कारण शायद सुबोध पकड़ा गया

था। जी.एस.एस. बस्ती के कालू दा की औरत उसके लिए रोटी बनाकर शाम तक इंतजार में बैठी रही थी। उसके बाद उसे पता चला था। हमारे असली साहस और भरोसे को ऐसे लोग समझ ही नहीं सकते जो सिर्फ नौकरी की खातिर अकारण अपरिचित लड़कों और लड़कियों पर अत्याचार करते हैं। इसीलिए मेरे पास कोई हथियार न देखकर लगा कि वे हताश हो गए थे। जीप से उतरकर उन्होंने शायद दस मिनट भी नहीं लगाए होंगे, मेरे हाथ पीछे बँधे हुए थे, इसी हालत में उन्होंने मुझे खड़ा रखकर अपनी कमर से बेल्ट निकाल लिया। दो एक के हाथों में शायद संगीनें भी थीं। मुझे साफ नजर आ रहा था उनके दाँत निकल आए थे, आँखें राक्षसों जैसी हो गई थीं, उनके हाथ उठने और गिरने लगे। बेल्ट की चोट मुझे ही लग रही थी, कुछ देर बाद इसका ख्याल नहीं रहा। यह बात मैं पहले भी सुन चुकी थी, कल प्रत्यक्ष अनुभव भी किया कि शरीर में दर्द महसूस करने की एक चरम जगह होती है, उस हद से गुजर जाने के बाद फिर दर्द का एहसास नहीं होता। फिर जब किसी के हाथ बँधे हों, शरीर का संतुलन बनाए रखना मुश्किल हो, और आँख मूँदकर जब उस पर लगातार प्रहार होता हो तब शायद अंदर से ही इस तरह की मार खाते रहने का मन तैयार हो जाता है। जब मैं जमीन पर गिर गई तो अपने बूटों से लगातार ठोकरें मारकर वे मुझे कमरे में लुढ़काते रहे, उस वक्त किसी ने मेरे बाल पकड़कर मुझे खड़ा किया, मुझे धुँधला नजर आया कि किसी का बेल्ट छिटककर दीवार पर लगा था, उस दीवार पर लाल निशान पड़ गए। मेरी आँखों के सामने सिर के भीतर एक मटमैला लाल पर्दे का एहसास होने लगा। कब वह सब थमा, कौन मुझे यहाँ ले आया, कब लाया—मुझे कुछ याद नहीं। स्पष्ट रूप से कुछ भी याद नहीं कर पा रही थी मगर कमरे में लाकर जब मुझे पहली बार इस मेज के सामने खड़ा किया था उस वक्त मेज पर एक अखबार पड़ा था जो 'दैनिक वसुमति' था, इसकी स्पष्ट याद है। भयंकर दर्प के कारण इस वक्त मुझे खुद पर गुस्सा आ रहा था। पुलिस तो यह सब करेगी ही, और भी न जाने क्या करेगी। लेकिन इतने से ही मेरा शरीर ऐसा जड़ क्यों हो जाएगा ? यह तो उनके आगे हार मानने वाली बात हुई, शर्म की बात ! एक क्रांतिकारिणी का शरीर उसके कहने पर चलेगा या सिपाहियों के कहने पर ? तुम क्यों सिर उठाकर देख नहीं पा रही हो ? तुम्हें देखकर वे समझ गए हैं कि तुम पर अत्याचार करके उन्होंने तुम्हें परास्त कर दिया है। छिः !

मगर उस लॉकअप में मैं अकेली नहीं थी, यह बात इतनी देर बाद समझ में आई। अब तक मैंने अपने को काफी हद तक सँभाल लिया था। मुझे अब तक लगा ही नहीं था कि वहाँ कोई और भी हो सकता है, अब धुँधला-धुँधला सा लग

रहा था कि मेरे पैरों के पास थोड़ी दूर पर सिर से पैर तक कपड़ा ओढ़े कोई लेटी हुई है। उसने एक बार भी कोई आवाज़ नहीं की। वह क्या चपला है ? जीवित तो है ? जरा भी हिल-डुल नहीं रही है। चपला को उन लोगों ने मार तो नहीं डाला ? या कोई और साथी है ? अगर मैं उठ पाती—

इतनी जोर-जोर से कौन आवाज कर रहा था ? क्या कह रहा था ? खाना लेने के लिए कह रहा था ? मैं तो नहीं खाऊँगी। मुझे भूख नहीं थी। पानी पिऊँगी। कह तो रही हूँ पानी पिऊँगी, सुनाई नहीं पड़ रहा है ? हाँ, अब सुना है। उसने सलाखों के बीच से एक अल्यूमीनियम का गिलास बढ़ा दिया। उसे वापस ले जाने के लिए वह खड़ा रहा। फिर दाँत निकालकर हँसते हुए बोला, 'खाना खा लो, अभी तो काफी कुछ सहना है।'

यहाँ पर जो भी हँसता जाने क्यों उसके बड़े-बड़े दाँत नजर आते।

आज का दिन कितना लंबा था। नींद भी नहीं आ रही थी। साफ-साफ कुछ सोच भी नहीं पा रही थी। मेरे पकड़े जाने के बाद काम का किस तरह बँटवारा किया जाएगा ? यह भी जरूर पता चल गया होगा कि चपला का घर अब सुरक्षित नहीं रहा। किसने ऐसा किया था, क्या इसका पता चल पाएगा ? मेरे पकड़े जाने की खबर गाँव में पहुँचने पर वहाँ के साथी जरूर उदास होंगे लेकिन गाँव कमेटी जरूर प्रचार और संपर्क की व्यवस्था का कार्य सँभाल लेगी। मैं साफ-साफ कुछ भी सोच नहीं पा रही थी। मेरा सिर बेहद भारी था।

मैं किसी तरह दीवार के सहारे बैठ गई। लॉकअप के अंदर ही उधर बाथरूम था, अब उसकी दुर्गंध महसूस कर रही थी। जो औरत इधर लेटी हुई थी वह चपला नहीं थी। वह उठकर धीरे-धीरे चलती हुई बाथरूम की ओर गई। उसने मेरी ओर देखा मगर कुछ कहा नहीं। उसका पूरा चेहरा बेहद सूजा हुआ था। जमीन पर पैर रखते हुए उसे बहुत तकलीफ हो रही थी। लेकिन वह अकेली नहीं थी। उसके साथ कोई और भी थी। दोनों ने एक ही कपड़ा ओढ़ रखा था। अभी जिसे मैंने देखा, वह जब उठ गई तब भी वहाँ कोई एक और लेटी हुई थी। उसे देखकर लगा कि वह किसी देहात की लड़की थी। लेकिन उसने कोई बात नहीं की। मैंने उसकी ओर देखकर इशारों से बात करने की कोशिश की।

मैं टाँगें फैलाए बैठी हुई कितनी विचित्र लग रही थी। मेरे शरीर के कपड़े फटे हुए थे, देह पर खून के निशान थे। मगर पैरों में मेहँदी चमक रही थी। चाँदी के बिछुवे भी मैं पहने हुए थी। शहर में आने से पहले महजबीं की माँ ने पहना दिए थे। कहा था, 'दिन रहते चली जाओ। रिक्शा के सामने पर्दा पड़ा रहने पर

और नीचे से मेहँदी लगा पाँव नजर आने पर भीड़-भाड़ में कोई ध्यान नहीं देगा।'

ठीक ही कहा था। अभय मुझे उतारकर गली के मोड़ से चला गया। मैं घूमकर गली के पिछवाड़े की ओर से शाम ढलते समय पहुँची थी। इस तरह पहले भी आ चुकी थी। इस बार गड़बड़ यह हुई कि मेरे आने की खबर बस्ती में किसी को नहीं थी। पता होता तो जैसे भी हो वे मुझे सूचना दे देते। चपला के न आने की बात मैं कैसे जान पाती ? असल में ज्यादा ही आत्मविश्वास के कारण मैं असावधान हो गई थी। गफलत तो हो ही गई थी। मेरे बारे में सिपाही तो खुद ही बता चुके थे। क्या कहा था उन्होंने, 'कल लाश लेने आ जाना।' अभी तक तो जिंदा हूँ। उन लोगों ने क्या योजना बना रखी है कि रात में... ? मैं क्या डर रही हूँ ? नहीं, डर नहीं रही हूँ। कल सुबह नींद टूट जाने के बाद से इस पर काफी सोच चुकी थी। मरने से डरने की कोई बात नहीं थी। बल्कि आज अगर ये लोग यहाँ मेरी जान ले लें तो कल से खाकी वर्दियों का इस शहर में बाहर निकलना मुश्किल हो जाएगा। दूसरों का भी साहस बढ़ेगा। हाँ यह पता है कि वे लोग सता-सताकर मारते हैं। इसी तरह वियतनाम में मारा था, कांगो में लमुम्बा की बीभत्स हत्या की थी। उसके पहले फासिस्ट यह काम करते थे। ये लोग अत्याचार करने की वैज्ञानिक ट्रेनिंग लेते हैं—इन्सान होने के बावजूद। अच्छा, इन सबके बाद ये घर पहुँचकर नहा-धोकर कपड़े बदलकर घर के लोगों के साथ हँसी-मजाक करते होंगे ? बच्चों को गोद में लेकर प्यार करते होंगे ? जिस अफसर ने दिलीप की जान ली थी उसने भी क्या उस दिन घर लौटकर अपने बेटे से हँसकर बात की थी ? कोई कैसे इन कृत्यों को अच्छा या स्वाभाविक ठहरा सकता था ? माँ से सुना था कि आजादी के पहले अंग्रेजों के सिपाही स्वाधीनता संग्रामियों पर बीभत्स अत्याचार करते थे। पुलिस क्या आज भी उन पुराने नियमों पर चलती है ? तब फिर अंग्रेज शासन के विरुद्ध उतने संघर्ष का क्या फायदा हुआ ? हमलोग इसे बदलना चाहते हैं। इन्सान इन्सानों की तरह रहें, वे जानवरों जैसा बर्ताव क्यों करें ?

अगर अत्याचार करके मुझे सता-सता के मारें—तो उनकी इच्छा। खुद को बचाने के लिए मैं कुछ कर भी नहीं सकती थी। मैं कम्युनिस्ट पार्टी से जुड़े रहनेवाले परिवार की लड़की थी, देश के लिए आत्मबलिदान की बात सुनते-सुनते ही बड़ी हुई थी। मैं मरने से नहीं डरती। बस मैं कुछ चीजें समझ लेना चाहती थी। बाहर के किसी से पूछ नहीं सकती थी, भीतर के लोगों से पूछने पर ठीक जवाब नहीं मिलता था, सोचा था धीरे-धीरे खुद ही समझ जाऊँगी—अकेले नहीं समझ पाऊँगी तो अपने आसपास के हमउम्र साथियों से पूछूँगी। बड़े लोग जो सब बातें करते हैं उनपर वे

खुद क्यों नहीं अमल करते ? पूछने पर नाराज हो जाते हैं। मेरे पिता जीवन भर पार्टी का काम करते रहे, जेल गए, किसी भी दिन अपने घर-परिवार का ख्याल नहीं किया। सभी मेरे पिता का बहुत आदर करते हैं, उन्हें मानते हैं। लेकिन फिर हम छह भाई-बहन पैदा क्यों हुए ? कुछ बड़े होने पर थोड़ी समझदारी आने के बाद मैंने यह बात एक दिन माँ से पूछी थी। माँ का चेहरा पहले लाल हो गया इसके बाद उन्होंने मुझे थप्पड़ मारा था। लेकिन यह तो मेरी बात का जवाब नहीं था। हालाँकि मुझे इस बात का खूब गर्व था, अभी भी है कि काफ़ी लोगों के पिता ही कम्युनिस्ट पार्टी के सदस्य होते हैं, लेकिन मेरी माँ भी पार्टी की सदस्या थीं। मैं राजनीति करने वाली, जेल काटने वाली माँ की बेटी थी। इसके बावजूद सवाल तो रह ही गया था।

मेरे माता-पिता हर समय कहते, रूस में, चीन में लड़के-लड़कियों को समान अधिकार हैं, समान सम्मान है, वे कहते, किसी पार्टी कार्यकर्ता के लिए कोई लड़का है या लड़की, यह सवाल बेमानी होता है, मगर मैं बस्ती के शेल्टर में लड़कों के साथ रात को सोई थी यह सुनने पर मेरे पिता ने इतनी खराब बात कही थी कि मैं यकीन नहीं कर पाई कि इन्हीं पिता को मैं बचपन से जानती आई हूँ। सबसे ज्यादा सवाल तो मेरे मन में अपनी दीदी को लेकर उठता है। दीदी को मैं बहुत चाहती हूँ। दीदी के लिए ही मुझे बड़ों पर सबसे ज्यादा गुस्सा आता है। यही सब बातें मैं समझ नहीं पाती, इसीलिए मुझे हमेशा लगता है कि हमारे बुजुर्ग मुँह से जो कहते हैं उसका कभी खुद पालन नहीं करते। दीदी जब माँ के गर्भ में तीन महीने की थी, तब माँ को जेल जाना पड़ा था। उस समय कम्युनिस्ट पार्टी अवैध थी। लेकिन माँ सभी के साथ कंधे से कंधा मिलाकर काम करती थी, डायमंड हार्वर के नजदीक के गाँवों में रही थी। मैं समझ नहीं पाती कि जब माँ ने यह निर्णय कर लिया था कि वह भूमिगत रह कर काम करेंगी, फिर ऐसे साहसी निर्णय के बाद दीदी माँ के पेट में क्यों आ गई ? यह क्या माँ की सुरक्षा की दृष्टि से खतरनाक नहीं था ? जब वह गर्भवती हो ही गई तब माँ को सुरक्षित रखने की बात किसी ने क्यों नहीं सोची ? जिस जुलूस में लाठी-गोली चलने की संभावना हो, जहाँ गिरफ्तार होने का खतरा हो, वहाँ माँ को भी साथ ले जाने की जरूरत क्यों समझी गई ? काकद्वीप के अहल्या की बात कहूँ, वह एक किसान की औरत थी, उनके यहाँ खुलेआम लड़ाई चल रही थी। मगर वह अपने भारी शरीर को लेकर अपना खेत और गाँव छोड़कर किसी दूसरी जगह नहीं गई। मैंने खुद देखा है, गाँव के बेहद गरीब लोग भी पहली बार गर्भवती को बहुत सावधानी से, यत्न से रखते हैं। जन्म लेने वाले

बच्चे और उसे जन्म देने वाली माँ—दोनों के जीवन को ही बेहद मूल्यवान समझा जाता है। मेरी माँ और मेरी दीदी के बारे में ऐसा क्यों नहीं समझा गया ? वैसी हालत में माँ ने औरों के साथ जेल में बारह दिनों तक अनशन किया था। मेरी दीदी पौष्टिकता के अभाव में जड़बुद्धि होकर पैदा हुई, यह किसका दोष था ? दीदी का ? कोई जान-बूझकर तकलीफ सहता है, यह अलग बात है। लेकिन जो पैदा होने के पहले ही अपनों के ही अविचार का शिकार हुई थी, उसका क्या दोष ? जो लोग पृथ्वी के सभी शोषितों से प्रेम की बातें कहते हैं वे लोग अपनी स्त्री, बच्चों, कॉमरेड के बच्चों से प्रेम करने, उनकी देखभाल करने की बात नहीं सोचते। और इस घटना के अन्याय को एक पार्टी सदस्य के साहस के उदाहरण के रूप में पेश किया जाता है। मेरे माता-पिता तो अभी भी पार्टी का काम करते हैं लेकिन मेरे छोटे भाई के अलावा मेरे दो बड़े भाई अच्छी नौकरी करते हैं। मँझली बहन की शादी भी अन्य आम लोगों की तरह ही एक नौकरीपेशे लड़के से की गई। सुहाग चिह्नों से युक्त होकर अब वह घूँघट काढ़े अपनी घर-गृहस्थी-सँभाल रही थी, साल में एक बार वह दो-तीन दिनों के लिए हमारे यहाँ आती है। सिर्फ दीदी, दीदी ही घर में इधर-उधर बैठी रहती है, साफ-साफ बात नहीं कर पाती, अपने कपड़े सँभालकर नहीं पहन पाती, मंदबुद्धि के कारण लिखना-पढ़ना भी नहीं सीख पाई। मेरे और छोटे भाई के अलावा कोई उससे प्यार नहीं करता। पिताजी भी नहीं। वह खीझते हैं। घर में मेहमानों के आने पर पहले उसे हटा दिया जाता था। वह जाना नहीं चाहती थी, मुँह से गों-गों की आवाज निकालती। हम लोग जब छोटे थे तब बैठक में लोगों के सामने पिताजी मुझसे कविता पाठ के लिए कहते। मुझे उस उम्र में सुकांत, विमल घोष की लंबी-लंबी कविताएँ याद थीं, उन्हें सुनाती। उस वक्त दीदी को दो-एक बार कमरे में बंद करके रखते हुए मैंने देखा था। कुछ बड़ी होने पर मैंने दोनों ही बंद कर दिया—कविता सुनाना और दीदी को कमरे में बंद करके रखना। माँ दीदी से प्यार करती है—अनेक बार दीदी के बाल काढ़ते, उसे अपने हाथों से खिलाते और रोते हुए देखा है। लेकिन पिताजी या किसी और के सामने दीदी के सिर पर कभी हाथ तक नहीं रखती। कई बार खुद से कहते सुना है—मेरे मरने के बाद इस दुश्मन का क्या होगा ?

लेकिन बचपन में उसकी चिकित्सा क्यों नहीं कराई गई ? हमें तो अच्छे स्कूलों में पढ़ाया गया। हमलोग ये सब तथा और भी बातें मुँह पर कहते हैं इसलिए इधर पिताजी मुझे और छोटे भाई को बर्दाश्त नहीं कर पाते थे। अनावश्यक बहसें होतीं। मेरे घर छोड़ देने की अशांति को माँ को ही झेलना पड़ा था। पिताजी ने माँ को खूब जली-कटी सुनाते हुए कहा था कि उन्हीं के कारण मैं इतनी बदतमीज हो गई

थी। हालाँकि पिताजी के आदर्श के अनुसार लड़के और लड़की में कोई फर्क नहीं होता। मुझे भी बचपन से ही सबसे ज्यादा पिताजी ही प्रेरित करते रहे थे।

इस वक्त माँ की याद सबसे ज्यादा आ रही थी। गाँवों और बस्तियों में जब मैं औरतों को दाल में पकी आटे की लिट्टी अपने पतियों को खिलाते देखती फिर उन्हीं से गालियाँ सुनती और कभी-कभी मार भी खाती। उस समय भी न जाने क्यों मुझे माँ की याद आ जाती। ऐसी जगहों की माताएँ अक्सर कहा करतीं—न जाने किस माँ की गोद खाली करके ये यहाँ आए हैं। इनके लिए इनकी माताओं का दिल कितना रोता होगा।

माँ को क्या अब तक किसी ने खबर दी होगी ? दर्द तकलीफ में लोगों के मुँह से माँ का नाम ही क्यों निकलता है ?

किसी को वहाँ नहीं देखकर उन दोनों में से एक धीरे-धीरे उठकर मेरे साथ चली आई। जिसे मैंने देखा था यह वह नहीं थी। उसने आकर मेरे माथे पर हाथ रखा। फुसफुसाकर बातें कीं। वे दोनों माँ-बेटी खड़गपुर के किसी गाँव से आई थीं। उस औरत का नाम खांदी था। उसे कुछ पता नहीं था। उसी दिन सुबह वह अपनी दो साल की बेटी को लेकर मायके आई थी। उसकी माँ शायद मिहिर राना का ठिकाना जानती थी। उसकी माँ के तलुवों में सिपाहियों ने आलपीन घुसेड़ दिया था। कहा था, आज न बताने पर रात को दोनों को ही काटकर फेंक दिया जाएगा। वे दोनों एक साथ ही मरें इसलिए वे दोनों वहाँ पर एक-दूसरे के गले से लगकर लेटी हुई थीं। मुझे उनकी बात सुनकर बड़ा आश्चर्य हुआ कि उन दोनों ने एक ही झटके में दोनों की गर्दन साथ कटने की बात पर यकीन कर लिया था लेकिन एक बार भी वे जो पूछ रहे थे उस बात को बताकर अपनी जान बचाने की कोशिश नहीं की।

'कामरेड तो भगवान होते हैं, उनसे क्या विश्वासघात किया जा सकता है ?' वह बोली। वह करीब बीस साल की रही होगी। वह तोतिया रंग की साड़ी पहने हुए थी। उसकी आँखें कोटरों में घुस गई थीं, ओठ सूख गए थे। उसका मर्द शायद दुबारा शादी कर लेगा। कितना कुछ उसके मन में रहा होगा, साध अधूरी ही रह गई। उसने मुझसे पूछा, 'क्या तुम 'कामरेट' हो ?' फिर वह खुद ही बोली, 'तुम लोगों की जीत होगी ही। धरती मैया और कितना पाप सहेगी ! हमारे गाँव के सभी लोग तुम्हारे दल के हैं। जीत जरूर होगी।'

उसे देखकर दूसरे ही क्षण उस लड़की की याद आई जिसके बारे में मुझे सुनील ने बताया था। मैंने उसे देखा नहीं था। सुनील जिस गाँव में गया था, उस गाँव

के एक बड़े जोतदार के गोशाले में वह काम करती थी, वह बँधुआ थी। चौदह-पंद्रह साल की उस लड़की को जोतदार का कर्ज न चुका पाने के कारण वहाँ काम पर लगा दिया गया था। उस लड़की को जोतदार के अत्याचारों से बचाने के लिए उस घर के बागान यानी चरवाहे ने सुनील से गुहार की थी। मगर कुछ करने के पहले ही न जाने किस संदेह वश उस लड़की को मारकर उसके गले में रस्सी का फंदा डालकर गोशाले के धरन से उसे टाँग दिया गया था। हम सभी कई दिनों तक बहुत उदास रहे थे। 'पाप' का हम लोग आखिर कितना जानते हैं ! खांदी बहुत कुछ जानती है।

रात में भी खाना देने आए थे।

नरक का भी नियम कानून रहता है, घड़ी रहती है।

गाड़ियों के आने की आवाज सुनाई पड़ रही थी। ये सब क्या यहीं आ रहे थे ? क्या किसी और को पकड़ लाए ? एक-दो संतरी और हम भोजन देने वाले आदमी को छोड़कर दिन भर वहाँ कोई और नजर नहीं आया था। यह जगह कहाँ पर थी ? साथियों को कैसे पता चलेगा कि हम लोग कहाँ पर हैं ? कहीं से घड़ी के घंटे की आवाज सुनाई पड़ी। समझ नहीं पाई कितना बजा है।

उसके भी काफी देर बाद लॉकअप का दरवाजा खुला। मुझे ही लेने आए थे। उस तरफ खांदी बउरी और उसकी माँ एक-दूसरे को जकड़कर लेटी हुई थीं। शायद अब उन्हें दुबारा नहीं देखूँगी। किसी को इस बात का पता भी नहीं चलेगा कि मैं जरा भी भयभीत नहीं थी। या शायद काफी दिनों बाद पता चले, जब ये जगहें खत्म हो जाएँगी, तब।

आज हथकड़ी पहनाई गई। पुलिवाला हथकड़ी का दूसरा छोर पकड़कर आगे-आगे चल रहा था। एक दूसरा पुलिसवाला बगल से गुजरते हुए लगभग फुसफुसाते हुए कहता गया, 'वहाँ पानी मत पीजिएगा, नींद की दवा मिली हुई है।'

कैसा पानी ? नींद की दवा क्यों ? अब यह सब कुछ भी सोच नहीं रही थी।

इसका मतलब, मददगार यहाँ भी थे। यहाँ भी कुछ लोग थे जो हमारा ख्याल रख रहे थे। हमारी बातें लोगों तक पहुँच जाएँगी। मुझे अब जरा भी डर नहीं लग रहा था।

मैं नरक के भीतर जाने के दरवाजे की ओर बढ़ रही थी, लेकिन अब मैं अकेली नहीं थी।

घृणा की समस्या

विगत दो दिनों से मैं एक समस्या में उलझ गया हूँ, किसी भी तरह उसका समाधान होना जरूरी है। लोगों के साथ कोई न कोई समस्या तो लगी ही रहती है, शांति कहाँ है। लेकिन वे समस्याएँ काफी हद तक जानी-पहचानी होती हैं—अपना या पत्नी-बच्चों का स्वास्थ्य, माता-पिता की बीमारी, जानलेवा बीमारी जैसे कि कैंसर, या फिर बेटे की नौकरी, बच्चों की स्कूल में भर्ती या लिखाई-पढ़ाई की समस्या, लड़की की शादी या उनका प्रेम यहाँ तक कि पति-पत्नी का एक-दूसरे के प्रति सन्देह, खटपट, अशांति इन सब समस्याओं में से कोई न कोई या फिर एक साथ कई समस्याओं का लोगों को सामना करना पड़ता है। किसी न किसी प्रकार उसका कोई समाधान निकालना ही पड़ता है। कभी समाधान निकलता भी नहीं। समस्याएँ बनी रहती हैं। हम लोग दफ्तर में कलम घिसने वाले लोग हैं, इससे ज्यादा क्या आशा की जा सकती है या आशा कर सकते हैं।

प्रत्येक समय अनेक प्रकार का झंझट रहता है। मेरे पिता और चाचा को खुलना छोड़कर आना पड़ा, इसकी याद मुझे अभी भी है। बहुत स्पष्ट याद नहीं है लेकिन माँ की गोद में चद्दर ओढ़कर रात के अँधेरे में कहीं जाने, नाव पर चढ़ने, अँधेरे नदी के पानी में पड़ती रोशनी की लकीरें पानी में काँपती हुई जरी के लंबे फीते की तरह लग रही थीं, जिस तरह के फीते से नवरात्रि के उत्सव में दुर्गाजी को सजाते थे—ये बातें अभी भी याद हैं। यह भी धुँधली सी याद है कि ट्रेन में काफी भीड़ थी, पिताजी ने शायद मुझे पपीता काटकर खाने को दिया था जो देखने में पीले रंग की नाव जैसा था। बस इतनी-सी याद है। बारासात के स्कूल में पढ़ने जाता था, जिसकी चारदीवारी बाँस की थी। दो-एक साल बाद ही शायद दशहरे के समय

दरवाजे पर ढेरों लाल गुलदाउदी खिले थे। इसके बाद तो पार्क सर्कस। वह बहुत अच्छा घर था, दौलतपुर वाले मकान से भी अच्छा था, मगर गुलदाउदी के फूलों के लिए मेरा और बूली का मन खराब था। इस वक्त पिताजी की नई नौकरी की कम तनख्वाह में खींचतान करके खर्च चलाने में माँ को काफी परेशानी होती थी, लेकिन इसे अब महसूस करता हूँ कि रुपयों को लेकर मेरे माता-पिता के बीच कोई झगड़ा-झंझट नहीं होता था। बल्कि दादी कभी-कभी हमारी थाली में दूध या मछली न रहने पर दुःख करती थीं—'अपने देस में तो...' उनकी बात मेरी माँ या पिताजी के कानों में जाते ही वे उनको टोक देते—'जो गया वह गया, बच्चों के दिमाग में उन सबको घुसाने से क्या लाभ।' दादी भी कहतीं, 'नहीं, मैं तो सिर्फ कह रही थी—याद तो पड़ता है—' कहकर वह चुप हो जातीं। बड़े भैया स्कूल में अच्छे नंबरों से पास होते। बूली भी शुरू से ही पढ़ने में अच्छी थी। इसके अलावा उपाय क्या था। हम इसे समझते थे कि रिजल्ट खराब होने पर माता-पिता का दिल दुखेगा। और हम लोग यह नहीं चाहते थे। पिताजी किसी-किसी दिन शाम या सुबह को चौकी पर पीठ सीधी करके बैठकर कविता पढ़ते—

'व्याकुल हैं लाखों लोग, अपने नीड़ में लौटने के लिए पंछियों की तरह।' या—

'धावा करते अंग्रेज सैनिक, भिड़े झाँसी की रानी से, जंगल में नदी के तीर'...'

हम तीनों भाई-बहन उस वक्त अपनी पढ़ाई बंद करके मुग्ध होकर सुनते रहते। माँ भी। मैं और भैया कुछ बड़े हो गए थे, बचपन के वे दिन कितने अच्छे थे, माँ रसोई में दरवाजे के पीछे मुग्ध होकर सुनती रहतीं। उनका चेहरा देखते ही लगता जैसे वे कहीं खो गई हैं। इसके बाद अचानक हम लोगों पर नजर पड़ते ही शर्माकर अपनी रसोई में व्यस्त हो जाती थीं। कभी-कभी किसी दिन देर रात को हम लोग बिस्तर पर लेटे-लेटे पिताजी को बाँसुरी बजाते हुए सुनते—हमें पता था कि वह उसे माँ को ही सुनाते थे। हालाँकि नित्य जीवन में वह आम लोगों जैसे ही थे। इसके बावजूद अपने माता-पिता को तकलीफ पहुँचाने लायक कोई काम हम कभी सोच ही नहीं पाते थे।

हालाँकि बिना कुछ सोचे हुए भी जीवन में कितना कुछ हो जाता है। पिताजी से सुनी कविताओं के शब्दों के झंकार से मैं जैसे खो जाता था और वे कविताएँ भी साहस, आत्मत्याग और वीरता की होती थीं। सिटी कॉलेज में पढ़ते वक्त संयोगवश कम्यूनिस्ट पार्टी के साथ संबंध जुड़ गया। इससे भी ज्यादा आश्चर्य की बात थी कि किसी काव्य-पाठ या वाद-विवाद की सभा में मुहल्ले की जिस दो चोटी वाली गोरी लड़की को मुग्ध होकर मैं अपनी ओर ताकते हुए पाता था वह लड़की अचानक

कब मेरे लिए इतनी मायावी बन गई कि उसे देखकर दिल धड़कने लगता था और जिस दिन वह नजर न आती उस दिन भी यही हाल होता था, शुरू-शुरू में मुझे इसका स्पष्ट एहसास ही नहीं हुआ था। पहले का कारण आज समझता हूँ, उन 64-66 के दिनों की हवा ही कुछ अलग थी। हवा दहकती रहती थी। ताप सन् 62-64 से ही चढ़ने लगा था। पिताजी सन् 64 से ही कुछ टूटने लगे थे, बल्कि दादी की मौत के और तीन साल पहले से ही वह टूट रहे थे, इसे हम समझ नहीं पाए थे। दादी की जिस साल मौत हुई मैं स्कूल फाइनल की परीक्षा दे रहा था। रवीन्द्रनाथ की जन्मशती मनाने के लिए चारों तरफ उत्सव का माहौल था। उन्हें सही में क्या बीमारी थी इसका पता नहीं चला था। खाना-पीना उन्होंने छोड़ दिया था, अक्सर बात भी नहीं करती थी। रोज हल्का बुखार रहता था, हाथ-पैरों और चेहरे पर सूजन रहती थी। जो भी बात वह करती वह दौलतपुर के मकान से संबंधित होती। दफ्तर से लौटकर दादी के न सो जाने तक मेरे पिताजी उनके बिस्तर के पास ही बैठे रहते। दादी जैसे अपने आसपास के परिवेश को भूल गई थीं। जो थोड़ी-बहुत बात बुदबुदाकर कहती भी थीं वे सभी दौलतपुर के बागीचे, कटहल के पेड़, अपने चरवाहे के बारे में होती थीं। अचानक किसी-किसी दिन दादी मेरी माँ को बुलाकर धीरे-से पूछतीं, 'नयन बहू, पिछवाड़े का दरवाजा बंद कर दिया है ? कल छोटी कोठरी के लकड़ी के बक्से से कपड़े वगैरह निकालकर जरा धूप दिखला देना।'

माँ आँसू पोंछते हुए वहाँ से चली जातीं जिनके साथ मकान की अदला-बदली करके पार्क सर्कस का यह मकान हमें मिला था, उन फैजुद्दीन साहब के दामाद बार्डर सिक्योरिटी में नौकरी करते थे। उस सुविधा के कारण ही वह शायद साल-दो साल में एक बार यहाँ आते थे। दादी को वह अम्माँ कहते थे। उनके आने पर दादी खोद-खोदकर उनसे न जाने कितनी बातें पूछती थीं—घर के, बगीचे के, मकान के आले तक की बातें। पिताजी कभी कुछ संकोच में भी पड़ जाते थे, पर फैजुद्दीन साहब, पिताजी के कहने पर हम लोग वर्षों से जिन्हें चचाजान कहते थे, पिताजी को चुप करा देते थे। कहते, भाई, हम लोग अपना मुँह सिए रहते हैं, कायदा-कानून मानकर चलते हैं मन की बात बाहर कह नहीं पाते। जो अपनी कह देते हैं उन्हें टोकिए मत। अम्माँजान की यहाँ जैसी हालत है वैसी ही वहाँ आपकी भाभीजान की भी है। वहाँ आपकी उतनी सारी जमीन, फलों के पेड़, तालाब सब है—फिर भी वह यहाँ के लिए आँसू बहाती है। मैं उसे रोकता नहीं। पता है, उनके आँसुओं में हमलोगों के भी आँसू होते हैं।

पिताजी उनके बेटों के बारे में पूछते थे। चचाजान का बड़ा लड़का तब तक

दौलतपुर के कॉलेज में भर्ती हो गया था। पिताजी भी कभी वहाँ के छात्र रहे थे। यहाँ आकर चचाजान भरी दोपहरी में भी एक बार पार्क सर्कस के मैदान में टहलने जरूर निकलते थे।

उस दिन दादी की उस तड़प को देखकर उन जैसे शांत और अंतर्मुखी स्वभाव वाले व्यक्ति भी रो पड़े थे। इतने सालों में वह पहली बार उस रात को हमारे घर में ही रह गए। दादी के सो जाने के बाद भोजन करते हुए बोले, 'अगर कोई सूरत होती तो मैं अम्माँजान को एक बार ले जाकर उन्हें उनका घर दिखा लाता। जो इन्सान चारदीवारी के भीतर रहते हैं भाईजान, वे ही इन दीवारों को घर बताते हैं। उस घर को छोड़ते वक्त उनके दिल पर जो बीतती है, वही जानती हैं।'

शायद तभी एक बार मैंने पिताजी को इस विषय पर चर्चा करते सुना था। पिताजी ने कहा था, 'कुछ लोगों ने अपने नफे-नुकसान का हिसाब लगाकर देश के दो टुकड़े कर दिए, जिससे एक ही दिन में करोड़ों लोगों का जीवन बर्बाद हो गया। आपस की नाराजगी हो या प्रेम जैसे भी हो हम लोग अपनी-अपनी जगहों में मिल-जुलकर मजे से रहते थे। एक भी व्यक्ति ऐसा नहीं रहा होगा जो अपना घर-बार छोड़कर उस तरह दूसरे देश के अपरिचित लोगों के बीच रहना चाहता रहा हो। वे लोग अपने स्वार्थ के लिए हवा देकर आग लगाते रहे जिसमें हम आप सभी लोग जल गए। देश विभाजित होने के पहले नेताओं ने आपस में कितनी ही बैठकें कीं, लेकिन एक बार भी किसी ने जनता से पूछा था।'

इस तरह की बात पिताजी के मुँह से मैंने कभी नहीं सुनी थी। माँ ने भी धीरे से कहा, 'यह सब रहने दो। खाते समय इन बातों की चर्चा न ही करना अच्छा है।'

उस बार फैजुद्दीन साहब के जाने के महीने भर बाद ही दादी की मृत्यु हो गई। उसके बाद चचाजान सिर्फ एक बार आए थे। छत की सीढ़ियों पर वे चुपचाप सिर पर हाथ रखकर बैठे रहे। वे दौलतपुर की काफी तस्वीरें लाए थे—घर की, सड़क की, कॉलेज की, रास्ते के मोड़ पर स्थित डिस्पेंसरी की। ये सब उन्होंने माँ को दे दीं। जाते समय कह गए थे कि वे फिर आएँगे। मगर आए नहीं। सन् 64 के युद्ध के बाद पता चला बार्डर पर काफी कड़ाई बरती जाने लगी थी। रास्ते-घाट हर जगह पाक छतरीधारी सेना की खबरें सुनने को मिलती थीं। उस समय लोगों में अचानक देशप्रेम का ज्वार आ गया था। उसके पहले चीन-भारत युद्ध में भी ऐसे ही देश प्रेम की भावना उमड़ती हुई देखी गई थी। काफी लोग चाइनीज इंक और चीनाबादाम (चिनिया बदाम) का नाम लेना भी देश द्रोहिता समझते थे। यह हमेशा से देखा है

कि देशप्रेम बढ़ते ही लोग किस तरह क्रोधित हो ज़ाते हैं। सन् 64 में भी सड़क के कुछ कबाड़ियों को मुहल्ले के उत्साही छोकरे दो-चार बार पकड़ लाए थे। मुम्बई में जॉनी वाकर को काम मिलना मुश्किल हो गया था।

सन् 66 का खाद्य आंदोलन। मैं कॉलेज की पढ़ाई पूरी कर चुका था लेकिन तब भी छात्र फ्रंट से पूरी तरह अलग नहीं हो पाया था। बड़े भाई को सेन रैले में नौकरी मिली थी। क्वार्टर भी। वह भाभी को लेकर चले गए थे। तनिमा मुझपर बीच-बीच में घर में शादी की चर्चा के लिए दबाव डाल रही थी। वह अपने घरवालों को हमारे बारे में बता देना चाहती थी क्योंकि उसके माता-पिता उसके लिए लड़का ढूँढ़ रहे थे। कोई उसे देखने आएगा तो वह उसके सामने नहीं जाएगी, उसने यह बात स्पष्ट कह दी थी। इसीलिए वह चाहती थी कि जितनी जल्दी हो सके वह घर में अपने बारे में बता दे।

सन् 66 में पहली संयुक्त मोर्चा सरकार बनी। चारों तरफ उत्साह का वातावरण था। लग रहा था इस बार सारी समस्याओं का समाधान हो जाएगा। कलकत्ता शहर लग रहा था रेड स्क्वायर (लाल चौक) बन गया है। इसके बाद कुछ दिन बीतते न बीतते आपस में गुटबंदी, मारामारी शुरू हो गई। सपने बिखरने लगे। उससे एक और नई समस्या खड़ी हो गई। क्या ठीक था क्या गलत था ? इतने दिनों तक विरोध, जुलूस और सभाओं में जिन चीजों को धिक्कार देते सुनता था, किस तरह वे सारे लोग ऐसे कार्यक्रमों को बिना विरोध किए बर्दाश्त करते रहे, उनकी मुखरता धीरे-धीरे मौन में बदलती गई—मुझे यह सब बड़ा गड़बड़ लगता था। हालाँकि यह भी ठीक था कि मैं उस वक्त राजनीति से किनारा करके अपनी समस्याओं में ही उलझ गया था। नौकरी ढूँढ़ने की चिंता मुझे बेचैन किए हुए थी।

माँ के बुद्धि और परिश्रम, पहली मंजिल के दो दुकानों के किराए से घर की हालत ठीक-ठाक ही थी, मेरी नौकरी के रुपयों से उसमें कोई फर्क पड़ने वाला नहीं था। लेकिन नौकरी मेरी आधी समस्या का समाधान था और बाकी आधी समस्या यह थी कि नौकरी न मिलने से तनिमा से शादी की बात मैं अपने या उसके घर में कर ही नहीं सकता था। अतः एल.आई.सी. की नौकरी मिल जाने से इस समस्या का समाधान होने में कोई खास दिक्कत नहीं आई। तनिमा हमारी ही जात की थी। उसके घर की हालत हमारे घर से बेहतर थी लेकिन वे चार बहनें थीं। पात्र के रूप में भी मैं बुरा नहीं था। इसके अलावा बिना कोई दहेज लिये मैंने शादी की थी। मेरी माँ मुझसे सहमत थीं, लेकिन पिताजी ने थोड़ी आपत्ति जरूर की थी। 'बहूभात' का खर्च क्या लड़केवाले अपनी गाँठ से करेंगे ? यह सुनकर माँ ने साफ कह दिया

कि लड़के का आज तक का सारा खर्च अगर उसके माता-पिता को उठाने में दिक्कत नहीं हुई, तो फिर लड़के के बहूभात के खर्च के लिए क्या हम लड़की के बाप के सामने हाथ फैलाएँगे ? उन दिनों हमारे दोस्तों में से ज्यादातर इसी तरह सोचा करते थे। शादी में दहेज लेना दकियानूसी होने जैसा ही लगता था। दो-चार लोग अगर चोरी-छिपे ले भी लेते तो उसे यथासंभव छिपाकर ही रखते थे। दहेज लेकर शादी की है, यह सीना तानकर कहने वाली चीज नहीं समझी जाती थी। मगर इन बीस-पच्चीस वर्षों में ही चीजें इतनी कैसे बदल गईं, यही सोचता हूँ। आज हमारे दफ्तर के युवा अपनी शादी तय होते ही दोस्तों की राय लेने लगते हैं कि किस कम्पनी का स्कूटर बेहतर है, जिसमें पेट्रोल की खपत कम होती है, किस कंपनी की स्टील अलमारी में एकस्ट्रा लॉकर रहता है आदि-आदि। दहेज का 'मामला तो माता-पिता' का है। आज के लोग हमें शादी में नाराज नजर आते हैं, किसी न किसी की निंदा करते रहते हैं। या अपनी पत्नी की या बेटे की पत्नी की, या फिर नई पीढ़ी की। उनका यही तकिया कलाम रहता है—हमारे जमाने में, हमारे वक्त में—हालाँकि ऐसे लोग खुद कितने बदल गए हैं इसका वे ख्याल नहीं करते। इसे याद दिलाने पर उन्हें हमेशा अच्छा भी नहीं लगता। रथीन, मेरा कितना पुराना दोस्त है, हम लोग कभी साथ-साथ कॉलेज में पढ़े थे, साथ प्रेम किया था। नौकरी भी साथ ही मिली थी। उसकी शादी मुझसे देर में हुई थी। रथीन उच्च कुलीन वंश का था और सीमा स्वर्णकारों के खानदान की। तो फिर क्या किया जाय ? इतना हिसाब लगाकर क्या प्रेम किया जा सकता है ? आपस में कुंडली मिलाकर ? रथीन के माता-पिता मेरे माता-पिता जैसे नहीं थे। मामला काफी बिगड़ गया था। जात-पात, पिता प्रधान पारिवारिक आभिजात्य आदि बातों के विरुद्ध लड़कर रथीन हम लोगों का हीरो बन गया था। अब उसी रथीन ने अपनी बेटी के लिए लड़का पसंद आने के बावजूद कुंडली न मिलने के कारण उसे खारिज कर दिया। वह भी गुरुजी के आदेश से ? यही बात मैंने उससे उस दिन पूछी थी—'तूने क्या अपने वक्त कुंडली मिलाई थी ?'

मेरी बात सुनकर रथीन बहुत उखड़ा था। इतने दिन बाद गड़े मुर्दे उखाड़कर मैं उसके फैमिली स्कैंडल को प्रचारित कर रहा हूँ। स्कैंडल ! शायद यही रहा हो। मैंने घर आकर तनु को यह बात बताई। तनु ने भी मुझे झिड़का था।

'ठीक ही तो है। सब क्या तुम्हारे जैसे हैं ? इतनी उम्र हो गई है न कोई आचार-विचार मानते हो, न किसी धार्मिक काम में कोई श्रद्धा है,' तनु भी अब बदल गई थी। मैं भी क्या नहीं बदला था ! तनु का बदलाव मैं समझता था। हमारी गृहस्थी सिर्फ दो व्यक्तियों तक ही सीमित रह गई थी, किसी नए का आगमन नहीं

हुआ, यह दुःख तनु को भीतर-भीतर खाये जा रहा था। पहले-पहल वह बेहद हताशा से भर जाती थी। ताबीज, मनौती आदि बातें तभी शुरू हुई थीं। मैंने दो एक बार तनु से कहा भी था, 'मनौती क्यों मानती हो तनु ? तुम्हारे भगवान क्या घूस लेते हैं ?' वह नाराज हो गई थी। समय ने वह बेचैनी तो खत्म कर दी थी, लेकिन कसर रह ही गई थी। घाव दब गया था, ठीक नहीं हुआ था। यहाँ तक कि माँ के कुछ न कहने पर भी भाभी ने शुरू-शुरू में तनु पर थोड़ा व्यंग्य किया था। इसलिए तनु के साथ मेरा भी अब भैया से पहले जैसा संबंध नहीं रहा। दिन जितने बीत रहे हैं, अपने हमउम्र और नाते-रिश्तेदारों से कटकर, भविष्य की पीढ़ी से वंचित मैं अब तनु का और ज्यादा संग-साथ चाहता था। कम से कम वही मेरी ऐसी साथी थी जिसके साथ मेरी घनिष्ठता थी, प्रेम था, आपसी तालमेल था।

तनु की बातों को हल्के ढंग से लेने के लिए मैंने कहा, 'क्यों, तुम्हारी गृहस्थी का क्या कोई अनुशासन मैं नहीं मानता हूँ तनु ? वे क्या सांसारिक आचार नहीं हैं ?'

'वह बात नहीं है, जो सभी करते हैं, उनसे उल्टा तुम क्यों हमेशा सोचते हो ?'

'सभी जो करते हैं माने ? शाम को दफ्तर से लौटकर तुम्हारे साथ बैठकर दो कप चाय न पीकर टी.वी. देखना ?' तनु गुस्सा करते हुए हँस पड़ी। लेकिन वह अपने फैसले से जरा भी नहीं डिगी।

'अब बनो मत। सभी मुझसे पूछते हैं कि तुम लोगों ने दीक्षा नहीं ली ? इरादा नहीं है ? मुझे यह सब सुनना अच्छा नहीं लगता। दीक्षा लेते तो क्या बिगड़ जाता ?'

'तनु इस बात को काफी दिन हो गए हैं। तुमसे तो मैंने कहा था कि तुम्हें अगर भीतर से ऐसा लगे कि जो तुम्हें दीक्षा दे रहे हैं, वे मनुष्य के तौर पर दूसरों से कहीं ज्यादा बड़े हैं या वे तुम्हें किसी ईश्वर के निकट पहुँचा देंगे या तुम्हारे मन में कोई ऐसा बोझ बना हुआ है जिसे किसी बाहरी व्यक्ति को बताने से तुम हल्की हो जाओगी–तो तुम जरूर दीक्षा लो। मुझे इनमें से किसी एक की भी जरूरत नहीं है इसलिए मुझे किसी से दीक्षा लेने की क्या जरूरत है। मगर हाँ, मैं तुमसे बस इतना कहता हूँ कि दूसरों की नकल मत करो। यह मन लेटेस्ट फैशन की साड़ी, लेटेस्ट फिल्म स्टार तक ही सीमित रहने दो।'

पहले भी अनेक बार की तरह ही इस बार भी तनु गंभीर होकर उठ गई।

लेकिन आज की समस्या कुछ अलग है। संकट कहीं ज्यादा गहरा लग रहा है, क्योंकि

यह समस्या उन कुछ युवकों की ओर से आई है, जिन्हें मैं समझ पाऊँ या न पाऊँ, जिनसे मैं स्नेह करता हूँ। बात बड़े मामूली तौर से शुरू हुई थी। अखिल की लड़की की शादी आसनसोल में हुई थी। पिछले महीने आसनसोल में कर्फ्यू लगने और सेना के आने की खबर टीवी से पाकर हम सभी बेहद चिंतित थे। उसका दामाद बिल्डिंग कांट्रेक्टर था। समय-असमय निकलना पड़ता था। तरह-तरह के लोगों से मिलना-जुलना पड़ता था। शहर में दंगा हो जाने से चिंता की बात तो थी ही। अखिल की बेटी इधर तीन-चार दिन हुए आई थी। उसने बताया कि आसनसोल में बात बिगड़ नहीं पाई। पुलिस ने प्रभावी तरीके से मामला सँभाल लिया। कर्फ्यू, सेना यह सब एहतियातन थे। पुलिस की एक दूसरी कार्यशैली मुंबई में नजर आई। काफी अखबारों ने लिखा था कि बस्तियों में आग लगाए जाते वक्त पुलिस मूक दर्शक बनी खड़ी थी। पुलिस राजनैतिक पार्टियों के कहने पर चल रही थी, प्रशासकों के नहीं। यही सब चर्चा हमारे बीच चल रही थी। 'इस देश का अब कुछ होने वाला नहीं है भाई, हर जगह राजनीति घुस गई है', यह कहकर मैं उठना चाहता था। बगल की मेज के कुछ युवा लड़के बिलिंग सेक्शन के कंप्यूटर रूम में बैठे हुए थे। उन्हें मैं सिर्फ शक्ल से पहचानता था, वे लोग अपना काम छोड़कर हमारी ही बातें सुन रहे थे, मैंने इस पर ध्यान नहीं दिया था। अचानक हमारी चर्चा के बीच उनमें से एक युवक उठकर मेरे पास आकर बड़ी रुखाई से बोला, 'हर समय अपनी जाति की निंदा करना आप लोगों की आदत बन चुकी है। दूसरे धर्म के लोगों की यूनिटी देखी है ? उनके धर्मगुरु जो कह देंगे उसका पूरी जाति पालन करेगी। और हम लोगों को देखो, न अपने देश से प्रेम है न अपने धर्म पर श्रद्धा है। आखिर जिन लोगों को आप गालियाँ दे रहे थे, उन्होंने आपका क्या नुकसान किया है ?' अचानक मैंने देखा कि मेज पर सिर्फ मैं और अखिल बैठे थे, बाकी सब खिसक गए थे। ये युवा मेरे ही दफ्तर में काम करते थे, दफ्तर में आते-जाते उन्हें कितनी ही बार देखा था लेकिन अब कितने अपरिचित लग रहे थे। ये जिस शैली में बात कर रहे थे, वह भी ऑफिस प्रेमिसेज में, अपने से 25-30 साल सीनियर किसी सहयोगी से करने की कल्पना ही नहीं की जा सकती थी। लेकिन मैंने देखा कि पूरे कैंटीन में किसी ने भी इधर आँख उठाकर नहीं देखा। ज्यादातर मेज खाली हो गए थे सिर्फ काउंटर के करीब दो मेजों पर न्यू बिजनेस सेक्शन के कुछ लोग चाय पी रहे थे। वे लोग अपने में इतने मशगूल थे कि लगता था कि उन्हें इस कमरे में और कोई अवाज नहीं सुनाई पड़ रही थी या उनके अलावा और कोई आदमी नहीं था। अखिल ने मेरी बगल से 'तो फिर मैं सेक्शन में' जैसा ही कुछ बुदबुदाकर कहा। मैं समझ गया वह भी जा रहा है। मैंने

उन लड़कों को गौर से देखा। उनके कपड़े काफी कीमती थे। एक-दो लड़कों के कमीज के खुले बटन से चाँदी के चेन में गुँथी एक नीली लाकेट नजर आ रही थी, दूसरा रुद्राक्ष पहने था। उन पाँच लोगों ने मुझे इस तरह घेर रखा था जैसे वे मुझ पर हमला करने वाले हों। अचानक इस विचित्र हालत में खुद को पाकर मुझे वाकई डर लगने लगा था, भीतर ही भीतर गुस्सा भी आ रहा था।

'क्या हुआ, जवाब क्यों नहीं दे रहे हैं ?'

किसी तरह आवाज निकली, कहने को क्या है—देश का इतना बड़ा एक ट्रेड सेंटर—जहाँ सब जाति-धर्म के लोग रहते हैं, हमेशा से रहते आए हैं। वहाँ पर जानबूझकर दंगा करवाकर गरीब लोगों का सर्वनाश करना क्या अच्छा है ?

'गरीब लोग—ओह, वे ही लोग आपके गरीब लोग हुए, मगर दूसरे देशों में आपके वे गरीब लोग जाने कितने धर्मस्थान तोड़कर खाक में मिला रहे हैं, कभी इस बारे में तो आप लोगों को मुँह खोलते नहीं सुना।'

'अगर ऐसा हुआ है तो उचित नहीं हुआ। लेकिन दंगे के वक्त तरह-तरह की अफवाहें उड़ती हैं, यह बात भी सच है। इसके अलावा कुछ लोगों के दोष की सजा क्या किसी दूसरे की हत्या करके देना ठीक है ?'

'बिल्कुल ठीक है। जिन्होंने ऐसा किया वे मर्द बच्चे हैं।'

मैं वहाँ से चला जाना चाहता था। चित्रेश वगैरह चाय पी चुके थे। कैंटीन में मैं उन लड़कों के साथ अकेला था। सत्य काउंटर से मेरी ओर ही देख रहा था। उससे एक बार नजरें मिलीं। इस बार मैं अपने को सँभालकर सीधा खड़ा हो गया।

'देखिए, इस तरह इतनी जल्दी इन सब बातों पर बहस नहीं हो सकती। मेरे अनुसार धर्म हर व्यक्ति का निजी मामला है। इसको लेकर झगड़े-दंगे करना ठीक नहीं है। खैर, इस मुद्दे पर फिर बातें की जा सकती हैं। फिलहाल तो मुझे सेक्शन में जाना है। लंच आवर खत्म हुए देर हो चुंकी है।'

उनसे किसी जवाब की अपेक्षा न करके वहाँ से चला आ रहा था। दरवाजे पर पैर रखते ही पीछे से आवाज आई—'साला, दलाल, क्विसलिंग।'

मेरा खून खौल उठा। क्या लौटकर इन्हें जवाब दूँ ? साथ ही डर भी लगा, कहीं ये मारपीट करने का बहाना तो नहीं ढूँढ़ रहे हैं ?

सेक्शन में इत्मीनान से बैठ नहीं पाया। कुछ लोग मुझे विचित्र दृष्टि से देख रहे थे। इन्हें क्या सारी बातें पता चल गई थीं ? मगर कोई कुछ पूछ नहीं रहा था। मुझसे नजर मिलते ही वे फाइलों में व्यस्त होने का नाटक कर रहे थे। घंटे भर अनिश्चित मनःस्थिति में बैठे रहकर मैं यूनियन रूम में चला गया। वहाँ विपुल और चित्रेश

बैठे थे। चित्रेश हम लोगों के ब्रांच का सेक्रेटेरी था, डिवीजनल कमेटी का मेम्बर। पार्टी की डिस्ट्रिक्ट कमेटी का मेम्बर।

मैंने चित्रेश से पूछा, 'दफ्तर में यह सब क्या हो रहा है ? यह क्या धार्मिक अड्डे की जगह बन गई है ? ये कल के लड़के, ऑफिस कैंटीन में बैठकर किसी सीनियर स्टाफ के साथ किस तरह पेश आते हैं ?' अब जाकर मेरा गला काँपने लगा था–भय से नहीं अपमान से।

चित्रेश ने कहा, 'बैठिए, बैठिए अचानक इतने उत्तेजित क्यों हो गए हैं ? बात क्या है ?'

'बात क्या है ? तुमने खुद अपनी आँखों से नहीं देखा कि वे लड़के कैंटीन में किस तरह आक्रामक रूप से मुझे घेरे हुए खड़े थे ? कैसी भाषा में बातें कर रहे थे !'

'ऐसी बात नहीं है, आप इसे कुछ ज्यादा ही सीरियसली ले रहे हैं। मैं तो कैंटीन में ही था, देख रहा था कि आप खड़े होकर सौरांशु वगैरह के साथ बातें कर रहे थे। आक्रामक तो कोई नहीं था।'

'वे लोग मुंबई दंगे के गुंडों के समर्थन में बातें कर रहे थे, गंदी भाषा में दूसरों को गाली दे रहे थे।'

'नहीं, नहीं, विजय दा'–चित्रेश ने सिर हिलाया, 'आप यहाँ इतने पुराने व्यक्ति हैं, देश के इस संकट के समय साम्प्रदायिक विषय पर बहस क्यों करने लगे ? इसकी आपसे आशा नहीं थी। आपको पता है कि ऐसी बहसें आपसी सौहार्द को खत्म करती हैं, प्रतिपक्ष के हाथ मजबूत करती हैं।'

विपुल इतनी देर तक चुप था। उसने कहा, 'कोई एक पार्टी का समर्थन करता है तो कोई किसी दूसरी पार्टी का, यह व्यक्तिगत चीज है। इसको लेकर किसी को उकसाना ठीक नहीं है।' विपुल के हाथ हिलाकर बात करते वक्त मैंने देखा कि उसके दाएँ हाथ में विभिन्न रंगों की तीन अंगूठियाँ थीं।

'इसके अलावा विजय दा, आपको तो यहाँ बहुत दिन हो गए, रिटायरमेंट में शायद दो साल बाकी होंगे। ठीक है न ? आप अब इन नई उम्र के लड़कों से क्यों सिर खपा रहे हैं ? वे जो कर रहे हैं, करने दीजिए। इनकी लैंग्वेज वगैरह आप लोगों को कुछ शॉकिंग ही लगेगी–ये सब न्यू एजूकेटेड, न्यू जनरेशन के हैं–कम्प्यूटर टाइप।'

चित्रेश और विपुल दोनों ही अपने मजाक पर हँस पड़े। मैं चुपचाप उठकर बाहर निकल आया।

दफ्तर में यह यूनियन रूम काफी परेशानियों के बाद सेंक्शन हुआ था। उसके

भी पहले दफ्तर में यूनियन गठित करने के अधिकार को लेकर हड़ताल हो चुकी थी। कलम बंद हड़ताल। जिन पंद्रह-बीस लोगों के नाम 'शो काज' नोटिस आया था, उनमें से एक मैं भी था।

लिफ्ट से जाने की इच्छा नहीं हुई। धीरे-धीरे मैं सीढ़ियाँ चढ़ रहा था। लैंडिंग की खिड़कियों से पहले काफी पेड़ नजर आते थे। न जाने कब वे सब कट गए। सुपर मार्केट की बिल्डिंग बन रही थी। सामने मारुति गाड़ी का शोरूम था। मैंने शायद बहुत दिनों से ये सीढ़ियाँ इस्तेमाल नहीं की थीं। सीढ़ियाँ चढ़ते समय सीने पर दबाव पड़ता था इसलिए मैं लिफ्ट ही इस्तेमाल करता था। काफी दिन हो गए। तिमंजिले की लैंडिंग पर रेलिंग पकड़कर मैं कुछ देर खड़ा रहा। मैंने देखा पैसेज के अन्दर वाटर कूलर मशीन के सामने कुछ लोग खड़े थे। कैंटीन के वे लड़के ही थे क्या ? ठीक से पहचान नहीं पाया। वे ही, या कोई और भी हो सकते हैं। दो-तीन लड़के आगे बढ़ आए। नहीं वे मेरी ओर नहीं आए। लैंडिंग की खिड़की से जाने क्या नीचे देखा। वे सीढ़ियों से उतरने लगे। उनकी जोर-जोर से कही बातें साफ सुनाई पड़ रही थीं—

'साले, सब दलाल हैं बूढ़े खूसट—अब उन्हें देखकर घृणा भी नहीं होती।'

'उनकी खोपड़ी को कच से काटकर थोड़ा चौड़ा कर दिया जाय तो उनके मगज में थोड़ी हवा लगेगी।'

वे सब जोर से हँसते हुए नीचे उतर गए। मेरे भीतर सन्नाटा छा गया था। इतनी सीढ़ियाँ चढ़ना ठीक नहीं हुआ। मुझे साँस लेने में तकलीफ हो रही थी।

यह परसों की घटना थी। तनु को कुछ नहीं बताया। उस दिन साँझ को तनु लक्ष्मी जी की व्रतकथा पढ़ रही थी। मुझे कमरे में पाकर उसने मुझे मुड़कर देखा। शायद वह उलझन में पड़ गई थी। मैं अखबार लेकर कमरे के दूसरे छोर पर आराम कुर्सी पर बैठ गया। तनु के धीमे पढ़ने के स्वर से व्रतकथा की बातें मेरे कानों में आ रही थीं। मुझे इसकी कुछ पंक्तियाँ याद भी थीं। माँ भी इसे पढ़ती थीं, मैंने कितनी ही बार सुनी थीं। अच्छा, तनु क्या हिन्दू है ? लेकिन तनु भी व्रतकथा में तो सिर्फ अपनी गृहस्थी के कल्याण की ही प्रार्थना है, धर्म की बात, शत्रुओं की बात उसमें नहीं है। कल दिनभर दफ्तर में अपने सेक्शन से बाहर नहीं निकला था। मौका देखकर कैंटीन से फटाफट चाय पीकर बाहर निकल आया था। लिफ्ट से ही गया था। फिर भी बेचैनी महसूस हो रही थी। क्या कोई मुझ पर नजर रख रहा था ? सारे समय ऐसा ही महसूस होता रहा। आज भी यही हाल था।

सेक्शन के और लोगों को देखकर लग रहा था जैसे कुछ भी नहीं हुआ है।

उस दिन उन लोगों ने कहा था सिर को कच से काटते ही...क्या उस वक्त वे मेरे ही बारे में कह रहे थे ? अरे छोड़ो, यह क्या इतना आसान है ?

हर जगह लोगों की इतनी भीड़ रहती है। लेकिन उस दिन कैंटीन में भी तो शुरू में काफी लोग बैठे थे। उस दिन अगर वे मुझे मारते ? सड़क पर, किसी मुहल्ले के मोड़ पर शायद उनके जैसे और भी लोग होंगे। यह जो अक्सर विभिन्न मुहल्लों के बीच में अचानक तिरपाल टाँगकर तीन दिनों तक विचित्र किस्म का धार्मिक जागरण होता रहता है, कोई कुछ नहीं कहता ? उन जगहों पर जाने वाले कौन होते हैं ? उनका इंतजाम करनेवाले कौन होते हैं ? उनको पैसे देनेवाले कौन होते हैं ? रातभर लाउडस्पीकर का शोर होता रहता है—मगर छोटे बच्चों, छात्र-छात्राओं, बीमार लोगों के घरवाले कभी प्रतिवाद नहीं करते ? क्या सभी डरते हैं ? पुलिस भी कुछ नहीं कहती, हालाँकि सबको पता है कि रात नौ बजे के बाद लाउडस्पीकर का इस्तेमाल मना है। लेकिन उन लड़कों ने मेरे बारे में ऐसा क्यों कहा ? मैं किसी का समर्थक नहीं हूँ, इसे सभी जानते हैं। मेरे कहने पर कुछ चलता है ? धर्म को लेकर बिना सर खपाए ही बड़े मजे से छप्पन साल बीत गए, किसी ने इसे लेकर कुछ नहीं कहा। इस बारे में मैं कुछ भी नहीं जानता। मेरे माता-पिता अपने-अपने ढंग से पूजा-पाठ करते थे। तनु अपने हिसाब से करती है। इस दुनिया में हर प्रकार के लोग रहते हैं—कितने ही हिंदू जात-पांत नहीं मानते, कितने ही मुसलमान हैं जो चार-चार शादियाँ नहीं करते। इन मामलों में मुझे किसी से घृणा करने की क्या जरूरत है ?

यही असली समस्या है। खुद को सुरक्षित रखने के लिए किस देश के, किस दल के लोगों से घृणा करूँ ? लेकिन किससे घृणा करूँ ? घृणा करने के लिए घृणा का कारण भी समझना पड़ेगा। मैं तो उस देश या उस दल या अन्य सम्प्रदाय के लोगों को पहचानता भी नहीं। जिन दो-चार लोगों के नाम-धाम मैं जानता हूँ, उन्हें तो सभी जानते हैं—उनमें से कोई गायक है, कोई क्रिकेट का खिलाड़ी, कोई पेंटर है। अनजान व्यक्ति से भला घृणा कैसे की जा सकती है ? मैं अपने को बहुत अकेला महसूस कर रहा हूँ। क्या तनु को मैं यह बात समझा पाऊँगा कि मैं घृणा करने लायक किसी परिचित व्यक्ति को ढूँढ़ता फिर रहा हूँ ? खुद को सुरक्षित रखने के लिए किसी से घृणा करना जरूरी है ? लेकिन घृणा करूँ तो किससे करूँ ? मुझे कुछ समझ में नहीं आ रहा है। घृणा करने लायक किसी व्यक्ति को ढूँढ़ निकालने की भरसक कोशिश कर रहा हूँ, लेकिन अभी तक कोई ऐसा परिचित व्यक्ति नहीं मिल पाया है।

●●●